city boysの時代

昭和50年代東京日記

izumi asato
泉麻人

平凡社

昭和50年代東京日記

目次

1 憧れのリーバイス501は「バチヘビ」に似ていた。

昭和50年（1975年）

昭和30年代とか40年代とか、あるいは西暦の1960年代、70年代……と、10年区切りの時代風俗論のようなものはこれまでにも書いてきたけれど、「昭和50年代」という括りのものはまだやっていない。昭和も40年代後半になると、西暦の70年代で切る方がぐっと優勢になって、次は80年代に行ってしまうので、昭和50年からの10年を「こういう時代でした」とまとめる機会は少ない。

とはいえ、個人的に昭和50年代の幕開けは鮮やかな変わり目の感がある。いわゆる「潮目」がくっきりしている。まあそれは、黒い学ラン姿の男子高校から、ニュートラな女子学生もキャンパスを闊歩する大学へ移行した……という身近な環境の変化のせいもあるだろう。ニュートラというファッションについては後々語るとして、ともかく巷の空気感（当時の僕としては音楽、映画、TV、ファッション、といったあたり）が昭和50年の春にガラリと変貌したというイメージがある。

1

憧れのリーバイス501は「バチヘビ」に似ていた。

4月から通うようになった慶応（近年、やたらと「應」の旧字を使う傾向があるが、どうも「応」の方でないとピンとこない）のキャンパスは1、2年生まで日吉だった。もっとも、僕は慶応高校（通称・塾高）からの持ち上がり組だったから、その3年前から日吉に通っていたわけだが、駅南側のキャンパスの風景も微妙に変わりつつあった。

玄関口から続くイチョウ並木はそのままだったが、所々に置きざりにされていた学生運動期の面影を残すアジ看板はぐっと減って、「二幸」という食堂（新宿の「二幸」がやっていたのかもしれない）と「梅寿司」ってスシ屋の入っていた、くたびれた木造の建物が取り壊されて、明るいカフェテラス調の新しい食堂棟が建設された。「梅寿司」は新館の方でもしばらくがんばっていたはずだが、オンボロの木造時代のこの店は〝不良塾高生〟の吹き溜まりのような感じになっていて、いつもタバコの白煙がたちこめていた。高1の頃、ここで鉄火巻ばかり食っているH君という、ツバでシャボン玉のようなのを作って飛ばすのが得意な男から「はっぴいえんど」のアルバム（風街ろまん）を借りたことを思い出す。

そんな昭和40年代のアングラな澱が漉されて、穏やかな私立学園のムードが濃くなったキャンパスに「原理研」の勧誘とともに増殖してきたニュートラファッションの女子学生たち。トラッドのニュー（新型）という意味であり、アイビーの流れをくむアメリカントラッドにヨーロッパのブランドのセンスを取り入れたもので、昭和50年当時は〝グッチっぽい鎖模様〟のニットシャツやスカーフが目についた。そのファッションのお手本となったのは、当初「メンズクラブ」の兄妹誌「ｍｃシスター」あたりだったようだが、この年の4月に「別冊女性自身」（6月号）として創刊された「ＪＪ」がニュートラ女子の教科書的存在となっていく。

ニュートラ女子、とわざわざ書いたが、当時〝男のニュートラ〟というのもあったのだ。アイビー系のトラッドをちょっとアレンジしようと、「メンズクラブ」とか「チェックメイト」とかの男性ファッション誌が前年（49年）あたりから盛りあげていたスタイルで、こちらも鎖柄のニットシャツに裾が若干広がったフレアーパンツ（ファーラーってメーカーが定番だった）にバックルが目立つ太い白ベルトなんぞを締めて足元はヨーロッパセンスのビットモカシンやベロアタッセル。

僕もこういう格好でディスコ・パーティーへ繰り出したことがあったけれど、このファッションはあまりにゴルフオヤジっぽくて、赤坂界隈のディスコでチャチャのステップを踏みつつも「コレ違うな……」と違和感を覚えていた。

そんな折に〝聖書《バイブル》〟のごとく登場したのが、「Made in U.S.A catalog」であった。

翌年（51年6月下旬）創刊される「ポパイ」の前身にあたるこのムック誌は、マガジンハウス（当時・平凡出版）ではなく、なんと発行元は読売新聞社だった。椎根和の『ＰＯＰＥＹＥ物語』によると、これは後に「ポパイ」の編集長となる木滑良久が一時的に在籍していた子会社・平凡企画センターが「週刊読売」の別冊として編集を請け負っていたスキーのムック誌「SKI LIFE」の流れで生まれたものらしく、ポパイ、ブルータスで木滑の片腕（副編集長）として活躍する石川次郎（元ツアーコンダクター）の力量が大いに発揮された。

文字通り、巻末には50ページ余りにわたってアメリカのアウトドアーショップ「HUDSON'S」の通販カタログがまんま掲載されたメイドインUSAグッズ漬けのこの一冊、ジーンズやスニーカーなどのファッションばかりでなく、楽器にキャンピングカー、家具……果てはあちらのマッチョな林業従事者が使うようなマニアックなシャベルやチェイン

昭和50年春に発売された「Made in U.S.A catalog」。501のイラストは、LAでの取材中に石川次郎氏がGパン買おうと入った店の試着室に貼られていたリーバイスのキャンペーンポスターで、もらってきてそのまま使った（もちろん許諾の上）……と、次郎さんじきじきに伺った

ソウまできっちりブツ撮りされているのがスゴい。

〈ナイフからキャンピング・カーまで――若者にうけているアメリカ製品の本〉と、自信たっぷりのサブコピーが表紙のタイトル下に付いているけれど、僕ら日本の若者の目に圧倒的なインパクトを与えたのは、表紙センターに描かれたボタンフロント式のGパン。めくっていくと12ページ目に〈本格ジーンズ、リーバイス501型〉と表記して、解説が載っている。

いまでこそ、広い世代に知れわたったジーンズの原点といってもいいリーバイス501であるが、この当時、アメ横あたりの少数の輸入衣料バイヤーを除いて、リーバイスのこんな型番を知る日本人はいなかったろう。

ジッパーのところがボタンになったGパンは、この2、3年前にブレイクしたベルボトム型にはけっこうあったが、ストレート型で、しかもボタンが隠れるような体裁のものは工事関係者の作業ズボンを除いては珍しい。いや、そもそもリーバイスのGパンはアメリカの鉱山労働者の作業ズボンから始まっているのだから、こっちが先なのかもしれない。

ところで、このリーバイス501、一見して「カッコイイ」と思ったわけではない。ベルボトム型のGパンになじんだ当時18、19の若者の目にストレート、しかも太いズン胴っぽいシルエットの501はちょっと近寄りがたいものがあった。着古した状態のを描いたイラストの方はまだいいとして、写真掲載された新品の原物について、予防線を張るよう

1

憧れのリーバイス501は「バチヘビ」に似ていた。

な解説がある。

「さて、左上にあげた、新品の501ジーンズの前後、なんともカッコのつかないサマであるが、最初の洗濯でほどよく縮み、からだにフィットすると、あとははきこなし、洗うほどに右のイラストのように、これぞジーンズというサマになるのである。」

別の文節にこのタイプを〝シュリンク・トゥ・フィット〟と称すると書かれている。

ちなみに最近は501といっても様々なタイプが存在することが一般にも知れわたっているけれど、ここで紹介されたのはマニアの間で〝66（ロクロク）後期〟と呼ばれるタイプらしい。ただし、解説ページにあるパッチには〝S501XX〟とあり、これはどうやら1940年代中期の戦時に生産された〝大戦モデル〟を参考にしたのだと思われる。

前年の暮れに日本公開が始まって、この当時も確かロングラン上映されていた映画「アメリカン・グラフィティ」は60s（50s）は音楽ばかりでなく、彼らのファッションも見所だった。ドジなメガネ少年のテリーやリーゼントをビシッとキメたジョンがリーバイスを穿いている、と聞いて、バックポケットのあたりを目力こめて観察したおぼえがあるけれど、いまDVDで観直すと、型番までハッキリ断定できるようなカットは見あたらない。

「Made in」の裏表紙には〈昭和50年6月1日発行〉とあるからこれは「JJ」創刊号と同日。さらに巻末ページの方には〈発行日 4月25日〉と記されているから、こちらが実際店頭に現われた時期だろう。「アメグラ」のテリーは〈ベトナムの戦地で消息不明〉といった後日談が映画のエンドロールに出るけれど、この発行日5日後の4月30日、サイゴンがベトナム軍側に制圧されてベトナム戦争はようやく終結した。なんていう書き方をすると、ファッションや音楽ばかりでなく国際情勢にもアンテナを張っていた感心な若者……と思われるかもしれないが、実際当時ベトナム戦争終結の話題を友と交したような記憶はまるでない。また、終戦に合わせるように「アメリカ建国200周年」の祝祭イベントが日本でも盛んになってきた。そんな状況もこのアメリカングッズのカタログ誌のセールスを後押ししたに違いない。

ともかく「Made in」は爆発的に売れ（初版は1週間で店頭から消えたというが、たぶん大都市中心の話だろう）たそうで、さっそく伊勢丹でリーバイス501の原物が限定販売される……という情報を友人のT君が聞きつけてきた。彼とは中学時代に開店早々の銀座のマクドナルドでハンバーガーを味わった仲であり、つまりトレンド情報に敏感なのである。そんなTと仲の良いK君ともう1人いたかな……伊勢丹に繰り出して整理券を手に入れて、501をゲットしたのだった。値は明確におぼえていないが、なんとなく¥6800という数値が思い浮かぶ。

この日のことで鮮やかに記憶されるのが、麻布の愛育病院の裏あたりにあるKの家に立ち寄って、買ったばかりの501を試し穿きした場面だ。そう、伊勢丹の会場は確か催物なんかをやるフロアーにただGパンが山積みされているような感じで、試着室などなかったのだと思う。

K宅は麻布にしては、割合と質素な佇まいで、僕らが501を穿き合った部屋は昔の日本風の畳間だったような気がする。サイズをまだ書いていなかったけれど、僕は29インチ。当時Gパンは30インチを穿くことが多かったが、腰回りがゆったりしたシルエットを見て、1つサイズを小さめにしたのだ。スレンダーなT君は28、そして図体《ずうたい》のデカいK君は32か33インチだったはずだ。

「Made in U.S.A」の解説、さらに501を手にとった段階で薄々懸念していたことではあったけれど、足を通したその姿は予想以上に不格好なものだった。ウエストはインチを落としたこともあって、タイトなのだが、骨盤のあたりは当時のツッパリ学生が愛好したボンタンのように広がっている。とりわけ、大きなサイズを選んだK君の立ち姿は異様だった。

この1、2年前に矢口高雄が少年マガジンの連載で描いてブームになった〝幻の怪蛇バチヘビ〟（ツチノコ）がブームになっていたが、未洗状態のリーバイス501を穿いたK君の姿はあまりにもバチヘビに似過ぎていた。

2

「宝島」も〈city boys〉がキーワードだった。

昭和50年
（1975年）

バチヘビみたいな格好をしたリーバイス501、その後どうなったのだ……と気になっている方もいるだろう。

「クタクタに洗うことによって縮み、はじめてからだにフィットする〝シュリンク・トゥ・フィット〟」

という、バイブル「Made in U.S.A catalog」の解説にならって、さっそくクタクタに洗うことにした。

「しかし、ただ洗えばこうなるというものでもないのだ。ジーンズを最もジーンズらしくするための洗い方は、まず、熱い湯で洗うこと。間違っても水などで洗ってはいけない。洗濯機に熱い湯、新品ジーンズと洗剤をたたき込んでガンガン洗う。そして次に大事なことは、陽にさらして乾すのではなく、熱風が噴出する乾燥機で乾すのがコツなのだ」。

クタクタでもガンガンでもいいけれど、この最初の501のときは、わが家の風呂場の

2

「宝島」も〈city boys〉がキーワードだった。

傍らの洗濯機を使ったと思う。それまでに自ら洗濯機を使ったことなどなかったから、母に怪訝そうな顔をされたシーンをぼんやりおぼえている。1回目、2回目の洗濯くらいまでは、インディゴの濃い青の水がおびただしく排出されたはずだ。

「こういう設備をそなえたコイン・ラウンドリーは少ないけれど、なんとしてでも捜しあててやるのがジーンズ党である」

と、USAカタログはかなり命令調で書いているが、翌年に「ポパイ」が創刊された頃からだろうか、銭湯の一角なんかにコインランドリーがぽつぽつとできて、わが家から近いタバコ屋の跡の狭いスペースがコインランドリーになった。それからしばらくの間は、色落ちさせたいジーンズと洗剤を入れた小袋をもってコインランドリーによく行った。そう、コロナウイルス対策も関係しているのか、最近またコインランドリーが増えているけれど、当時は自動的に洗剤が出てきてウォッシュしてくれるようなスグレモノのマシーンを備えたコインランドリーはまずなかった。

タバコ屋の跡の狭っこいコインランドリーは、読み古しの少年ジャンプがほったらかしになっているような、非ポパイ的環境ではあったけれど、物珍しい乾燥機で仕上げたホカホカのジーンズから漂うインディゴの香りにまだ行ったことのないアメリカを感じた。

そういえば、このときよりちょっと後だったかもしれないが、草刈正雄がコインランドリーでジーンズやスニーカーをワイルドに洗うCMがあった。ラングラーあたりのイメージを思い浮かべてユーチューブをチェックしていたら、これはアメリカ屋靴店のCMで洗濯するのは白いスニーカーと白いソックス。実際、ドラム式洗濯機に両者をぶっこむカットはないのだが、このCM以来コインランドリーで仕上がりを待つ間、なんとなく草刈正雄気分になったものだ。

さて、件の501はワンウォッシュでグッとシュリンクしてバチヘビ感は薄れたものの、腰回りがキチキチになってきた。前回の「1つサイズを小さめにした」の記述でいまどきのジーンズ通は「おやっ?」と思ったことだろう。〝シュリンク・トゥ・フィット〟のリーバイスは縮みすぎるので、逆に2インチ程度ビッグサイズを選べ、というのがネットの記事などでも鉄則とされている(オーバーサイズの流行というのもあるだろう)。

ウエストがきついので、ヘソ下の第1ボタンを外して穿いていた記憶がある。僕は本格アメリカン小僧の気分だったが、当時はまだタイトなベルボトム系が主流だったから、サークルの女子学生の評判は芳しくなかった。このサークルは広告学研究会というのだが、後々多くのエピソードを語ることになると思われるので、ここでは省略する。

昭和50年発行の手元の雑誌をチェックしていたら、「Made in U.S.A catalog」や「JJ」創刊号と同日の「昭和50年6月1日発行」(実際は4月下旬の発売)の奥付を記したのがもう1冊あった。

2
「宝島」も〈city boys〉がキーワードだった。

「宝島」の6月号、背に〈ぼくたちの世代〉と特集名が記されたこの号は、ヘビーローテーション気味に熟読した記憶がある。

植草甚一編集のもと、2年前に「Wonder Land」の誌名で立ちあがった「宝島」、この時期はアメリカのペーパーバック風のB6サイズの判型で、〈植草甚一編集〉と表紙に記されてはいるが、巻末の編集長の名はその後放送作家として大成する高平哲郎。

当時「宝島」という雑誌の存在は知っていたはずだが、この号は1960年代のTV番組のことがたっぷり書かれた「ぼくたちの世代」という特集に魅かれて買ったのだ。

「Made in U.S.A catalog」と同時期に発売された「宝島」の〈ぼくたちの世代〉特集

60年代のムードに合わせたのか、表紙は「平凡パンチ」の創刊号を飾った大橋歩のイラストレーション（アイビー調の若者とスポーツカーを描いた）で、スポーツカーのドアの所に〈The Manual for Cityboys〉と記されている。

コレ、ネタモトの「平凡パンチ」に付いていたものではなく、昭和50年の年頭から「宝島」が使っているキャッチフレーズなのだ。シティーボーイのフレーズは「ポパイ」の「Magazine for City Boys」が元祖と思っていたが、こちら「宝島」の方が早かったのである。そして、同じターゲットと見たのか、目次裏ページに植草甚一のエッセイ集（番町書房）とともに「Made in U.S.A. catalog」の広告が入っている。

さて、この「宝島」6月号は、ニューヨークに滞在する植草甚一の現地報告記事が冒頭に掲載されて、映画や音楽などのサブカル情報のコラムページがしばらく続く。ちなみにこのコラムページには、後に〝街角のヘンテコ看板〟や〝笑える誤植〟ネタで人気を呼ぶ〈VOW！〉の名がすでに付けられている。

大特集「ぼくたちの世代」は、編集部からのこんな前口上とともに始まる。

「六〇年代を振り返ってみるまえに、あらかじめここではっきりとさせておかなくてはいけないことがあります。

何人かの協力者を得てこの企画をつくっているのですが、まず、この『宝島』を実際に作っているぼくたちが、すべて、一九四六年から一九五五年までのあいだに生まれている

2
「宝島」も〈city boys〉がキーワードだった。

ということです。このことは、六〇年代という時代がぼくたちをつくりあげている、ということなのです。おそらく、いま、これを読みはじめたあなたもまた、六〇年代に育ってきたのではないかと、考えています。……」

署名こそないけれど、これは編集長の高平氏が書かれたものかもしれない。そう、当時、「チェッ」と思ったような気がする。僕はここに「宝島」スタッフの年齢枠として記されている〝一九四六年から一九五五年〟より1つ下の五六年生まれだったのだ。つまり、「ぼくたちの世代」の補欠のようなポジションにいた。

次のページ、特集の巻頭ライターとして北山耕平が登場する。フォーク・クルセダーズの北山修ではないこの北山さんは、初期のポパイでも常連だったアメリカ若者風俗の水先案内人だった。

「ぼくはこれから、ぼくの人生について、といっても、たかだかまだ二五年ぐらいのものなのだけれども、語ろうと思うのだ。しかし、ぼくだって、あのホールデン・コールフィールドとおなじように、《デーヴィッド・カパーフィールド》式の、いつ、どこで生まれて、両親はなにをやっていて、などというくだらない身のうえ話をするつもりはないし、そんなことをはじめたら、だいいち紙がいくらあってもたりないだろう。……」

と、『ライ麦畑でつかまえて』を意識した書き出しで主にテレビジョンを中心にした北山の1960年代文化論が語られる。

なじみのTV番組がランダムに羅列されている一節があるけれど、『デズニー・アワー』『ドビーの青春』『ルーシー・ショー』『マイティ・ハーキュリー』『ヘッケルとジャッケル』『トムとジェリー』『マイティ・マウス』『ウッド・ペッカー』『バックス・バニー』『三バカ大将』『拳銃無宿』『ララミー牧場』……といった感じで、大方が外国（アメリカ）モノなのが、僕より5、6年上の世代らしい（「デズニー」とは誤植かもしれないが、実際初期の邦題は「イ」がヌケ落ちていた可能性はある）。

多くの番組は僕も再放送、新シリーズなどで観ているが、国産ドラマを制作する力が乏しかった60年代初め頃まではアメリカから輸入したドラマやアニメ（当時的にはマンガ映画）が番組表を占領していた。

「朝食に食べるオートミール、巨大な冷蔵庫と、そこからなにげなくとりだしてガラスのコップにつぐ牛乳、その牛乳びんの大きく立派なこと、クッキーをオーブンで焼く母親の姿、へんてこな袋のついた電気掃除機……」

と、ドラマで観たアメリカ文化への憧れが綴られている。

北山の文章を改めて読んでみて、こんな一節が印象に残った。

「ぼくがいま書いているような、『ぼく』あるいは『ぼくたち』といった言葉使いに生理的な嫌悪感を抱く人たちがいることはぼくも知っている。しかし、ぼくには、『ぼく』あるいは『ぼくたち』という単語をつかわずにそれらを表現する手腕がないのだ。許してもらいたい」

ちょっとこれ、僕から見ると理屈っぽい感じではあるのだが、ポパイのコラムへとつながっていく昭和50年代初めの空気感が伝わってくるし、僕が「私」ではなく「僕」人称で文章を書いてきたのもこの時代にシロートエッセー（サークルの会報などに）を書き始めたせいかもしれない（ちなみに三田誠広の『僕って何』がブームになるのはこの2年後のことだ）。

ところで、この「宝島」の巻末の「letters to the editor」（読者のお便り紹介）の最後にこんな投稿を見つけた。

「アメ横でミッキーマウスのTシャツを買った。すごくかんじいいの。でも大学へ着ていったら、仲間に『慶応はあっちいけ』といわれた。でもフクちゃんのTシャツなんて聞いたことない。」（神田・あおきまみ・19・早大生）

いまやピンとこないかもしれないが、横山隆一の戦前のヒット漫画『フクちゃん』は早稲田の定番マスコット、慶応はディズニーのミッキーマウスをおそらく勝手に早慶戦の応援看板なんかに使っていたのだ（東京ディズニーランド開園前の昭和57年頃にディズニー側からクレームが付いて使用不能になった、と聞く）。

3

渋谷道玄坂ウラに濃いアメリカがあった。

昭和50年
（1975年）

学校帰りに寄り道する街の筆頭は渋谷だった。もちろん新宿にも行ったけれど、1960年代後半あたりからの〝圧倒的なエネルギー〟は衰えて、東口の武蔵野館周辺の喫茶店へわざわざ繰り出す者は僕のまわりにはいなかった（伝説の店・風月堂はもう閉店していた）。ちょっとおもしろくなってきたのは京王プラザホテルに続いて住友ビル、三井ビルくらいまでが完成した西新宿の副都心地区だ。新しもの好きの植草甚一も『ぼくの東京案内』（晶文社）に収録されたエッセーで注目している。

それにしても流行色とは思えないとりどりの茶色の服の氾濫は、さっぱり魅力がない。がっかりして新宿東口から西口に抜け、三井ビルと住友ビルへと近づいたとき、たしかに新宿は変ったと思った。変っただけでなく、こんな別世界が東京のどこにあるだろうか。あれば原宿のパレ・フランスぐらいだろう。

（読売新聞　昭和49年12月16日付初出）

植草氏はこの後、三井プラザ（ビル）をニューヨークのロックフェラー・プラザ、住友プラザ（ビル）をクロイスターズ・ミュージアムの庭園などにたとえて好印象を受けたことを記している。

　このあたりは金曜夜の人気刑事ドラマ「太陽にほえろ！」のロケシーンにもよく登場したが、僕も先述した「広告学研究会」と並行して入っていた8ミリ映画の制作サークルのロケで何度か使った。ビル建設前のフェンスのゆるい空地なんかがまだ残っていて、勝手に入りこんでケンカのシーンなどを撮った。

　住友ビルの脇に昔の浄水場時代の蔦《つた》の絡まったレンガ壁をうまく使ったようなカフェがあって、その前でデートシーンを撮影したおぼえがあるのだが、先日久しぶりにＤＶＤで観た沢田研二の「太陽を盗んだ男」（昭和54年）の1シーンにここが出てきて、「そうだ！『渡邉』って難しいナベの字の看板を掲げた店だった」と思い出した。

　まぁ新宿の話はこのくらいにして、渋谷へ移ろう。渋谷はパルコのオープン（昭和48年6月）以降、公園通りがトレンドエリアになりつつあって、実際僕もこの坂道をオシャレ気分で歩いたりしたものだったが、東口の方も「パンテオン」をはじめとした洋画館が集結した東急文化会館、明治通りの全線座もまだ健在で、その向かいあたりのいまもボウリング場のあるビル（渋谷東口会館）には「雀議院」という大きな雀荘があって、ここで打っているとパイのまぜ音を掻き消すように、ゴーッと上階のボウリングの機械音が聞こえてきたのを思い出す。宮益坂裏には安いラブホテルやレンタルルームも多かったが、おもえば当時の渋谷は道玄坂でも公園通りでも、ちょっと脇道に入ると露骨な連れ込み旅館（古風な♨マークを掲げた所もあった）が並んでいたものだ。パルコ（パート1）の裏、まだスペイン坂の名が付く前の坂上の角に、「オリエント」という人気のラブホテルがあったのをよくおぼえている。

昭和50年代初めの渋谷を回想するとき、とりわけ懐しい記憶が浮かびあがってくるのが道玄坂小路の台湾料理店「麗郷《れいきょう》」の一角だ。「麗郷」は当時すでに現在のレンガ壁の建物になっていて、ここは学生の僕らもよく利用した。「煙腸」と表記されたチョウヅメを初めて味わったのはこの店（カウンターにいくつもぶら下がっている）である。

「麗郷」の脇から百軒店《ひやっけんだな》や円山町の方へ上っていく階段道は思い出深い。坂上のラブホテルへ行くために使ったわけではなく、ここで映画サークルの撮影ロケをしたからだ。僕の企画が初めて通った記念すべき作品（トヨタ２０００ＧＴのプラモを大切にするオタクな青年の物語）で、役者も務めた僕はこの階段坂を何度も上ったり下ったりした。まだ路傍に雑草が繁ったような箇所もある素朴な坂道で、ファッションヘルスの店などもなかったが、坂の中腹あたりに「ミウラ&サンズ」というアメカジ少年にとって重要な1軒が存在した。

ミウラは店を始めた三浦という人の名で、息子を表わす「サンズ」（SONS）が付くのは上野のアメ横に「ミウラ」という本店があったからだ。後年（80年代頃）の「ミウラ&サンズ」の写真の看板に〈SINCE 1975〉と入っているのが確認できるからオープンはこの年（昭和50年）、そう、先述したリーバイス501とともに「Made in U.S.A catalog」から人気に火が付いたコンバースのスニーカーを初めて買ったのがこの店。緑色のローカットのタイプ（チャックテイラー）だったが、この年の夏の写真に少し着古した501とともに写りこんでいるから、おそらく開店まもない頃の客の1人と思われる。

せいぜい10畳かそこらの小さな店だったはずだが、そこにコンバースやアディダスのスニーカー（ナイキが登場するのはもう少し後）、フライのウエスタンブーツ、リーバイスやリーのコーデュロイ・ジーンズ……など「Made in U.S.A catalog」で見た憧憬のグッズの実物が革やインディゴの〝いい匂い〟を漂わせながら陳列されていた。

そう、冬場にケニントンというメーカーのミッキーマウス柄（ミッキーがスキー板を抱えている）のセーターを見つけて買ったのはここではなかったか……。前回、「宝島」誌の読者欄に掲載された「ミッキーマウスTシャツを愛好するワセ女」の投稿文を紹介したが、この年はアメリカ建国200年に絡んで、そのシンボル・キャラクターに採用されたミッキーのグッズが多々発売されたようだ。たとえば、「アメグラ」のエンディング曲（オール・サマー・ロング）をきっかけに聴くようになったビーチ・ボーイズのアルバム「スピリット・オブ・アメリカ」のジャケットも星条旗などとともにセンターにミッキーの顔が描かれていた。ちなみに、この「ミウラ&サンズ」がいまや銀座のトラッドショップの古株となった「シップス」の前身なのだ。

　そんな石段坂の坂上を左に行くと「百軒店」の界隈へ入っていくわけだが、坂下の麗郷の脇からもう1本鋭角的に上っていく坂道があって、そのどんつきに「聚楽」という古めかしい日本旅館が建っていた。この旅館、確か90年代くらいまでは健在で、その後長らく露天の駐車場になっていた。近頃、ドンキホーテやインディゴホテルを収容した「道玄坂《どうげんざか》通《どおり》」という紛らわしい名前の高層ビルになった場所だが、聚楽というと、あの上野の大衆的レストランやマリリン・モンロー風ショーガールのCMで知られた水上温泉・ホテルじゆらく……のグループの持ちものだったのだろうか。謎めいた場所だったが、80年代頃までサッカー日本代表チームの宿泊や宴会場に使われていた……なんていうネットの記事を見つけて、へーっと思った。

「麗郷」前の道玄坂小路の向こう側に、ほんの1筋ばかり、いわゆる「恋文横丁」の名残りの袋小路があった。その頃はもう廃屋になったような家も目についたけれど、2軒だけ〝米軍から流れてきたような古着〟を扱う店が開いていた。

　先日、三軒茶屋でアメカジ系の衣料を販売する「セプティズ」を主宰する玉木朗氏（僕

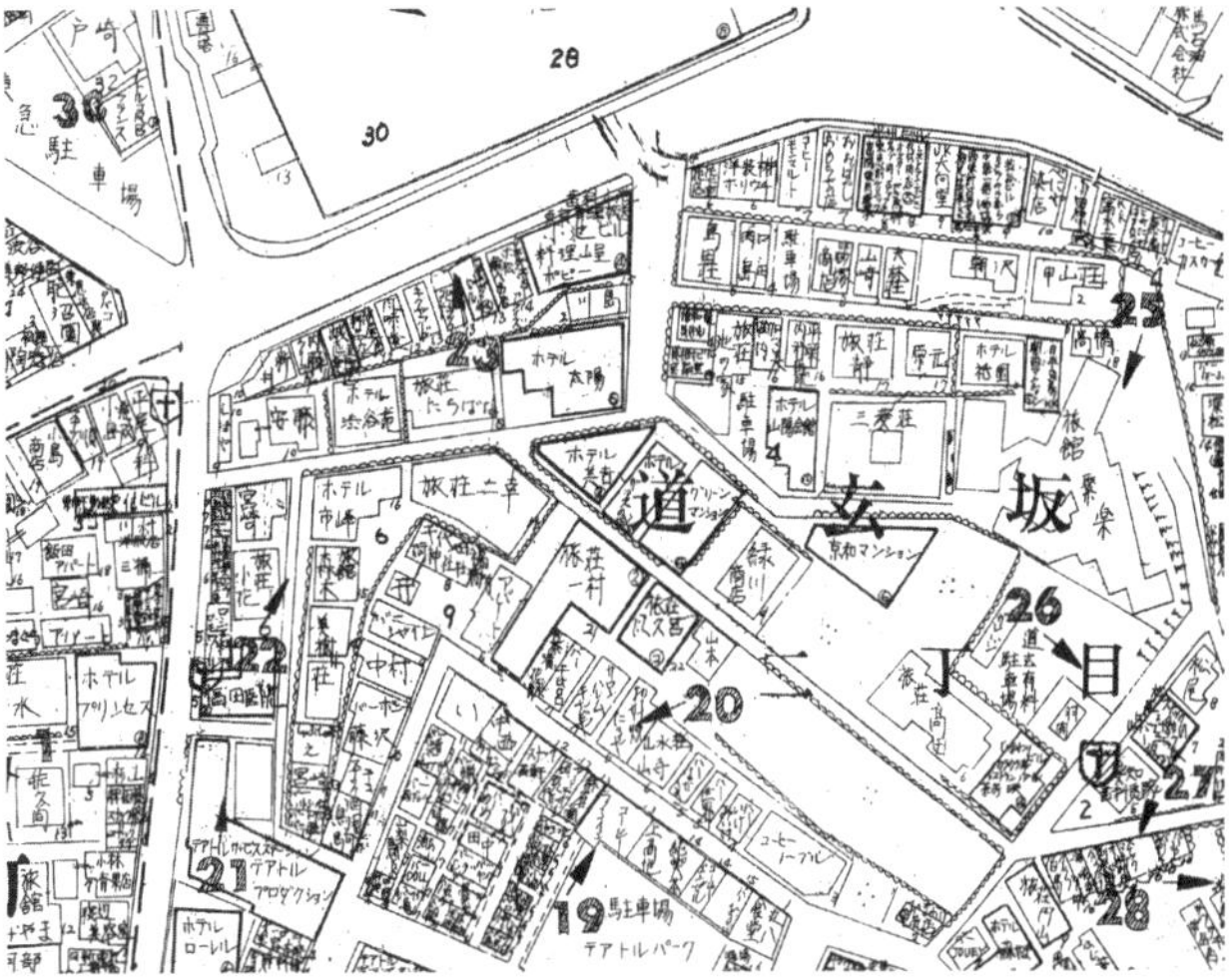

地図１　当時の百軒店界隈の住宅地図。地図１の右端が後出の地図２左端に繋がる

とほぼ同年代）と会食した折、この一角のことが話題に上った。

――「サカエヤ」というのがあって、もう１軒その並びにありましたよね？

――「ミドリヤ」

――そう、すぐ先に表通りの「緑屋」のビルが見えていて紛らわしい。

――バラックのミドリヤがあの量販店の「緑屋」の前身、って説も流れていましたね……。

ちなみに「緑屋」は当時「丸井」と張り合っていた月賦販売式のデパートで、その後セゾングループに吸収されて、いま「プライム」のビルになっている所だ。「緑屋」と「ミドリヤ」は無関係らしいけれど、このビルが昭和40年代前半に建つまでは、いまの１０９の方から三角地帯状に「恋文横丁」を含む戦後のヤミ市を起点にしたバラック商店街が広がっていた。東急本店へ行く道と分かれる二叉の角にあった洋品店の「三丸《みつまる》」は、⛬マークのMITSUMARUとして109内に健在だが、当時の三丸の裏小路に、近頃秩父方面の名物になりつつある「わらじかつ」の看板を出した安いトンカツ屋があったはずだ。

ところで「恋文横丁」というのは、正確には〝恋文代筆屋〟（朝鮮戦争に出征した米兵向けのラブレターを代筆する店）のあった1筋を指すもので、この「サカエヤ」や「ミドリヤ」が並ぶ小路は俗に「メリケン横丁」と呼ばれていたらしい。これらの店にも、シブいメイドインUSAモノのシャツなんかがある……という情報が伝わってきて（「ポパイ」の記事にもなったが、それより前だったと思う）、「ミウラ&サンズ」の行き帰りに覗くようになった。「ミウラ――」はサーファーっぽい若いお兄ちゃんが店番をしていたが、こちらは終戦直後からずっとやっているような、ポパイ臭のないオッチャンなのが逆に味わい深かった。

そういった本格メリケンなオッチャンがGパンなんか売る場所としては、もう1つ、横須賀が思い浮かぶ。I君という中学時代からの友だちが「さいか屋」の裏に住んでいて、彼によくドブ板通りに連れていってもらった。米軍払下げ直送、みたいなレアな中古ジーンズの山を眺めて興奮したが、コンポラ（ややツッパリ系の人が愛好していたファッション）派の人が好んで着る光沢のある深緑のジャケットやズボンにただ「玉虫」と品札を付けて売っているのがコワかった。

麗郷の横の石段坂を上っていっても入っていける「百軒店」の界隈は、当時からいかに

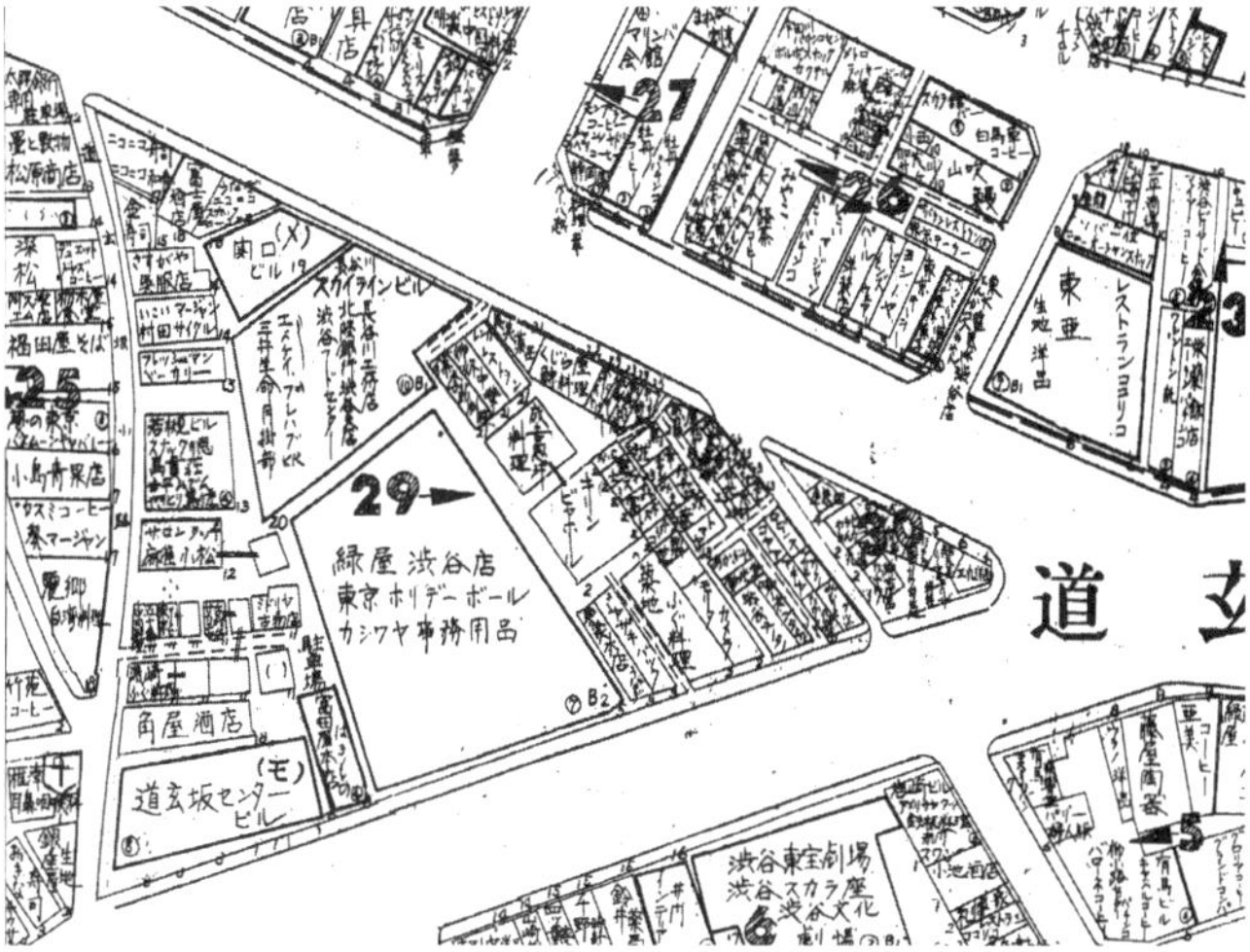

地図2　当時の恋文横丁界隈の住宅地図

も裏町の風情が漂っていた。表通りの道玄坂の方から入っていくと、すぐ右手にいまも健在なストリップの「道頓堀劇場」がある。

道頓堀——の名については、随分前に開館した社長じきじきに「看板屋が道玄坂を道頓堀とカン違いして作ってきて、めんどくさいのでそのままにした」なんていう、ふざけた謂れを伺ったが、大学生当時は横目で見て通り過ぎるだけで、入場したおぼえはない。もっとも、池袋のミカド劇場とか朝霞の朝霞ショー劇、といったストリップ小屋には高校生の頃からひっそりと行ったりしていたから、こういうエロなスポットを拒否していたわけではない。公園通りの喫茶店で女子とデートしたり（「時間割」って店をよく使った）、ミウラ&サンズでアメカジグッズを物色したり、そういうオシャレモードの渋谷でストリップに入るのがイヤだったのだ。その当時から僕は、街をジャンル分けする傾向があった。

その奥のマス目状の区画には、現在も営業を続けるカレーの「ムルギー」、名曲喫茶「ライオン」……店ではないが赤鳥居をあやしげに垣間見せた千代田稲荷神社、などの古い物件が軒を並べている。大正時代末の関東大震災直後に、その後の西武王国を築く堤康次郎率いる箱根土地会社が中川伯爵邸の跡地を買いあげて区画整理したという元祖モール型商店街、戦後はテアトル系の映画館が2、3軒オープンし、昭和30年代中頃からはジャズ喫茶が増えていったという。

ジャズ喫茶の主客層は僕よりちょいと上の世代だったが、名曲喫茶ライオンの隣の「B・Y・G」というロック喫茶は、高校生の頃からロンブー履いた不良ロック少年の溜り場として知られていた（ここももとはジャズ喫茶らしい）。この店の裏手が当時広々とした空地（屋外駐車場だったかも）で、1本先の路地に回りこむと、店裏の壁か塀にBYGと赤いスプレーペンキで殴り書きされた、ロックなラクガキが目に入った。

はっぴいえんどのライブなんかも催されたというこの店、結局僕は〝濃すぎそうな不良ロック少年〟の存在におびえて入らなかった。もう1つ先の路地角に「ブラックホーク」（BLACK HAWK）という小体のロック（ジャズ）喫茶があって、ここも伝説の店として語られるが、残念ながらこちらも入店の記憶はない。ちなみに、当時（少し前の昭和47年）の住宅地図を見ると、「ブラックホーク」の隣に「ありんこ」って店があるけれど、ここは荒木一郎の私小説『ありんこアフター・ダーク』の舞台になった店だろう。

4

荒井由実、シュガー・ベイブ、そしてゴー・ゴー・ナイアガラ

昭和50年
（1975年）

名画館の「ラピュタ阿佐ヶ谷」で古い日本映画をよく観る。先日行ったとき、近日中に公開される「凍河」という松竹映画のポスターと宣伝チラシ（たっぷり解説文も載せた）がロビーに掲げられていた。僕ら8ミリ映画サークルの連中も大いに影響を受けた斎藤耕一監督の作品（昭和51年4月24日封切）だが、これは観たことがない。五木寛之の小説（朝日新聞連載）を原作に石森史郎の脚本、当時ドラマ「俺たちの旅」をやっていた中村雅俊の主演で相手役は五十嵐淳子（ちょっと前まで「五十嵐じゅん」だった）……つまりこの2人が知り合った映画なのだが、ハイ・ファイ・セットが歌う主題歌（朝陽の中で微笑んで）も含めて音楽を荒井由実が担当した。

荒井由実名義の仕事としてはもう最後の方になるのだろうが、それよりもおもわず目が点になってスマホのカメラを作動させてしまったのはチラシに書かれた一文だ。

「人気絶頂のシンガー・ソングライター ムーミンこと荒井由実が初の映画音楽を担当」

ムーミン――というのは別の箇所にも書かれていたから、単なる誤植ではなく、宣材担当者が完全にそう思いこんでいたのだろう。昭和51年（76年）の春にして、まだ「ユーミン」の愛称は定着していなかった、ということなのだろうが、〝人気絶頂のシンガー・ソングライター〟になっていたことはまちがいない。ちなみに先のチラシの一節には「音楽界の華麗なるジャンヌダルク」という表現もあった。

僕が荒井由実の存在を知ったのは昭和49年頃、高3くらいの時期から割と聴くようになったTBSラジオの深夜放送「林美雄のパックインミュージック」において（アルバム「ひこうき雲」の曲がよくかかった）なのだが、すぐにレコードを買ったわけではなかった。

ソウル（ディスコ）系のレコードをいっぱい持っている友人の家に遊びに行ったとき、レコード群のなかに「12月の雨（B面・瞳を閉じて）」のシングル盤（ジャケはアルバム「ミスリム」と同じくユーミンがピアノ前でポーズをとるモノクロ写真）を見つけて聴いたところ、これはやはりリピートして聴かなくては……と思ったのだ。発売は49年10月5日（アルバム「ミスリム」と同日）というが、手に入れたのは「12月の雨」のシチュエーションと同じく、寒くなってきた暮れの頃だった気がする。

ただ当時まだ彼女は音楽誌で五輪真弓と比較特集（和製キャロル・キング――みたいなテーマ）が組まれるくらいのカルトな存在だった。荒井由実の名が広く知れわたるのは、50年代に入った次のシングル盤「ルージュの伝言（B面・何もきかないで）」から。レコード発

4
荒井由実、シュガー・ベイブ、そしてゴー・ゴー・ナイアガラ

売は2月だったようだが、大学に通いはじめた春の頃には業界でいう〝スマッシュヒット〟（辞書的には爆発的ヒットだが、レコード業界では小中規模のヒット）をしていた。

テーマも含めて「カラーに口紅」（コニー・フランシス）がモトネタと思しき曲調は、「アメリカン・グラフィティ」以降キテいた60sポップスのブームに乗ったものだろう。それまでの荒井由実とは質感の違う、いかにも当てに来たような1曲だった。

テレビで彼女の姿を観たのも、この時期が最初だ。「ぎんざNOW！」的な番組で、髪をポニーテールにしてイントロや間奏でツイストを踊りながら「ルージュの伝言」を歌う荒井の姿がぼんやりと記憶に残っている。

シングルより少し遅れて3枚目のアルバム「コバルト・アワー」が発売されて、少なくともわが慶応の学生の間では、おそらくLP貸し借り率トップに近い存在になっていたはずだが、さらに秋も深まる頃に発売されたシングル盤「あの日にかえりたい（B面・少しだけ片想い）」は、パチンコ屋の有線でも頻繁に流れる大ヒット曲になった。

ボサノバ調のスキャットコーラスで始まるこの曲、いまでいうところの〝シティポップ〟の雰囲気に近い1曲ともいえるが、レコード発売よりも前に「家庭の秘密」というTBSドラマの主題歌として耳になじんでいた。

ストーリーは、穏やかな家庭で育った養女と実の娘とが知り合って、謎を探るうち人間関係に亀裂が……みたいな感じのもの。木曜9時台の番組ゆえ、夜遊びに凝《こ》りはじめた大

学1年生の僕は毎回熱心に観ていたわけではないけれど、2人の娘が秋吉久美子（実）と池上季実子（養）という配役は当時の男子学生にとっては魅力だった。すでに秋吉久美子は藤田敏八の映画（「赤ちょうちん」や「バージンブルース」）の〝あやうい少女〟の役柄で注目されていたが、それ以上にCM——風吹ジュンから引き継いだ三ツ矢サイダーや「クミコ、君をのせるのだから。」の日産チェリーF-Ⅱ——で見せる〝瞬殺的な微笑〟にやられてしまった。

風吹ジュン、そして秋吉久美子がモデルに起用されていた三ツ矢サイダーCMの音楽を担当していたのは、ご存知、大滝詠一だ。73年（昭和48年）にスタートした大滝サウンドのシリーズが3年目を迎え（4年目の76年は山下達郎が担当）ていたこの年は、自ら立ちあげた〈ナイアガラ〉レーベルのレコードが発売された。

その第1弾を飾ったシュガー・ベイブのLP「SONGS」は、ともかくヘビーに聴いた愛聴盤となった。冒頭から昭和50年の4月末に世に出た雑誌のことを書いているけれど、山下達郎率いるシュガー・ベイブのこのアルバムの発売も4月25日。発売元のエレックレコードが電通や博報堂を使ってマーケ調査したとは思えないが、たぶん僕のような「Made in U.S.A catalog」に飛びついた、学園紛争後のアメカジな若者がズバリの標的だったのだろう。

古いヨーロッパ映画の老夫婦（実はパリあたりのゲイの写真がベースらしい）を描いたよう

なジャケットには宣伝の帯を除いて日本語はなく、ディスクユニオンやメロディーハウスで物色する洋楽LPを思わせた。

好みの曲はいろいろとあったが、A面1曲目の「SHOW」から「DOWN TOWN」へと続くブロードウェイのミュージカルみたいなオープニング（もちろんこの時点で本場ブロードウェイには行っていないが）に圧倒された。あの、レコードを聴いてウキウキした感じは忘れられない。

シュガー・ベイブの「SONGS」とほぼ同時期に発売された愛奴の「二人の夏」とい

お宝とされるエレック盤「SONGS」

う曲もよく聴いた。行きつけの目白のレコード屋で「ＳＯＮＧＳ」を買ったとき、こちらも同時に目にとまったことをよくおぼえている。

愛奴と書いてアイドと読むこのグループは、その後ソロで名を成す浜田省吾が率いていた。確かシュガー・ベイブよりも少し遅れて、「二人の夏」が収録されたアルバム（タイトルも愛奴）の方を入手したが、コンブのようにカセットテープをグチャグチャに引き出した様をジャケ写にしたアルバムよりも、シングル盤「二人の夏」のイラストのジャケの方が印象に強く残っている。

「二人の夏」という曲は、まさにビーチ・ボーイズ（サーファーガール＋サマー・ミーンズ・ニューラブ）やパーシー・フェイスの「夏の日の恋」を想起させるサウンドで、後のソロ時代よりも若干ソフトな浜田の声が心地いい。そしてジャケットは、そういうちょっとオールドなアメリカンリゾート気分に合わせて河村要助が描くリーゼント男とポニーテール娘のビーチシーンだった。河村はちょうど同じ頃、ニッカウヰスキーの広告にこういったセンのイラストを提供していたはずだ。

これもやっぱり「アメリカン・グラフィティ」のヒットに端を発する潮流だろうが、河村と双璧のテリー湯村（輝彦）、後に大滝の「ロング・バケイション」の絵世界を作りあげる永井博、山下達郎「フォー・ユー」の鈴木英人……と、50ｓ、60ｓアメリカンテイストのイラストレーションを各所で見掛けるようになった。

4
荒井由実、シュガー・ベイブ、そしてゴー・ゴー・ナイアガラ

湯村輝彦はこの2、3年後くらいから「ポパイ」の裏表紙に長らく掲載されていた、ヤングアメリカンを茶化したような「オロナミンC」の広告が目に残っているが、それがさらにパンクに爆発した糸井重里との『情熱のペンギンごはん』（ガロ連載）は衝撃的だった。

さて、「SONGS」よりひと月ほど遅れて、ナイアガラの御大、大滝詠一のアルバムが発売された。ナイアガラの滝のイラストを描いたこのアルバム「Niagara Moon」こそ、「SONGS」以上に洋盤っぽいデザインで、アメリカからの輸入盤LPと同じようにピチッとビニールコーティングされていたことを指先で記憶（パッケージの合わせ目に爪を挿入して破く）している。

ナイアガラ・ムーン、三文ソング、論寒牛男、福生ストラット……収録曲には三ツ矢サイダーのCMソングも3曲（'73、'74、'75）入っていたが、このサイダーの歌とともに何度も針を落としたのが「楽しい夜更し」という曲だった。

僕の好みの60sポップス調のメロディーではなかった（そもそもこのアルバムにそのタイプの曲は少ない）けれど、軽快なオールドジャズっぽいサウンド（エニー・ケー・ドゥーの「マザー・イン・ロー」って曲がネタモトであることを後に大滝のラジオ番組で知った）のこれは、仲間たちとの徹夜麻雀の光景を歌った詞が楽しい。授業が休講になるたびにメンツを集めて日吉駅西口商店街の雀荘にしけこんでいた、大学1年生の僕のライフスタイルにも合っていた。

とりわけ耳に残る詞の一節に、こんなのがあった。

「真夜中のディスクジョッキー　特集はクレージーキャッツ……」

徹マンをやっている部屋に深夜ラジオが流れている、という設定なのだが、真夜中にクレージーキャッツ特集なんかをやるラジオDJとはまさに大滝本人のことであり、僕はその番組「大滝詠一のゴー・ゴー・ナイアガラ」の熱心なリスナーだった。

当初は月曜日の夜更け、というか火曜に入った午前3時スタートの1時間番組で、「オールディーズ・バット・グッディーズ」をキーワードに大滝の愛する60sを中心にしたポップスやソフトロックが流れる。ニール・セダカ、ロネッツ、レスリー・ゴーア、フォー・シーズンズ……そういったなかにクレージーキャッツや坂本九、弘田三枝子……といった和製モノの特集が組まれることもあった。

ただし、ラジオ局は横浜の野毛山に電波塔のあったラジオ関東だったこともあり、僕の住む新宿の落合あたりでは「１４２０」に合わせても、ガーピーと雑音にかき消されるようなことがあった。そして、番組自体は大滝が根城とする福生のスタジオで録られていたため、時折、米軍基地の飛行機の音が入る。ＳＥとして、敢えて消さなかったのかもしれないが、これがなかなかオツだった。

5

村上龍は「ナイアガラ」を聴いていただろうか?

昭和51年
（1976年）

前回の最後は愛聴していたラジオ番組「大滝詠一のゴー・ゴー・ナイアガラ」についてのこんな説明で終わった。

「ただし、ラジオ局は横浜の野毛山に電波塔のあったラジオ関東だったこともあり、僕の住む新宿の落合あたりでは『１４２０』に合わせても、ガーピーと雑音にかき消されるようなことがあった。そして、番組自体は大滝が根城とする福生のスタジオで録られていたため、時折、米軍基地の飛行機の音が入る。ＳＥとして、敢えて消さなかったのかもしれないが、これがなかなかオツだった。」

さて今回、「ナイアガラ」のことをもう少し詳しく書こうと思って『All About Niagara』（白夜書房）という〃大滝詠一全仕事〃的なデータブックを改めて読み直したところ、アルバム「GO! GO! NIAGARA」に掲載された〈GO! GO! NIAGARAが出来るまで〉という番組制作工程を写真で簡単に紹介するページが目にとまった。このアルバム自体を持っているから、以前おそらく目にしていたはずなのだが、コレによると福生のスタジオで大滝がひとりで録音した60分の番組のテープはラジオ関東（行程に中央ＦｒｅｅＷａｙとあるから、届け先は麻布台のラジオ関東本社だろう）へと運ばれ、担当ディレクター（小清水・サム・勇とあるが、この人は後述する「ぎんざＮＯＷ！」に出ていたはずだ）のチェックのもと第１スタジオでオンエアされ、川崎市のラジオ関東送信所からリスナーのラジオへと送られていた。

　東京での電波状況が芳しくなかったことには変わりないが、送信地は野毛山ではなかったのだ。それと、ラジ関のヘルツ数「１４２０」について「１４２２ではないか？」と校閲段階で指摘が入ったのだが、当時のヘルツは１４２０で正解。大滝さん自身、番組中に時折「フォーティン、トゥエンティー〜」とＦＥＮのＤＪ調にコールしていた。

「ゴー・ゴー・ナイアガラ」がスタートしたのは昭和50年（１９７５年）の６月９日。初年からときどき聴いていたはずだが、ヘビーリスナーになったのは51年に入ってからだと思う。白夜書房のデータ本に番組の各回の特集タイトルが載っているが、１月26日のフォー・シーズンズ、３月１日のレスリー・ゴーアの回などはしっかりと聴いた印象があるし、もうクタクタになって聴けなくなってしまったのだが、２月９日の放送を録音したカセットテープがあった。

　もとのを90年代くらいにダビングしたテープがまだ手元に残っているが、それを聴くまでもなく、4、5年前に取材を通して知り合ったコアな大滝ファンの方から、番組全172回（最終は53年9月25日）を収録したディスクをいただいた。

リストを見ながら、51年2月9日の放送を再生してみると、番組はおなじみのインスト曲「Dr. Kaplan's Office」（フィル・スペクター）にのせてスタート、「ハーイ、エブリバディー……大滝詠一の趣味の音楽だけをかけまくる60分間の時間のタイムが始まりました」という決まり文句の後、この日の1曲目はヴォーグス「ターン・アラウンド・ルック・アット・ミー（ふりかえった恋）」。この回はリスナーのハガキを中心にした構成だったが、3月に発売が決まった「ナイアガラ・トライアングル」のこと、ヒットの兆しが見え始めた松本隆作詞の「木綿のハンカチーフ」のこと、年頭から始まった山下達郎の「オールナイトニッポン」の話題……うん、確かに聴きおぼえのある内容だ。

まだラジオＤＪに馴れていない山下に「応援のハガキを出してやってください」なんて言っているあたりにいかにも〝師弟愛〟が感じられるが、大手ニッポン放送の番組に抜擢された山下に対して、ローカルなラジ関の番組をシコシコやる大滝……の位置関係にシャレでツッコミを入れてきたリスナーのハガキを受けてこんなことを語っている。「雑音にも負けずに聴きたい番組を一生懸命に聴く……そういうラジオ関東が好きなんですよ」。

雑音はともかく、当時のラジ関には他にも魅力的な番組があった。土曜の夜10時からの「湯川れい子のアメリカン・トップ40」は欠かせなかったし、「ナイアガラ」の前ワクでやっていたコミック系フォークバンド「まりちゃんズ」の番組もおもしろかったし、スネークマンショーの番組もこの時期のラジ関が最初だったはず。どことなく、ラジオ界の東京12チャンネル的な存在だった。

ところで、この「ハガキ特集」の回の「ナイアガラ」をわざわざ録音したのは、何度か出していた自らのハガキが読まれるのを期待していたのかもしれない。実は当時僕は「SBモナカカレーを食べる会会長」なるラジオネーム（という言い方はまだ普及していなかったが）を使って投稿し、文章まではともかく、2、3回ほどその名が読まれた記憶がある。ちなみに「SBモナカカレー」とは、昭和30年代中頃にちょっとハヤッた即席カレーで、名のとおり、モナカの皮の中にカレールウが詰まっていた。いわば懐中じるこのカレー版だが、これは確か、古本屋で見つけた昭和34、35年頃の読売新聞縮刷版にその広告が載っていて、こういうのは大滝さんにウケるに違いない……と思ったのだ。そう、「〜の会会長」という肩書は、カメさん（亀渕昭信）のオールナイトニッポンあたりが出所かもしれないが、深夜ラジオの投稿者の間に定着していた。

その僕のハガキが読まれた回、先のディスクで探しているのだが、まだ見つけられていない。

そうやって各回を聴いていたところ、この2月9日の1つ前、2月2日の放送は録音していないのに妙に聴きなじみがある。大滝が会心の作と自負する吉田美奈子の新曲「夢で逢えたら」で始まって、さらにそのカラオケ（インスト）まで流され、曲のムードから60sのガールシンガーが続く。ナンシー・シナトラ、マーシー・ブレーン、シェリー・フェブレー……和モノでは麻丘めぐみの「ときめき」と木の実ナナの「涙をこらえて」。とくに木の実ナナの曲はレスリー・ゴーアの「メイビー・アイ・ノウ」のカバーモノで、幼児の頃に「ザ・ヒットパレード」なんかで聴いて大好きだった曲を久しぶりにこの番組で耳にして感動したのだ。なんてことまでよくおぼえている。つまり、よほど気を入れて聴いていた、まさに「ハマッた」回だったのだろう。

大滝詠一「ナイアガラ・ムーン」は
輸入盤のニオイがした……

大滝は「ギャンギャン」（行きましょう、の前などに付く）という独特の擬態語を多用、リスナーにもよく指摘された鼻詰まり気味の声で軽快に喋り、喋りの語尾に重ねるように食い気味に曲がスタートするのがカッコイイ。

というのが従来の番組の感じなのだが、放送回のリストを眺めていくと、この51年は念頭の1月5日の放送から、細野晴臣、松本隆（12日）、鈴木茂（19日）と元はっぴいえんどのメンバーをゲストに招んでいるのが興味深い。彼らが出演した回のオンタイムの記憶は残っていないのだが、件のディスクでじっくりと聴いてみることにした。

最初の細野は自ら持ち寄った好みのレコードをその場（福生スタジオ）で大滝にかけてもらいながら、ぐだぐだと話がやりとりされる……という和やかな構成で、LPに入った曲の場所がわからなくて何度かかけ直す、針の音までそのまま放送されているのがすごい。ちなみに細野の選曲は、エキゾチック・サウンドと呼ばれたマーティン・デニーのチャイニーズっぽい曲やカルメン・ミランダが歌う「チャタヌガ・チューチュー」の原曲とかで、「トロピカル・ダンディー」あるいは「泰安洋行」の頃の細野さんらしい。しかし、僕がこういう「大中」（飯倉の小物屋）っぽいファー・イーストなセンスにオシャレ感を抱くようになるのは、この3年後くらいのことだ。

打って変わって松本隆の回は、アグネス・チャンの「ポケットいっぱいの秘密」に始まって、細野の作曲でもある小坂忠の「しらけちまうぜ」へと続く。そうだ、この曲が入ったアルバム「HORO《ほうろう》」も昭和50年代初頭の名盤だった。「HORO」は当時レコードこそ持っていなかったけれど、友人から借りて聴いたとき、なかの「流星都市」って曲が気に入って、これだけ何度も聴いた。とくに「H・G・ウェルズのサブマリン」ってフレーズに小坂忠の歌声の魅力と松本隆の天才性を感じた。僕は「トロピカル・ダンディー」より、こういうソウル、R&B路線の細野曲の方が断然好みだった。

ソウルと言えばもう1曲、松本・細野コンビによるスリー・ディグリーズの「ミッドナイト・トレイン」がかかったが、話を聴いていると、こちらの方が「にがい涙」(安井かずみ作詞・筒美京平作曲・深町純編曲)より先だったのだ。割と辛辣な批評をする大滝がぼそっと、フィラデルフィア・ソウルに真っ向から挑んだ「ミッドナイト」を評価しつつ、「ケナすようになるかもしれないけど」と前置きしつつ、セクシー歌謡のセンで大ヒットした「にがい涙」をくさしていたのが興味深かった。大滝は筒美京平の曲には好意的なのに、コレに関しては〝歌謡曲勢に対するニューミュージック勢の矜持〟のような意識があったのかもしれない。ちなみに僕はこの「にがい涙」、日吉の学生街のパチンコ屋「白鳥」の景品でゲットしたのを鮮烈におぼえている。

さて、鈴木茂は〝女性に大人気の〟〝お待ちかねの〟といったふれこみで登場。実際、番組内でも、鈴木をアイドル視したような女性リスナーのハガキがよく紹介されていた。

アルバム「バンドワゴン」の話が中心になっていたが、これも50年の春(シュガー・ベイブの「SONGS」よりひと月早い3月）に出た素晴らしいアルバムで、1曲目の「砂の女」はいまも夏の始まりに車のCDで必ず流す（安部公房の小説からインスパイアされたと思しきこの曲は、よく聴くと、浜辺に雪のある冬シチュエーションなのだが）ナンバーになっている。

番組で「砂の女」はかからなかったが、「100ワットの恋人」「八月の匂い」という「バンドワゴン」の曲がかかった。鈴木の曲には等身大に近い松本が投影されているような印象を持つ。

「100ワット」には〝ジョーケン〟というフレーズが出てくるけれど、この歌の主人公の彼女がハマッているショーケン（萩原健一）は、時期的にみて「傷だらけの天使」のオサムに違いない。

鈴木（や細野）が関わっているバンド「ティン・パン・アレー」のアルバム（キャラメル・ママ）の曲が流れ、かつての「はっぴいえんど」の話になったとき、しばしば「昔はさぁ〜」という語り出しの文句が出てくるのが耳に残った。「昔は」といっても、はっぴいえんどの時代からせいぜい3、4年……それほど彼らの変化が目まぐるしかった、ということなのか。当時、年長の細野でも28、大滝、松本が26、27で、年少の鈴木は23か24。老成したはっぴいえんどの面々らしい……ともいえるが、おもえば大学生の僕自身「昔は」の語り出しでウルトラ怪獣やグループサウンズの頃の話をしていた気がするから、やはり時代自体の変貌が激しかったのと、ノスタルジー（レトロ）の意識も含まれていたに違いない。

ところでこの時期、細野晴臣も狭山の米軍住宅に住んでいたはずだ。番組で住まいの話は出なかったけれど、細野と大滝の談話中にも横田基地に出入りする飛行機の音が入るシーンがあった。

そこでふと思った。大滝のスタジオもある福生の米軍住宅を舞台にした村上龍の『限りなく透明に近いブルー』がブームになったのはこの年。6月号の「群像」に発表され、7月の芥川賞を受賞、すぐに講談社から単行本が出て、あっという間にミリオンセラーとなった。

僕はこの小説、すぐに読みはしなかったが、「限りなく透明に近いブルー、限りなく透明に〜」と、ただ連呼するラジオCMをよくやっていた記憶がある。当時ムサ美に通っていたという若き村上龍（鈴木茂とほぼ同年代）は「ゴー・ゴー・ナイアガラ」を聴いていただろうか。

6
「セブンスターショー」のティン・パン・アレー

昭和51年
（1976年）

前回、「ゴー・ゴー・ナイアガラ」で僕のハガキが読まれた回の録音がまだ見つからない……といったことを書いたけれど、例のディスクをその後さらに丹念に聴いてついに探しあてた。まずは、放送時間が月曜夜の12時台になった（51年3月〜）後の6月7日のハガキ特集。件の〈SBモナカカレーを食べる会会長〉という僕のラジオネームを読んだ大滝さん、「へぇ、そんなのあるの？」とリアクションしていることから察して、これが初めて読まれた回だろう。このときは「森山加代子の曲をかけてくれ」という僕の要求に応じて「月影のナポリ」がかかっただけだったが、さらにひと月後の7月12日のハガキ特集では、内容がハマッたのか、たっぷり紹介されている。「新宿区の朝井泉（※僕の本名）クン、SBモナカカレーを食べる会会長……ふむこの方ケイオーなんだね」なんて前振りがあってから、大滝が番組で提案した「のど自慢大会」で歌いたい曲（ベスト11）がすべて読みあげられた。

1・ホンダラ行進曲、2・九ちゃんのズンタッタ節、3・まぼろし探偵の歌、4・明星即席ラーメンの歌（ひゃ、こんな歌あんの？と大滝の反応があって）、5・ポケット・トランジスター（チャコ＝飯田久彦風）、6・ゴマスリ行進曲、7・潮来花嫁さん、8・北海の満月、9・美しい十代、10・ふりむかないで（あー、いい曲だね。と大滝の感想が入り）、11・君たちがいて僕がいた――という具合。（※曲名は読まれた僕のハガキの表記に準じたもので正確なタイトルでないものもある）

　多くは好みのジャパニーズ・オールディーズではあるけれど、大滝や番組リスナーのウケを狙った選曲も見受けられる。しかし、「ホント、おもしろい人だね、まったくもう。」と、大滝の反応は頗る良い。オンタイムの記憶はあいまいなのだが、聴いていたとしたら、この夜は興奮して眠れなかったに違いない。ところで、こういう〝趣味のランキング〟のような作業を僕はもっと前からやっていた。

　中学2年だった昭和45年（70年）の10月から毎週土曜日にヒット曲のベストテンをノートに記録していた。これは、できるだけ個人的な偏見は抑えて、チェックしたテレビの歌謡ベストテン番組（まだ「ザ・ベストテン」はやっていないが「今週のヒット速報」とか「ベスト30歌謡曲」とかいくつかあった）やラジオの深夜放送のチャートやリクエストの頻度などを参考に自分なりに総合判断したもので、怠けて欠落した期間はあるものの、昭和51年の初めはベスト20にボリュームアップして記録されている。以下は、1月31日付のベスト10。

1・およげ！たいやきくん　子門真人
2・木綿のハンカチーフ　太田裕美
3・白い約束　山口百恵
4・恋の弱味　郷ひろみ
5・ファンタジー　岩崎宏美
6・立ちどまるなふりむくな　沢田研二
7・俺たちの旅　中村雅俊
8・めまい　小椋佳
9・なごり雪　イルカ
10・あの唄はもう唄わないのですか　風

ちなみに、前年秋からヒットしていた荒井由実の「あの日にかえりたい」はまだ17位にがんばっている。しかし、なんといってもこの年頭は「およげ！たいやきくん」で、子門真人の太い声が巷に流れまくっていた。

そんな「たいやき」に迫る急先鋒として前回の「ゴー・ゴー・ナイアガラ」でも話題に上った作詞家・松本隆の出世作「木綿のハンカチーフ」がじわじわと順位を上げ、このチャートでも翌週の2月にはトップの座についている。

筒美京平の曲はもちろん、萩田光雄の編曲も素晴らしい（僕は船山基紀より萩田好みだった）「木綿」――このシングル盤も「あの日にかえりたい」と同じく日吉のパチンコ屋で取った印象が強い。そして、彼女が歌う姿をよく眺めたのもユーミンの「ルージュの伝言」を観た記憶のある「ぎんざNOW！」だった。この時期、太田裕美は何曜日かのレギュラーで、ハヤる前からよく歌っていた。そして、別の曜日のレギュラーだった清水健太郎とデュエット（シミケンがレイバンのサングラスをかけて、スカした感じで男のパートを歌う）したシーンがとりわけ記憶に残っている。

高校生のときに始まった公開型の生バラエティー番組「ぎんざNOW！」（TBS）は、ナウのフレーズこそすでに堂々と口にするのは恥ずかしくなっていたけれど、夕方5時台の帯番組として定着していた。

銀座の三越の裏方あたりにあったテレサというサテライトスタジオで生中継されていたこの番組、1度だけちょこっと出演したことがある。大学1年生の夏、例のサークル・広研が葉山海岸で催す「キャンプストアー」にプロモーションでやってくる新人アイドルの応援に駆り出されたのだ。

50年の夏のことだが、渚リールという名の歌手で「真夏の感触」という、ちょっとセクシー路線の曲を歌っていた。ハヤリの60sポップス調の曲だったが、プロモ用のTシャツ

（オッパイの所を隠すように掌のイラストが描かれている）を着て彼女の後ろで踊れ！　というのが先輩からの指令だった。集まった5、6人の部員で、これといった揃いの振り付けもなくナヨナヨと踊っているとき、すぐ横でハンダースの「ありがとうの小林くん」と呼ばれていた太った男が場を盛りたてるように、上半身裸でひときわ激しく踊っていたのをよくおぼえている。いや、ステージ側のタレントはともかく、距離の近い客席に集まった、素行の悪そうなリーゼント頭の高校生たちがコワかった。

こうやって書いてきて、つくづく当時のＴＢＳはドラマもバラエティーも冴えていたと思う。「木綿のハンカチーフ」がハヤッていた51年の春先、荒井由実とかまやつひろし、ティン・パン・アレーの面々が共演した「セブンスターショー」という伝説の番組が放送された。

これはＴＢＳ日曜夜の90分枠のスペシャル音楽番組で、セブンスターとは7回連続の各回に登場する7人（組）のスター歌手を意味していた。初回が沢田研二で以降、森進一、西城秀樹、布施明、かまやつひろし&荒井由実、五木ひろし、ラストが吉田拓郎という面々。プロデューサーのトップに久世光彦の名がクレジットされているのも異色の音楽モノといえるが、「悪魔のようなあいつ」（時効が迫る三億円事件犯を扱ったドラマ）の沢田研二、「寺内貫太郎一家」の西城秀樹、かまやつひろしは「時間ですよ」のシリーズに〝カマタさん〟として顔を出し、その友人役で吉田拓郎がちらっと出たこともあったから、これは

⑥
「セブンスターショー」のティン・パン・アレー

久世の人脈で成立したような企画なのだろう。

かまやつ＆荒井の回の放送は3月14日というから、1年から2年にかけての春休みの時期だが、オンタイムで観た記憶はない。僕がこの番組の存在を知ったのは、「テレビ探偵団」でユーミンを扱うコーナーをやることになった（彼女本人は出演していない。ゲストがかまやつさんの回だったかも……）とき。同じTBSということもあって、担当ディレクターから「幻の名番組の映像があるんですよ」なんて感じでダビングしたVを渡された。当時、「セブンスターショー」の放送からせいぜい10年くらいしか経っていない頃だったが、既視感はなく、「へー、こんなのやってたんだ」と驚いた。ちなみに近頃は、著作権の問題は定かでないけれど、ユーチューブで眺めることができる。

ホール型のシャレたクッキー缶のゼンマイネジを回すと、缶がパカッと開いてショーが幕を開ける――というオープニング。ここに〈ユーミン＆ムッシュー〉のクレジットが掲げられているから、そうか……ユーミンの愛称はこの時点（51年3月）で公式に使われていたのだ。すると、第4回でふれたあの映画「凍河」（51年4月封切）のプレスにあった〝ムーミン〟は、やはりかなりのボケかまし、ということになるだろう。ちなみに、6月には「YUMING BRAND」のタイトルの最初のベストアルバムが発売された。

クッキー缶のなかのステージではユーミンが「生まれた街で」や「雨の街を」や「ルージュの伝言」……といったデビューから「コバルト・アワー」までの曲を歌い、かまやつは前年大ヒットした「我が良き友よ」や「ゴロワーズを吸ったことがあるかい」をティン・パン・アレーのバックで披露する。メロディーラインの似た「あの時君は若かった」(スパイダース)と「12月の雨」のコラボレーションなど、歌の見所は多々あるが、時折、こっち(視聴者)が照れ臭くなるような小芝居、ショートコントが織りこまれているのがご愛嬌。

YMO以降、コントもすっかり手馴れた細野晴臣はともかく、鈴木茂や松任谷正隆がズッコケたりしている映像は珍しい(最近、新バンド・SKYEのPVでこの2人が踊る姿を久しぶりに見た)。

ところでこの年、ユーミンが楽曲を提供したアイドル歌手に三木聖子というコがいた。先ほど、久世光彦の演出ドラマで「悪魔のようなあいつ」の名を挙げたところで思い出したのだが、彼女はこのドラマで三億円強奪犯・可門良を演じた沢田研二の病弱な妹役で女優デビュー、荒井由実が作詞作曲を手掛けた「まちぶせ」で51年6月にレコードデビューを果たす。ちょっとマニアックな話になるけれど(ってこれまでけっこうマニアなネタを書いているが)、木之内みどりや岡田奈々のいるキャニオンNAVレーベルらしい、フォトジェニックなお嬢様系アイドルだった。

「まちぶせ」は5年後に石川ひとみによってヒット、こちらがスタンダードになってしまった（石川も好みのアイドルではあった）けれど、細い声を絞り出してアップアップな感じで歌う三木聖子――の方を僕は推す。とくに、定番衣装になっていた純白のノースリーブのワンピースで歌うシーン。

　奇妙なほど記憶に強く残っているのは、軽井沢のビジネスホテルか学生寮のような一室のテレビで観たこと。広研の三田祭展示の担当か何かを任されていた僕は、もう１人のさほど親しくない男と軽井沢で催される全体会議のようなのに出席した。そういう会議をなぜわざわざ軽井沢（どの辺かもよく思い出せない）でやっていたのか、首を傾げるが、とも

三木聖子「まちぶせ」。ヘアスタイルはハヤリのポニーテール

かくイヤイヤ行った軽井沢で、夜やることもなくテレビを観ていたときに白いワンピース姿の三木聖子が登場した。コレ、おそらくドリフの「8時だョ！全員集合」のコント間のコーナーだろう。しばしば新人歌手がぶちこまれて、ナンの紹介もなしに歌を走り気味に披露し、次のコントセットに押し潰されるように袖へ消える。新人歌手にとって、試練的な演出だった。

あまり会話を交したことのないもう1人の男と「いいネ、このコ」「うん……」なんて感じでブラウン管の三木聖子を見つめた。「まちぶせ」という曲は、寂しい軽井沢の夏の夜のシチュエーションになじんでいた。

この「まちぶせ」と同じ頃、岡崎ひとみの「ひとこと言えば」という名曲があった。惜しくもあまりヒットしなかったが、「夜のヒットスタジオ」の歌唱シーンがユーチューブにアップされている。この「夜ヒット」よりも僕の記憶に残っているのは、何かバラエティーがかったドラマの劇中に出てくるサロンみたいな場所でエレクトーン伴奏に合わせて岡崎が「ひとこと言えば」を歌うシーン。作詞作曲をした森ミドリの方を検索していたら、坂上二郎が主演する「たぬき先生騒動記」というこの時期のフジテレビのドラマがヒットした。

森は音楽の他、司会や女優もこなす芸大出の才人で、このドラマでは「みどり」という本人と同名の役をやっていたようだが、坂上たち教師が集まるサロンのエレクトーン奏者、みたいな役柄ではなかったか？　岡崎と同じポニーキャニオンの子門真人も出演（主題歌も）していたようだし、同系グループのフジのドラマだし、コレではないだろうか。

ところで、彼女のキーンと澄みわたり、かつコクのある声質は、どことなくYOASOBIの幾多りらを思わせる、〝ファーストテイク映え〟しそうな声だった。

テレビ番組の回想の流れでもう1つ、この夏のお盆の頃に当時のNHKの定例、夜9時半からの〝銀河テレビ小説〟の枠で「ふるさとシリーズ」というのをやっていた。テーマ曲はユーミンの「晩夏」（放送当時のタイトルは「ひとりの季節」）で、市川森一脚本の「幻のぶどう園」というのと、山田太一脚本の「夏の故郷」というのがあった。ユーチューブに前者のタイトルバックがアップされていたが、曲のバックの画像は六本木のロアビル前あたり。

尾藤イサオ主演のこちらも観ていた気がするが、より強く記憶に残っているのは後者のタイトルバック。田んぼが広がる里山景色にユーミンの「晩夏」がしっくりとなじんでいた……。

7

「ポパイ」の創刊と謎の「わかもの出版」

昭和51年
（1976年）

この年（51年）の夏、ついに「ポパイ」が創刊された。巻末の発行日は8月1日となっているが、実際の発行日は梅雨もさなかの6月25日。この創刊号はその後の定型となる中とじではなく、前身の「Made in U.S.A catalog」と同じく、厚《あつ》さ1センチほどの〝背表紙〟のある無線とじで、780円の価格は当時の雑誌としては安くなかったが、堀内誠一がデザインしたエアブラシ・タッチのポパイ（キャラクター）の脇に英字の項目が横書きで並ぶ、Tシャツにしたくなるような表紙はいま見ても〝ジャケ買い〟したくなる。

アメリカ漫画のポパイ——僕の世代は幼い頃に毎週テレビで観ていたので、ある種のノスタルジーもあった。日曜日の夜7時半の不二家提供の時間（TBS）、「オバケのQ太郎」が始まるまでは「ポパイ」をやっていて、たまにマツ毛がビラビラしたベティ・ブープの古いアニメーションが入ることもあった。つまり、ポパイには不二家のイメージも含めて、ちょっと昔のアメリカのムードが感じられて、これも「アメリカン・グラフィティ」がヒットしていた当時の気分に合っていた。

創刊号は〈'76 Summer カリフォルニア特集〉と表紙に打たれているように、アメリカ西海岸の若者風俗の大特集だったが、ページをめくっていくと、広告などに昭和51年の日本感が記録されている。

まず表紙裏に資生堂ブラバスのオーデコロン、そしてナショナルの〈スポーツマン808〉というコンパクトな8型テレビ、デビューしたばかりのホンダ・アコード、金持ちお嬢さん風の宇佐美恵子がモデルを務めたマツダ・コスモAP……などがあって、おっ！と目にとまるのは半裸の沢田研二がアンニュイな顔でこちらを見つめるサンヨーステレオ・OTTO（オットー）の見開き広告だ。このジュリーはまさに「悪魔のようなあいつ」の頃のもので、劇中でもこういうシーンがあったような気がするから、番組のスポンサーにもサンヨーが付いていたかもしれない。その裏表紙はトヨタ・セリカの広告だが、ここに紹介されているリフトバック型はケンメリのスカGと並ぶ憧れの国産車だった。

そう、広告のなかで1つ異色だったのは、〈ただよし、野菜をとらなきゃ、だめじゃなぁきゃ。〉のコピーを付けて、どこかの山里で野良仕事をする農婦人を被写体にしたカゴメ野菜ジュース。テレビCMでも大ヒットしたものだが、あの「ただよし」はポパイ誌読者でもあった、というわけか。

さて、本編のカリフォルニア特集――スケートボードやラグビージャージ、ナイキのスニーカー、ソールが何層ものレインボーカラーになったビーチサンダル……やがてブームが訪れるアメリカングッズの数々が紹介されているけれど、ここで30ページ余りにわたってルポされたUCLA（カリフォルニア大学）のキャンパスの記事は衝撃的だった。わが母校の日吉キャンパスの光景を重ね合わせて、フーッとため息をつき、UCLAのロゴ入りのグッズを上野のアメ横や渋谷のミウラ&サンズに探しに行った。明るいブルーの地にUCLAと黄色で記されたナイロン製のジムショーツ（デビュー当初のサザンの桑田佳祐もよく穿いていた）を長らく愛用していたが、あれはどこで手に入れたのだったか？　バッタモンも含めて、UCLAをはじめとするアメリカの大学名を記したTシャツやトレーナーがあっという間に日本全国の洋服屋に蔓延し、いまもその流れのヨコモジTシャツをなんとなく着ているオッサンがいる。ちなみに僕は、UCLAのジムショーツの上によく〈NORTHRIDGE〉と胸に入ったTシャツを着て写真に収まっていたが、UCLAはともかくノースリッジ大学がどこにあるのかも知らなかった。

このカリフォルニア特集に絶妙の味を付けているのが小林泰彦描くアメリカン風味の絵地図。小林さんはこの10年くらい前から「平凡パンチ」でこういうタッチの絵地図を描いていたようだが、僕が知ったのはこのポパイの創刊号からだ。

雑誌の中ほどに「みんなで創る雑誌〈ポパイ〉」と見出しを付けて、編集方針や編集部内の様子が記述されているが、この次の号あたりでエディターやライターを一般公募した

7
「ポパイ」の創刊と謎の「わかもの出版」

はずだ。キャンパスで久しぶりに会った中学時代からの同級生の松尾クンが、学生エディターとしてポパイ編集部で活動していることを知った。結局僕は、後年この松尾クンのツテで活字業界へ足を踏み入れることになる。

この年の秋の頃だったか、アメリカ西海岸にハマッて単身で渡米してきた同じサークル（広研）のO君（マイケル・フランクスにどっぷりハマッていた）に誘われて、千駄ヶ谷の方の出版社へ出向いた。スピン出版局というそこは「だぶだぼ」という「宝島」をさらにコアにしたような、若者向けのライフスタイル誌を発行していた。

手元に1冊、高校の卒業近くに買った昭和49年3月発行の号がある。表紙は宇野亜喜良のオシャレな少女絵だが、目次には「コミューン体験の仕方」とか「農業をやる恋人のみつけ方」とか「ニュー・カントリー・ファッションの考え方」とか、ヒッピーやフォークロアな感じの項目が並んでいる。めくっていくと「イーストビレッジでのアイスクリームの食べ方」とか「ロンドンでのジーンズの買い方」とか、植草甚一センスの記事もちょっとある。

たぶん、新宿の紀伊國屋あたりで背伸び気分で手に取ったのだろうが、この誌面で萩原朔美と対談をしている森洋《もりひろし》という人を招いて、広研主催の講演会を催したことがあった。

森洋は「だぶだぼ」の裏表紙にも〈編集発行人〉としてクレジットされている人で、僕よりも当時サブカル事情に詳しかったO君はすでにこの人に感化されていたのかもしれない。

講演内容の詳細は忘れてしまったけれど、森氏は「オルターナティヴ」（alternative）というフレーズをやたらと使っていたことを記憶する。

「広告はオルターナティヴな発想が大切なんだ。たとえば犬になったような視線でオルターナティヴにモノを見てみる……」

なんていうような調子で、彼が使うオルターナティヴは辞書の意味とはちょっと違う、〝全方位的な〟〝自由な〟みたいなイメージだった。そして、この講演会と同時に営業担当の男から「旅キャタログ」というガイド書のセールスを頼まれて、キャンパスに品台を出して売ったのだ。売れ残ったのが何冊かしばらく手元にあったはずだが、ネットでチェックすると、飛行機のイラスト（おそらく湯村輝彦・画）が表紙に描かれた『アメリカの旅キャタログ』という本で、〈オルターナティヴなアメリカ旅行〉と帯にデカデカと記されているから、コレに違いない。〈SCENE FROM VAN〉と表紙に打たれているところを見ると、VANから広告を取っていたのだ。「旅キャタログ」の名は80年代初めくらいまで使われていたはずだが、やがてこのガイド書が『地球の歩き方』に発展する。「旅キャタログ」——と、いま検索すると、メイン取材ライターだった枝川公一の名が冠されているが、その後対談の席で知りあった、下町散歩好きの枝川氏があれを書かれていたとは知らなかった。

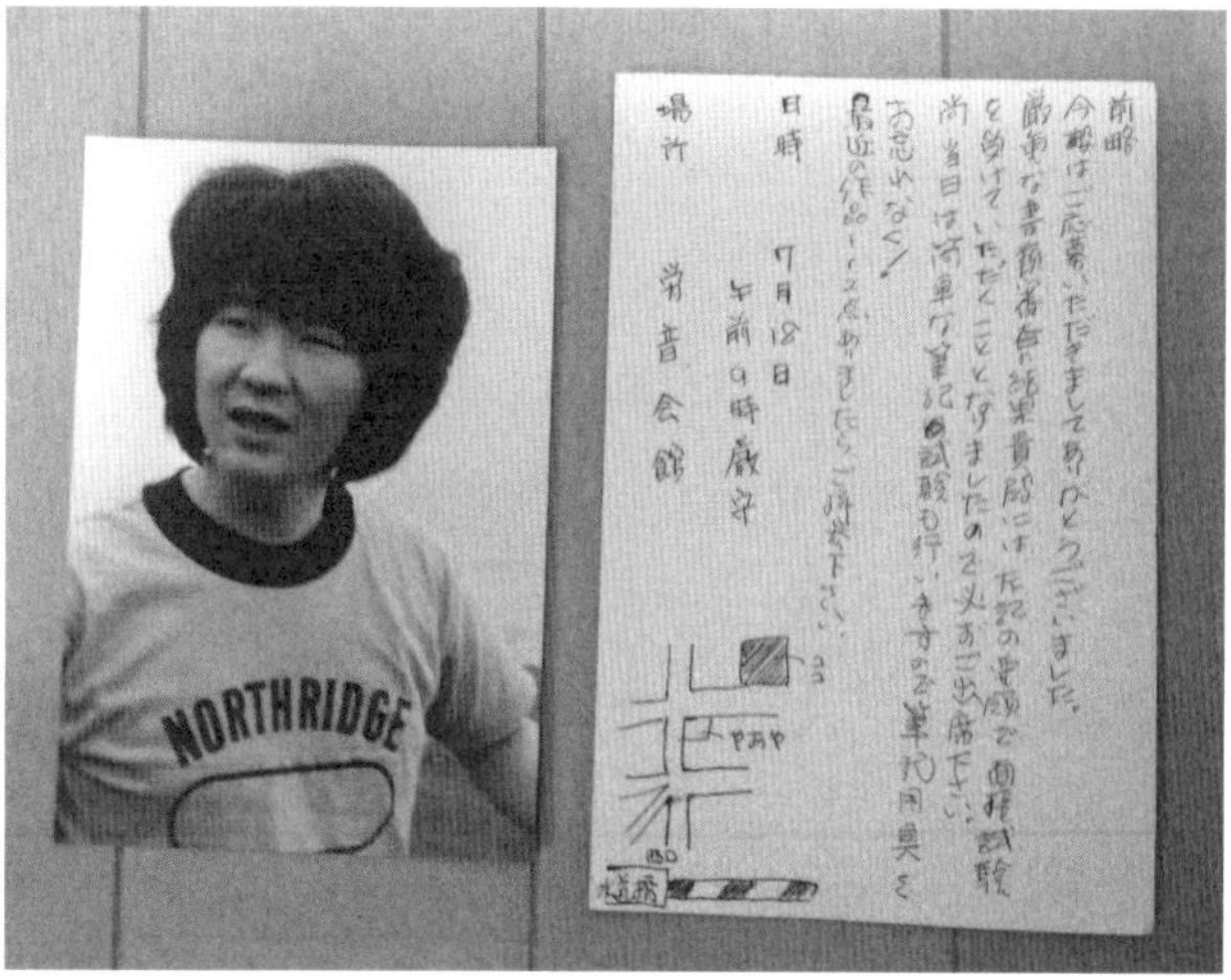

NORTHRIDGEのTシャツを着る筆者と、「わかもの出版」からのハガキ

ところで、この原稿を書くために大学時代のサークル関係のノートや冊子をごちゃっとぶちこんだカンカラ箱をひっくり返して、ネタになりそうなものを探しているとき、妙なハガキが見つかった。

76・7・10神田の局印があるそれはこの年（昭和51年）に届いたもので、〈わかもの出版〉という送り主の名が判子で押されている。文面は以下のとおり——。

前略　今般はご応募いただきましてありがとうございました。

厳重な書類審査の結果、貴殿には左記の要領で面接試験を受けていただくこととなりましたので必ずご出席下さい。

尚、当日は簡単な筆記試験も行いますので筆記用具をお忘れなく！

最近の作品1～2点ありましたら、ご持参下さい。
日時　7月18日　午前9時厳守
場所　労音会館

文面を読むかぎり、僕がこれより先に〝編集者募集〟のようなのに応募したのだろう。「ポパイ」で活動する松尾クンに触発されたのかもしれないが、「わかもの出版」という名前がコワイ。「最近の作品1〜2点」とあるが、この感じだと、すでに応募の段階で何らかのモノ（作文のようなもの）を送っていたのかもしれない。

「わかもの出版」からのハガキはボールペンの手書きで、会場の労音会館は当時映画なんかも上映する（「ぴあ」にも確か載っていた）、けっこう有名な場所だったが、水道橋からの地図まで添えられている。

しかし、この面接に行った記憶はないし、当時ラフに付けていた手帳によると、どうもこの期間は例の葉山のキャンプストアー合宿に参加していたようだから、すっぽかしてしまったのだろう。それにしても「わかもの出版」、どういうものを作っていたのか、気になる。

8 アグネス・ラムとキャンディーズがアイドルだった。

昭和51年
（1976年）

この連載で使うガラクタ的資料（前回の「わかもの出版」のハガキのようなもの）がぶちこんである缶箱のなかにアグネス・ラムをモデルにした「週刊プレイボーイ」の表紙がある。雑誌を処分するときに、どうしてもおいておきたいのを切り取って保存していたものの1つだが、これは昭和51年6月8日号の表紙で、赤白ストライプのタンクトップ姿の彼女の背景にはCMモデルを務めていたトヨタのスポーツ車「スプリンター・リフトバック」が停まっている。〈タヒチ・ロケ撮り下ろし〉と、アグネスの特集記事の見出しも記されているから、ここはパペーテあたりの港かもしれない。そのCMの相手役は、スカシた2枚目時代の近藤正臣だった。

前年の暮れの頃、エメロン・ミルキートリートメントのCM（口もとに手を寄せてホッとささやく）で評判になったアグネス・ラムが大ブレイクしたのがこの夏。僕らポパイ少年の定番ミュージシャンになりつつあった高中正義は「スイートアグネス」というイメージソングを作り、「アグネス」といえば〝チャン〟より〝ラム〟の名が先に浮かぶようになった。

この年の女性アイドルのトップといえば、「横須賀ストーリー」が大ヒットして、桜田淳子・森昌子のトリオからグンと抜け出た山口百恵なのだろうが、彼女は僕ら大学生の間でその名がさほど語られる存在ではなかった。たとえばキャンパスで、ちょっといい感じの女の子を見つけたときの常套句、「芸能人でいうと誰?」のクエスチョンで「アグネス・ラム」は最上級だったが、しばしば持ち出されるのはキャンディーズだった。

「キャンディーズの3人の中でいえば誰?」なんていう〝例題〟のようなものができあがっていた。それは単に3人いて比べやすい、ということだけではなく、彼女たちが程良くファッショナブルで親しみやすく、いわば東京の女子大生っぽかったからだ(実際、3人とも東京出身者だった)。調べたわけではないけれど、関西の大学ではそれほどキャンディーズ熱は盛りあがっていなかったのではないだろうか(関西発の「プロポーズ大作戦」のテーマ曲こそ歌っていたが)。どうも、大阪弁の応援コールというのがピンとこない。

キャンディーズは昭和48年秋のレコードデビュー当時からけっこう気になっていた。そのちょっと前からドリフターズの「8時だョ!全員集合」のなかで、仲本工事の指導で体操コントのようなのをやっていたはずだが、デビュー曲の「あなたに夢中」は早朝の〝歌う天気予報〟みたいな数分の番組で毎朝流れていた、という記憶がある。高校に通学

8
アグネス・ラムとキャンディーズがアイドルだった。

する前、眠気も抜けないまま朝飯をかっこんでいるとき、スーちゃん（田中好子）をメインボーカルにした3人が、茶の間のテレビでこの歌を可愛らしい振りを付けて歌っていた。

通学していた慶応の付属高校は1学年ごとにクラス替えがあったが、高2のこの年のクラスには〝キャンディーズ好き〟で知られる自民党の石破茂がいた。しかし、石破クンとは当時さほど親しくもなく、デビュー当時のキャンディーズのことを語り合ったおぼえはない。そう、彼とは別に、僕の席のすぐそばにいた男が「江戸川区（足立区だったかも）の中学でスーちゃんと同級生だった」というのを自慢していたのを思い出す。

ちなみに、僕はスーちゃんと生年月日がまるで同じ（昭和31年4月8日）なのである。

「あなたに夢中」はテレビでけっこうオンエアーされた割にはヒットせず、「そよ風のくちづけ」「危い土曜日」あたりは、10チャンネル（NET＝テレビ朝日）でやっている「ベスト30歌謡曲」を観ると、下位の方で紹介されることがあった。そして、大学に入った年の春（昭和50年）、ランちゃん（伊藤蘭）をセンターにした「年下の男の子」が、ようやくベスト10レベルのヒット曲（オリコンの最高ランクは9位だったようだ）となった。

ランちゃんの声は確かに小悪魔的な魅力があり、ルックスもそそられるものがあったけれど、楽曲自体はそれまでの曲に比べて、あまり好みではなかった。スリー・ディグリーズ調の「その気にさせないで」、続く「ハートのエースが出てこない」あたりから一段と引きつけられるようになって、なんといってもこの年の「春一番」という曲の印象は強かった。ここからしばらく季節モノ（とくに春と夏）の曲がキャンディーズのオハコになる。デビュー前からドリフと絡んで、ゆるい体操コントなんかをやっていたキャンディーズだったが、コント魂を本格的に開花させたのがこの秋からスタートした「みごろ！たべごろ！笑いごろ!!」という番組（月曜夜8時のテレビ朝日）。

伊東四朗と秋野暢子が幼児番組のお兄さんとお姉さんに扮した「ママとあそぼう！ピンポンパン」のパロディーとか、西田敏行がデタラメの日本民話の紙芝居をやるコーナーとか、その後「ビジー・フォー」として活躍するグッチ裕三とモト冬樹のバンドのショーとか、加山雄三が光進丸で荒井注とトークをしたり、コーナーはどれもおもしろかったけれど、番組のメインになっていたのが、キャンディーズと伊東四朗、小松政夫による〝お茶の間コント〟である。

障子戸や床の間がセットされた和式の茶の間に伊東演じるオニのような母親と小松お得意のお坊っちゃま風バカ息子がいて、2人の絶妙な掛け合い（いーんだ、いーんだ、ボクさえアルプスに帰れば……というイジケたフレーズが好きだった）があった後、縁側の障子戸を開けてキャンディーズの3人が現われる。小松の下の3つ子にあたる設定だったのか、とくに男の子役のランとスーは〝10円ハゲ〟を入れこんだ昔の悪ガキのズラを被り、ビンボーったらしい子供服を着て、「シャボン玉ホリデー」でクレージーキャッツがやっていたようなコントに挑んでいた。扮装は段々とエスカレートしていって、最後の方はメイクで鼻

筆者の手元に残る「キャンディーズ カーニバル Vol.2」のチケット

水まで描いていたはずだ。とりわけ、ランちゃんのハジケっぷりはスゴかった。この番組のキャンディーズによって、アイドルが演じるコントの基準（ヨゴレ度数のようなもの）が一気にハネあがった、といってもいいだろう。

サークル（広研）でキャンディーズのコンサートの手伝いをしたのは、そんな「みごろ！たべごろ！」の放送がスタートする秋の頃だった。まず公演のポスターとチケットの制作を頼まれたが、そのチケットが1枚手元に残っている。

「キャンディーズ カーニバル Vol.2
'76年10月11日（祭日）
3：00 p.m.開演
蔵前国技館」

とあり、ハート形の枠の中にヨコシマのノースリーブを着たキャンディーズの写真がレイアウトされているが、この写真は「夏が来た！」のジャケ写のものだろう。

当時の部誌の記録によると、この公演は「キャンディーズ10000人カーニバル」と名づけられたシリーズ公演の第2弾で、僕ら慶大生の他、青学、立教、明治、日大、国学院の広告研究サークルがプロジェクトに参加していたらしい。最初の公演（50年10月）に参加した学生が母体となって「全キャン連」（全国キャンディーズ連盟）という巨大なファン組織ができあがった、という説もあるようだが、つまりキャンディーズは「ポパイ」を読んでいるような大学生が重要なサポーターだったのだ。

全キャン連の面々も混じっていたのかもしれないが、10月11日の公演当日は場内の観客整理を任された。国技館の土俵の位置（砂かぶり席のあたりまで拡げていたと思う）に置かれたステージ間近の通路に客席側を向いてしゃがみこみ、一応客の様子を監視しつつ背後のキャンディーズを断続的に瞥見《べっけん》していた。

当日の曲目の記憶はあまりないのだが、ユーチューブに音源（画像はない）がアップされていたので改めて聴いてみると、ランちゃんの「お元気ですか？」のコールとともに日本語詞を付けた「プラウド・メアリー」から始まったのだ。その後「あなたに夢中」「危い土曜日」……と初期ナンバーのメドレーの合間に「DO YOU LOVE ME」や「朝日のあたる家」などの洋楽が挟みこまれているのがキャンディーズらしい。

バックバンドは元ワイルドワンズのチャッピーこと渡辺茂樹をバンマスにしたMMPだ

ったが、このメンバーの1人がウチのサークルの美女とつきあっている……という噂が流れていた……。

曲のなかで唯一強い印象が残っているのは、終盤で歌われる「めざめ」というスローバラードだ。コンサートのフィナーレ用に作られたというこの曲の途中でランちゃんが自作のポエム（詩）を朗読する。この音源には入っていなかったけれど、確か実際は朗読が始まるまでにもう少し間があって、静かな間奏だけが流れているときに、2階席あたりの客が「貴ノ花～」と掛け声を発したのだ。

どっと笑いが起こったわけではなく、一瞬なんともいえない感じで場内がザワついたことを記憶する。ところで、このときの伊藤蘭のポエム、ちゃんと聴き直してみると、翌夏の日比谷野音での解散宣言を暗示させる〝普通の女の子がうらやましい（けれどガンバリマス）〟ようなことをすでに語っているのが興味深い。

それはともかく、貴ノ花のコールはもちろん会場が蔵前国技館だったからという、ブラックなシャレを含んだものであり、「みごろ！たべごろ！」でコントをやるキャンディーズならば受けいれてくれるだろう……と、つい口走ってしまったファンは思ったのかもしれない。なんて書いたところで改めて「みごろ！たべごろ！」のデータをチェックしてみたら、番組はこの10月11日の夜にスタートしたのだ。その告知を当日彼女たちがしていたかどうか……おぼえていないけれど、公演がハネた後、国技館の支度部屋のようなスペースでちょっとした打ちあげをやっていて、それを遠巻きに眺めていたことを思い出す。キャンディーズの3人はラストの衣装を着たまま汗だくで立っていて、司会役の稲川淳二（たぶん）がガナるような声で場を盛りたてていた。

相撲好きでもある僕は、当時の角界の状況が気になって歴代の番付表データを調べてみたところ、輪島と北の湖が横綱を張る〝輪湖時代〟で、大関は人気者の貴ノ花と旭国、三重ノ海、そして注目すべきは関脇に台頭してきた若三杉。後に2代目の若乃花として横綱も務めたが、病気と金の問題で早くに角界を去った。

とはいえ、この時期は新鋭スターとして人気絶頂の頃で、翌春大関に昇進したのに乗じて「ソウル若三杉」なんていう、ファンキーなレコード（歌・ドクター南雲とシルバーヘッドホーン）まで出た。近頃「ソウル」という呼称はあまり使われなくなってしまったが、この年から翌年にかけて「ソウル――」と冠したディスコ調の歌謡曲が続々と発売された。その発火点となったのが、年の暮れに大ヒットした「ソウルこれっきりですか」。山口百恵の「横須賀ストーリー」のキーワード「これっきりですか」のパートを軸に1年間のヒット歌謡をディスコ・メドレーに編曲したもので、本家の百恵の曲以上にこの年（昭和51年）を象徴する1曲となった。ちなみに、B面の「ピーナッツ」ってインストの曲（作編曲はJ・ダイヤモンド&Dr．ドラゴンと称していた筒美京平）は、世間を騒がせたロッキード事件の隠語・ピーナッツを皮肉ったものだろう。

9 資生堂とパルコのCMを待ちかまえていた。

昭和52年
（1977年）

僕が広研（広告学研究会）なんてサークルに入ったのは、子供の頃からCMが大好きだったというのが率直な理由だが、それに加えてこの時代はオンタイムの広告が実におもしろかったのだ。雑誌や映画、TV番組と並ぶ1つの娯楽メディアになりつつあった。

時の流行語を生み出したようなものとは別に、僕らの間で圧倒的に人気があったのは、資生堂とパルコの広告。資生堂の場合は石鹸やシャンプーなどの商品解説をきちっとした、オーソドックスな広告もあったが、商品から離れた文芸センスのコピーとアートで見せる、季節ごとのキャンペーンなどはパルコとともに〝イメージ広告〟の代表とされていた。

パルコの本拠・渋谷公園通り（出店は池袋パルコの方が4年早いのだが）については以前ちょっとふれたけれど、公園通りのパルコのイメージを上げたのは、単に街並だけではなく、石岡瑛子のアートディレクションによるカッコイイ広告の力が大きいだろう。広研では毎年の年度末に「三田広告研究」という機関誌を発行していたが、昭和52年3月に出た第62

号（創刊号は大正15年）に掲載された座談会（僕ら2年生部員が好みの広告を語る）のページに、人気CMの順位の円グラフがある。各CMにパーセンテージが記されているから、アンケート集計をもとにしたのかもしれないが、対象人数はよくわからない。が、とりあえず紹介しておこう。

1・PARCO（小林麻美）15％
2・ゆれるまなざし（資生堂）14％
3・ベネフィーク（資生堂）7％
4・唇のブランデー（資生堂）6・5％
5・黒い瞳はお好き（カネボウ）6％

広告主、キャッチコピー、タレントなどの表記が統一されていないあたりからして、テキトーな学生調査……って感じだが、パルコと資生堂が人気を二分していたことはわかる。資生堂の「ゆれるまなざし」は小椋佳の曲を使って、切れ長目のモデル・真行寺君枝をブレイクさせた昭和51年秋のキャンペーンだが、それを上回るパルコの〝小林麻美〟とはどんなCMだったかな？　ネットでチェックするとユーチューブにもそれらしき映像はアップされていなかったが、ヤフオクに「コレか！」と思われる広告ポスターが出品されていた。

肩を出した赤いパーティードレスを着た小林麻美が後ろからタキシード姿の白髪紳士に抱き寄せられる——そんなショットに、シャレたパルコらしいコピーが付いている。


人生は短いのです。夜は長くなりました。


AD・石岡瑛子　P・横須賀功光　C・長沢岳夫——という黄金メンバーによる76年（昭和51年）の作品、コピーの内容から察して秋冬のバザール時のものだろう。これは紙（ポスターあるいは雑誌）媒体だが、この「人生は……」のフレーズの後にただ「パルコ」と付け加えるナレーションのTVCMもぼんやりながら観た記憶が残る。そう、当時麻雀なんかをしているとき、「場にピンズが目につく季節になりました。パルコ」なんて調子で、どうってことない一言の後に〝パルコ〟と付けて、ふざけていたことを思い出した。

小林麻美が「いい女」のキーワードでファッション系女性誌を中心に讃えられるのはおよそこの10年後のことだが、このパルコ広告などは予兆が見られる。石岡瑛子のパルコ広告としては、オカッパ髪の長身モデル・山口小夜子を使ったものや山口はるみのエアブラシ技法のイラストレーション作品も定番だった。

そんなパルコの広告で〝夜あそびに馴れたオトナの女〟みたいな顔を見せていた小林麻

美がこの春（52年）、資生堂の「クリスタルデュウ」のCMに、〝サワやかなショートカット〟に変身して登場したときは、まさに目が点になった。「クリスタルデュウ」は口紅の商品名だが、春キャンペーンのキャッチフレーズ「マイピュアレディ」の方で広く知られている。

尾崎亜美の曲もぴったりハマッたこのCM、ユーチューブをチェックすると、どこかの砂浜で彼氏と思しきサーファーのライディングの様子を眺めるロコ風の女……なんてシチュエーションのものがヒットする。これなどいかにも「ポパイ」の時代を思わせる（実際このノリの小林麻美が特集されていた気がする）けれど、僕の記憶に強く残っている「マイピュアレディ」のCMは、田園調布のロータリーらしき並木道の脇に停まった車の助手席で、彼女がバックミラーを見ながら口紅を整える……なんて演出のやつなのだが、これはどういうわけか画像が見つからない（再確認すれば、多少内容は違っているかもしれない）。

ところでBGMの尾崎亜美はこの時点ではまだあまり知られていなかったけれど、僕らの仲間内では前年のデビューアルバム「SHADY」がけっこうハヤッていて、とくにボサノバ調の「冥想」って曲を気に入って、カセットテープで何度も聴いていた。プロデューサー（編曲も）は松任谷正隆だったから、ユーミンやハイ・ファイ・セットの曲を録《い》れたテープにもすんなりハマった。「マイピュアレディ」はかなりヒットしたはずだが、当時の尾崎亜美はほとんどテレビに露出していなかったから、イメージチェンジした小林麻

9

資生堂とパルコのCMを待ちかまえていた。

美のPVのような印象がいまだ強く残っている。

いわゆる、最近のシティポップ・ブームのせいもあって、「マイピュアレディ」を聴く機会は増えたけれど、洗練されたメロディーはともかくとして、2番の初めの「ダイヤルしようかな ポケットにラッキーコイン」のフレーズは過ぎ去りし時代を回想させる。電話ボックスを探した青春の一齣《ひとこま》が甦って、胸がキュンとなる。

資生堂はこの次の「夏のキャンペーン」ではダウン・タウン・ブギウギ・バンドの「サクセス」（広告コピーは〝サクセス、サクセス、サクセス〟）を使い、僕ら男子はモデルのティナ・チャウの肢体に目を奪われた（「サクセス」のB面は彼女を歌った「愛しのティナ」という曲だった）。

この夏あたりから、化粧品キャンペーンに力を入れ始めたカネボウは「Oh！ クッキーフェイス」のキャッチフレーズで水着姿の夏目雅子を起用して、以降しばらく資生堂とカネボウ化粧品の季節（とくに春夏）キャンペーン合戦が続くのだ。「クッキーフェイス」の曲はティナ・チャールズという資生堂側のモデルと紛らわしい名前の外国人歌手がディスコ調のオリジナルを歌っていたが、デビューしたての夏目雅子がいっぱいいいっぱいな感じで歌う珍盤もあった。

資生堂とカネボウ――起用された女優やモデルの良し悪しはともかくとして、BGMのセンスは圧倒的に資生堂が勝っていた気がする。山下達郎も大貫妙子も大橋純子も……売れる前の早い段階の資生堂CMでその声を聴いた。こういったシティポップ、というか当時らしいフレーズを使えばシティーミュージック系の人の曲を積極的にCMに採用していたのが大森昭男という人物。広告フリークだった僕は書店で「コマーシャル・フォト」なんて専門誌をよく立ち読みしたが、資生堂やパルコのそういう好みの曲を使ったCMの紹介欄に目を向けると、P・大森昭男、あるいはその制作会社、オン・アソシエイツの名が記されていた。大森氏はCMソングの大家・三木鶏郎の弟子筋にあたる人でもあり、73年(昭和48年)からスタートする大滝詠一の三ツ矢サイダーCM(76年の曲は山下達郎)を手掛けた人でもあった。

ところで、パルコはオシャレなことばかりやっている会社(組織といった方がいいだろう)ではなかった。パルコ出版から出ていた月刊誌「ビックリハウス」は僕が高校生の頃に創刊(昭和49年)されて、執筆陣などは当初「宝島」や「だぶだぼ」あるいは「話の特集」なんかとカブるようなところもあったけれど、この雑誌の目玉は〈ビックラゲーション〉という読者の〝おもしろ投稿〟を紹介するコーナーで、やがてこういう投稿名人を対象にした「エンピツ賞」という文学賞も生まれた。そんな、「ビックリハウス」的な笑いのキーワードになっていたのが、パロディーという手法。

誰もが知っている名画や小説、建造物……の一部をイジったり、全く違ったシチュエーションに取りこんだりしてそのギャップを笑う(とまぁこういう説明は難しいが)——というもので、この年(52年)の10月には「JPC展(日本パロディ広告展)」というのが渋谷パルコ（PART2）で開催されて、何回か続くヒット・イベントになった。

　この「JPC展」よりも1年近く前、おそらく昭和51年の暮れか52年のはじめの頃だったと思うが、テレビの夜更けの時間帯に「ビックリハウス」の奇妙なCMをやっていた。

　当時、アラン・ドロンがレナウンの紳士服「ダーバン」のCMモデルを演じていて、洗練されたスーツ姿で語る「ダーバン、セ、エレガンス～」ウンヌンというフレーズが定着していた。「ビックリハウス」のCMはそれをパロったもので、ダーバンならぬターバンを頭に巻いた中近東風の男の画像とともに「ターバン、シャレデゴンス、ドンナモンダ

「第1回 JPC展」のチケット。上部に映画「禁じられた遊び」のパロディー「禁じられた立読み」の画像が掲載されている

イ」（だったか？）、アラン・ドロンのフレーズに似た語感のふざけた文句が流れる――なんて感じのものだった。

男が「ビックリハウス」を手にしていたような気もするし、最後にボソッと雑誌名がアナウンスされるだけだったかもしれない。けっこう話題になったCMだったので、ネットに動画の1つくらい上がっているかと思っていたのだが、まるでない。いや、そればかりか「ビックリハウス パロディーCM ターバン」などと検索しても解説文が現われない。もしや、〝ターバンの茶化し〟が最近のコンプライアンス（倫理規定）に引っかかって削除されてしまったのだろうか……。

それはともかく、「ビックリハウス」のパロディーCMが話題になっている頃、広研の新代表になろうとしていた僕のもとに「CMを作りませんか？」という1本の電話が舞いこんだ。

10

「パロディーCMの寵児《ちょうじ》」になってしまった。

昭和52年
（1977年）

僕のもとに「CMを作りませんか?」という1本の電話が舞いこんだ——前回はそんな思わせぶりな感じで終わったが、それについては当時の機関誌「三田広告研究」に僕が寄せた〝TVガイドCF制作記〟というのが掲載されているのでその冒頭部を引用しよう。

底冷えのする、二月も終わりに近いある晩代表の朝井宅（※朝井は僕の本名）に一本の電話があった。

「初めまして、週刊TVガイドの久保と言うものですが」

「…………」

「週刊TVガイドという雑誌は、ご存知ですか」

「ハイ、あのテレビの番組の……」

「話というのは、今回ウチの方で学生さんにCMを作ってもらおうということになって」

「……………」

「とにかく、明日の夜にでもウチの社の方へ……」

彼の話を半信半疑で聞いていた。

次行に「二月二十六日 土曜日」の小見出しがあって、当時内幸町のプレスセンタービルに入っていた週刊TVガイド（東京ニュース通信社）の会議室で広告プロダクションも交えて打ち合わせが行われた模様が書かれているから、文章に従えばこの依頼電話があったのは昭和52年2月25日夜ということになるが、さすがにすぐ翌日に会議というのは無理がある。以下の文にも「先日」とあるから、何日かの間隔はあったのかもしれない。

ともかく、会議室で対面したオトナたちの印象がなかなか細かく描写されているので、ここもそのまま引用しておこう。

先日、電話で話した久保という男が紹介を始めた。

「ウチの局長の西川さんです」

宣伝局長・西川俊明

四十代だと思う。彫りの深い顔と少し長目の髪は、やり手のマスコミ人といった感

10
「パロディーCMの寵児」になってしまった。

じだ。
「葵プロの清水さんです」
葵プロモーションプロデューサー・清水康二
タートルセーターの上に、ラフなジャケットを引っかけ、いかにも制作プロのプロデューサーっぽい。ハゲた頭に鋭い目の印象がこびりついた。
「同じく北川さん」
葵プロモーションディレクター・北川三雄
デニムのシャツにジーパンだったと思う。とにかく子門真人に似ていた。
「進行の田辺くん」
葵プロモーション制作部・田辺敏彦
マスコミ人は若くみえるというけど、この人は本当に若く、ボクたちとほとんど変わらない。なぜかこの日はおとなしかった。
「そして私、TVガイドの久保です」
TVガイド宣伝課副課長・久保浩之
面構えといい、話しっぷりといい、とにかくかなり態度のデカそうな人だった。そして、彼とは長いつきあいになっていく。

ちなみに、葵プロモーション（現・AOI Pro.）はいまもCMの制作の他、デジタルコンテンツや映画制作でも知られる広告プロダクションの大手だが、この時代はVANの〈SCENE〉シリーズのスカシた広告なんかを作っていた。

さて、このTVガイドのCMは要するに、「広研の学生が作った」ということをウリにした企画だった。とはいえ、僕らは8ミリくらいならともかく、本格的な16ミリや35ミリフィルムのカメラを使いこなせるわけではないから、現場で実質的な演出や撮影を行うのは葵プロのスタッフなのだ。つまり、僕らの力が発揮できるのはCMのアイデア出しの段階。何度かの会議を経て〝パロディーCM〟という1つの柱が固まった。この段階で「ビックリハウス」のCM（前回紹介）はすでに流れていたはずだから、それに乗っかってやろうという意識も働いたかもしれない。「ビックリハウス」がアラン・ドロンのダーバンCMをいじったように、当時ネタモトにできるような大物外国人俳優を使ったCMが流行していた。

サミー・デービス・ジュニアがリズミカルにオン・ザ・ロックを作るサントリー・ホワイト。オーソン・ウェルズが渋い声で人生を語るニッカウヰスキー。ソフィア・ローレンを起用したホンダの女性向けロードパル〝通称・ラッタッタ〟。被写体のユル・ブリンナーがカッ、カッと奇声をあげながら小刻みに手を打つ（ブレに強いことを訴える）フジフイルム。

10
「パロディーCMの寵児」になってしまった。

この4つのCMが僕らのパロディーCMのターゲットになった。言葉のもじり、シチュエーションのギャップで笑わせようというものだが、まあ内容説明は後回しにするとして、まずは俳優である。プロのモデルを使ってもおもしろくないという話になって、学生側の責任者である僕がキャンパスでハンティングすることになった。撮影までの猶予期間はひと月もなかったはずだが、サミーに関しては、ディスコでサントリーCMのタップダンスのモノマネなどをしていたTという男がいた。彼は細長い顔の骨格もサミーとよく似ている。オーソンは、広研の例会にたまにやってくるKという彫りの深い老け顔の男ならどうにかなるのではないか……。ソフィアに化けられるような女子学生は思い浮かばなかったが、これは時折顔を出していた演劇サークルでオカマ役を得意としていた先輩のNさんならおもしろくなるかもしれない……。

3人はどうにか口説きおとしたが、最後まで決まらなかったのがユル・ブリンナー。この役はやはりスキンヘッドでなくては様にならない。どうしようか……と思っていたとき、僕ら学生にちょっと挑戦的な姿勢をとっていた葵プロの田辺氏が会議中にスッと手を挙げた。

先の機関誌の文章によると、CMのロケは4月11日から3泊4日、静岡県菊川町の田園地帯で行われた。広大な茶畑の丘の向こうを新幹線が走っていた景色が目に残る。ここは葵プロの清水プロデューサーの故郷だったらしいが、いわゆる田舎を選んだのはCMの内容による。サミーのCMはジャズムードの本家サントリーに対して、こちらは山里の神社の境内で祭り太鼓を叩きながら「カントリー」と一言。オーソン・ウェルズはその名を「農村ウェルズ」ともじって、本家そっくりの老けメイクを施したKが農家の軒先で人生を回想するようなポーズをとる。ソフィアのラッタッタはオカマメイクのNにスクーターで畦道を走ってもらい、ユル・ブリンナーはカッ、カッと言いながら養豚場の前で実際〝蚊〟を叩きつぶす。

都会と田舎のシチュエーション・ギャップというのが、言葉あそび（ダジャレ）とは別のもう1本のテーマだった。

このロケでとりわけ強く印象に残っているのは、蚊をつぶすユル・ブリンナーの足もとに豚を走らせたい……なんてことになって、養豚場の豚を放したり捕まえたりしたこと（下級生に妙に豚の扱いになれた男がいた）と、もう1つは〝農村ウェルズ〟の撮影をした農家の奥さん。僕らにオニギリを差し入れてくれたり、縁側でお茶を振るまってくれたり、とてもいい人だったのだが、CMに映るわけでもないのに白光りしたような厚化粧をしていたのがいまも目に焼きついている。

仕上がった映像にその後アフレコで声を入れて（農村ウェルズの声は僕がやった）、5月6日の夜に初めてオンエアされたようだ。

11PMの間にやるというので、この日の夜はテープをセッティングし、今か今かと待ち構えていた。四月に予告CMが流れたときも、同じように録音していたが、「あーCMやってんだ」と思うのは、自分たちのをやっている時ではなく、次に例えばパルコのCMが続いて流れたときに、「あーテレビでやってんだ」という感じになる。

（三田広告研究）

ちなみに文中の〝テープ〟とはもちろんまだビデオではなく、カセットテープである。

三田広告研究 Vol.63　表紙に「農村ウェルズ」の写真が載っている。巻末に「大正15年6月13日創刊」とあった

ところで、このTVガイドのCMはテレビよりも映画館の幕間に積極的に入れ込む戦略をとって話題を呼んだ。代表の僕はいくつかの取材を受けたが、5月の末に最初の記事が出た報知新聞には「オオッ!! やりますなあ 慶応ボーイ!! 有名作品のパロディ版 映画館でも〝上映中〟」などの見出しが付いている。

「合衆国最後の日」を上映中の東京・渋谷東宝。映画上映前のCMがはじまると大爆笑。もちろんこの慶大生が作ったCFをみてである。（報知新聞）

バート・ランカスター主演のこの映画、僕の記憶にはまるで残っていないが、映画館では4編を続けて流し、とりわけ「農村ウェルズ」がウケていた印象がある（当時の記事を調べていて、「ビックリハウス」もオーソン・ウェルズのパロディーCMをやっていたことを知った）。もっとも、この「農村ウェルズ」のキーワードを提案したのは確か葵プロのディレクターで、僕のアイデアがイチから採用された〝蚊をつぶすユル・ブリンナー〟よりもこちらの方が笑いを取っているのがちょっとくやしかった。

僕ら慶応に続いて早稲田（CM研究会）の学生に作らせたCM（確か、ターザンのパロディーだった）もオンエアされて、「パロディーCM早慶戦」みたいな切り口の記事が新聞や雑誌に並んだ。「三田広告研究」にも記事の切り抜きが掲載されているが、「高2コース」と

10
「パロディーCMの寵児」になってしまった。

いう学習誌でCMディレクター出身の映画監督・大林宣彦（初監督映画「HOUSE」が公開中だった）と僕ら学生とで対談したことはよくおぼえている。TVK（テレビ神奈川）の番組のパロディー特集にも呼ばれたはずだが、このとき、初めてタモリをナマで見た（中洲産業大学教授のネタをやっていた気がする）。

CMが話題になった頃、ニッポン放送から仕事を依頼された。新聞に〝折り込み〟なんかで入れる番組紹介のチラシをパロディー調で作ってくれ、というもので、「三田広研」にその作品が載っているが、これはいま読んでどこがおもしろいのかよくわからない。が、作品のデキはともかくとして、このとき当時編成部長か広告部長……になっていた亀渕昭信さんに初めて会ったことが忘れられない。

主に中学時代、カメさんの「オールナイトニッポン」のヘビーリスナーだった僕は会議の席で昂揚した。確かこのときだったと思うが、「キミみたいなセンスの子がいるんだよ。まだ学生なんだけど、作家として稼《かせ》いでいる」と、秋元康らしき男のことを語っていたのをぼんやり記憶している。

そして、とうとうメジャー局の日本テレビの人気番組「ほんものは誰だ！」から出演依頼がきた。土居まさるが司会をするその番組は、ユニークなことをやっている当事者（ほんもの）を3人のなかから当てる……というもので、つまり僕は「話題のパロディー

CMを制作した慶応大学広告学研究会のリーダーです」という設問の〝ほんもの〟として出演することになったのだ。

先の機関誌によると、収録日は7月14日。当日はサークルの夏の恒例イベント、葉山のキャンプストアー開催期間中だったので、僕は合宿所からアロハにGパン（正確にはリーバイス646コーデュロイ）、ビーチサンダルという陸《おか》サーファー風の格好で行った。

麴町の日本テレビでの収録までの状況が先の「三田広研」にコミカルに綴られている。

四時半。日本テレビ入り。まず受付に行く。「ほんものは誰だ」のホンモノだ。と言うと、なぜか笑われた。すぐに番組のアシスタントと思われるカワユイ女の子が来て、会議室に連れていかれた。会議室に入ると、二人のニセモノがいた。ニセモノの一人と話していると、ディレクターと思われる人がやって来た。この人は、あの悪名高き「ドッキリカメラ」を手がけた人らしい。そして簡単な説明をすると、若手のディレクターを紹介して去っていった。この若手ディレクターは、ボクとニセモノの二人に、演技指導をやり始めた。まず「予想問題集」というのが配られた。いくら、ヤラセの番組といっても、流石に解答者の質問事項までは決まっていないらしく、解答者が出場者に質問しそうな事柄を演出家が予想するらしい。まぁ、ボクはホンモノだからいいけれど、二人のニセモノは大変である。いかにホンモノらしくするかを要求されているのだから、質問事項に確実に答えられなくてはならない。一人は博報堂のデザイナー、もう1人は早稲田のオーディオ研究会の人だったが、広研の会員数から塾歌まで覚えさせられていた。

文中にある「ヤラセ」のフレーズは他のページにもよく出てくる。テレビ番組のヤラセ演出が社会問題になったのは、昭和60年の「川崎敬三　アフタヌーンショー」のリンチ事件報道のときの印象が強いけれど、すでにこの当時〝パロディー〟の一方でハヤッていたのだ。

さて、夕方4時半にスタジオ入りして、僕の回の収録が始まったのは11時20分、とある。ゲスト回答者として森田健作、和泉雅子（彼女だけ正解したらしい）の名が記されているが、もう1人記憶に残っているのは柴田錬三郎。

剣豪小説で知られたシバレン氏は慶応の大先輩でもあったが、アロハにビーサンでチャラチャラした感じの僕に不快感をもたれていたのかもしれない。最後に土居まさるからコメントをもとめられたとき、こう一言おっしゃった。

「不肖の後輩をもった」

柴田氏は翌年（昭和53年）の6月に他界されているから、まさに晩年の接触だったのだ。

11

葉山の真夜中の海辺で近田春夫がＤＪをしていた。

昭和52年（1977年）

この辺で広研（広告学研究会）と当時メインイベントだったキャンプストアー（以降、キャンスト）の歴史をちょっと書いておこう。

慶応大学の広告学研究会の創部時期については「キャンスト」の企画書の一節に「広告学研究会は大正15年の設立……」とあり、また前回紹介した機関誌「三田広告研究」の巻末に〈大正15年6月13日創刊〉と記されているから、マジメなゼミのような会だったにせよ、大正末には存在していたと思われる。

そんな広研の夏の恒例イベント「キャンスト」は、3年生の僕が役員を務めたこの年が第23回だから、単純に逆算すると昭和29年のスタートということになるが、「三越の岡田茂が慶応の学生時代にやっていた」なんていう伝説が流れていた。三越の独裁社長で〝岡田天皇〟とも呼ばれた岡田氏のプロフィールを見ると、大正3（1914）年の生まれだからこれはどう見ても計算が合わない。そういえば、昔は森永が大スポンサーで「森永キャンプストアー」の看板だったのだ……なんてことを思い出してネットをチェックしてみたら、〈モリナガデジタルミュージアム〉というサイトにその歴史が記述されていた。どうやら「昭和29年」は戦後の復活年で、すでに昭和初めに始まっていたようだ。

「大正末期から昭和初期にかけて日本で海水浴が一般化した。森永はこれに注目し、昭和3年（1928）から、湘南の逗子や大阪の浜寺など全国有数の海水浴場に、清潔で快適な休憩所『森永キャムプストアー』を開設した。また昭和4年からは、学生の運営による『学生キャムプストアー』がはじまった」

要するに、森永の商品（ジュースやアイスクリームなどの清涼モノだろう）販促のための「海の家」的施設として立ちあがったのだ。そんな立ちあがりの頃に、若き慶大生の岡田茂は関わっていたのかもしれない。僕らの時代はもう森永はスポンサーを降りて、共同石油とOTTO（三洋電機）の看板が掲げられていたはずだが、確かサンヨーは宣伝部にカネの使えるOBがいたのである。3年生の10人ほどの役員が中心になって、コネのある企業から渉外金を集めて、葉山海岸のキャンストは運営される。企業に配る企画書には「広告の実践活動……」なんていう名目が掲げられていたが、言ってみれば「楽しい夏のお店屋さんごっこ」のようなものだった。

開催期間は7月の10日前後から8月の20日前後にかけて。役員は店長を筆頭に副店長、渉外、仕入、会計、催物、合宿所長、といたが、彼ら（いわゆる経営幹部）とは別に3年生を班長にした班が1週間単位で組まれ、各班に1、2年生部員が割りふられて店員として働くのだ。ちなみに、僕はサークルの代表でもあったが、このキャンストでは催物の役員に就いていた。催物とは名のとおり、店で催されるキャンペーンやショーの仕切り、マスコミ宣伝の係であり、他にT君とO君（以前、ウエストコーストかぶれの男と紹介した）がこの仕事をしていた。

話が後回しになったけれど、店は葉山の長者ヶ崎海岸（葉山公園裏）にあって、これは大工さんの指導のもと、部員たちが鉄骨を組みあげて、ベニヤ張りや塗装を施して完成させるのだ。5月の連休の頃から主に土日を使って行われるこの作業は「ドカチン」と称されて、労働の後に合宿所で催される酒盛りは新入部員が先輩と打ちとける重要な儀式になっていた。僕が1、2年生の当時は上座に並んだ先輩の前で、「僭越ながらぁ〜」と声を張って自己紹介をし、順に盃を受けて一芸を見せる、という体育会っぽいムードが残り、まだ春歌（♬ひとつ出たほいの〜みたいな）や腹芸をやるバンカラな奴もいた。もちろん、この時代から女子部員はけっこういたけれど、ぎりぎりのデリカシーは保たれていた。もうお忘れになった読者も多いかと思うが、大正の頃から続いたわが広研は、数年前にこの合宿所で起こった性的不祥事によって廃部になってしまったのである。

さて、僕のような催物担当は無頓着だったが、店長や副店長は〃地元とのコミュニケーション〃にも気を配っていた。町会長や古い商店主のもとにあいさつに伺い、地回りのテ

11
葉山の真夜中の海辺で近田春夫がDJをしていた。

キヤさんとも交流をもっていた。テキヤのボス格の男はドリフのいかりや長介のように下口唇がベロンとめくれていたので「ベロンチョ」と呼ばれていたが、店にいると「おい、店長いるか」と訪ねてきて、僕らがキャンペーンでもらったノベルティーグッズをせしめて帰っていく。ふだんは甚平姿のベロンチョがデルモンテジュースの可愛らしいTシャツを着てやってきたときにはちょっと笑った。

葉山は横須賀基地の関係の外国人の住宅も多いので、クリスティーヌとかいうアメリカ人の女の子が友だちや弟を連れてよく遊びにきた。僕らが店のDJルームから流していたのはイーグルスやドゥービー・ブラザーズだったが、彼女らローティーンに圧倒的に人気があったのはベイ・シティ・ローラーズ。イケメンのI君は「レスリーに似ている」と誉められていたが、僕は顔がむくんだ「エリック」と評されて、微妙な気分になった。そう、開店と閉店のテーマ曲を決めて流していたが、開店曲はあの当時から見てノスタルジックになりつつあったクラプトン（デレク＆ザ・ドミノス）の「レイラ」、閉店曲はソフト＆メローなボズ・スキャッグス「ハーバーライト」だった。

砂地の上にベンチ風の席を配置した店内は〝カフェ風の「海の家」〟といった感じだったが、DJルームを脇に付けたステージも設置されていた。学生バンド（松本隆の小説「微熱少年」にもこのキャンストらしきライブシーンがある）が何日か入ることもあったが、山下達郎の「SOLID SLIDER」をやるバンドがいて、ヘタクソなのでライブがハネた直後にＤＪルームでホンモノの「ＳＯＬＩＤ　ＳＬＩＤＥＲ」をかけてやったことがあった。コレが収録された「ＳＰＡＣＹ」のアルバムはこの夏何度も聴いて、紛れこんだ砂粒の傷がいくつも付いている。

キャンペーンで歌手やタレントもやってきた。そういうときはだいたい僕が司会進行をする係だった。記録によると、まず7月30日に所ジョージが来店しているが、所さんはこの年がレコードデビューで、確かまだ拓大の学生だったのだ。この話が決まって、当時キャニオン・レコードが入っていた浜松町の貿易センタービル地下の喫茶店で顔合わせをしたとき、背中にギターをしょって、革ジャン・サングラス姿でやってきたことを鮮烈におぼえている。そのときはツッパッてコワイ感じだったが、葉山の店のライブはコミカルな歌もトークもおもしろかった。

公演が終わった後、僕はオンボロなコロナに所さんとマネージャーの広岡さん（この人は後に「笑っていいとも！」なんかのバラエティー作家になる）を乗せて、逗子の駅まで送った。ウケを狙ってクレージーキャッツなんかのコミックソングを集めたテープをカーステで流したが、バックミラーに映ったサングラスの所ジョージの顔は笑っていなかった。

コミックソングといえば、ダディ竹千代と東京おとぼけＣａｔｓ、という愉快なバンドが来た。「電気クラゲ」という寺内タケシのエレキサウンドをパロッたような曲（いま聴くとクレイジーケンバンドっぽくもある）は、長い間奏のパートでメンバーの１人（ヨシオくん、

「ハイサイおじさん」にのせて半裸で踊る筆者

といったか？）がステージを下りるとすぐ横の砂浜を走って海にちょこっと浸り、平泳ぎの手かきのアクションをしながら戻ってきてまた演奏に加わる……というネタがあった。まさに、キャンストに打ってつけのバンドだったのだ（ダディ竹千代は「オールナイトニッポン」のパーソナリティーにも起用され、桑田佳祐や竹内まりやらとおあそびユニットも組んでいたはずだ）。

8月3日に大場久美子がやってきた。この話は他のエッセーで何度も書いているので簡略化しようと思うが、彼女もこの夏「あこがれ」という曲でレコードデビューした。司会進行を担当した僕は、場をなごませようとその夏、宴会芸の持ちネタにしていた喜納昌吉&チャンプルーズの「ハイサイおじさん」にのせて半裸で登場、いまの感覚ならセクハラまがいのスナップが残っている。しかし、ただ思いつきの当て振りをするというだけのもので、回想すると薄ら寒くなってくる。

この日のことで、とりわけ印象に残っているのは、大場久美子との初対面の光景。合宿所に連絡があって、最寄りの「葉山」という御用邸前のバス停に行ってみると、麦わら帽子を被った大場久美子とマネージャーと思しき男が昔風の停留所の石台のようなところに座りこんで待っていた。

催物係の仕事で一番楽しかったのは、レコード会社回りだったかもしれない。「キャンストで流しまくります」なんて口実で洋楽・邦楽の試聴盤がもらえる。もちろん、宣伝担当者とのやりとりからキャンストでのキャンペーン話がまとまることもあった。

僕はキャニオン・レコードの石岡さんというちょっとファニーな感じの女性宣伝マンに可愛がられていて、所ジョージの話も彼女からもちかけられたのだが、もう1つ、松本ちえこのプロモーションを葉山のキャンストで展開したい、ということになった。この話、いま思えばすでにある程度固まっていたのかもしれないが、単に松本ちえこが来るだけではなく、キャニオンと同系列社のニッポン放送をくっつけて朝から夜まで、「海辺の放送局ちえこデー」と銘打ったマラソン生中継放送を行う……という大きなイベントになった。

中継日は8月9日。前日くらいからニッポン放送の技術スタッフがやってきて、店前の浜に電波塔を設置していた。僕が当時広研関係の仕事スケジュールをアバウトに付けていた〝ハンプティー・ダンプティー〟(原田治が描いた人気キャラ)のノートにその日の行程や

11
葉山の真夜中の海辺で近田春夫がDJをしていた。

メモを記したページがある。

「10：00スタンバイ　11：00チエコ入り　13：00歌謡パレード……」

実際、ニッポン放送の中継のスタートは13時、お昼の1時からだったようだ。

松本ちえこは2019年に惜しくも他界したが、この頃は資生堂バスボン石鹸のCM人気もおちついて、もうワンプッシュかけよう……くらいの時期ではなかったか。「海辺のあいつ」という、浮気なサーファー男にやきもきするような曲を歌っていたから、「電気クラゲ」と同じくキャンストのシチュエーションはぴったりだったのだろう。

店内のステージと客席の一部を潰して放送スペースが作られ、外側の浜に面した一角もサテライトスタジオのように使われた。松本ちえこは放送に出ずっぱりで、♬チャランポランチャポンチャポン〜という伊藤アキラ作詞の「海辺のあいつ」をこの日何度も歌っていたが、このときは司会がすべてプロの人だったので、大場久美子のように会話を交す機会はなかった。

中継は夜、というより夜中まで続いて、深夜1時からは「オールナイトニッポン」がここから放送された。確か、第1部の〝くり万太郎〟（局アナ）の番組中だったか、南沙織が沖に出たヨットから上陸して、ちょこっと店内に現われたような気もするが、この日の記憶で一番濃いのは近田春夫である。

第2部（火曜深夜、水曜早朝だったと思う）の近田春夫のオールナイトニッポンが始まってまだまもない頃（「ポパイ」の歌謡曲評論の連載スタートはもう少し後）だったと思うが、僕は存在を意識していたことをよくおぼえているから、すでに放送を聴いていたのだろう。あれは店内で第1部の放送をやっていたときだったか、それよりも前だったか、すーっと店に現われた近田さんが壁に展示していた例のTVガイドのパロディーCM（前回参照）の4作の写真パネルをじっと眺め、「農村ウェルズ」のパネルの前で横にいた僕に向かって「コレはおもしろかったね」と評した……初対面の場面が焼きついている。

そして、3時スタートの放送は店内からではなく、店前の砂浜にテーブルとターンテーブル、マイク装置……などを並べて行われた。僕と3、4人の部員が近田の後ろで砂浜に座りこんで放送を聴いていたはずだが、「オレ、海にいるんだよね今回」なんて言いながらかけた初っ端の曲をなぜか明確におぼえている。スピーディーなピアノのイントロで始まる西城秀樹の「セクシーロックンローラー」だった。

12 湘南カウンティーの夏は過ぎゆく。

昭和52年
（1977年）

ハンプティー・ダンプティーの表紙のノート（前回登場）をめくっていたら、「ポパイ」の取材を受けたことが記されていた。

「6月14日　PM3：00

つゆ明け前の暑い午后　銀座のはずれにあるポパイ　松川氏は旧湘南ルックに身を固め20分遅れてやってきた。近くの公園で撮影」

これは件のパロディーCMの話ではなく、あのウエストコースト好きのO君が葉山のキャンプストアーのPRをポパイ編集部に持ちかけた話が成立したときのことだ。ともかく、憧れの雑誌の取材だったから当日のことはよくおぼえている。「近くの公園」というのは築地電通前の首都高の上にある築地川祝橋公園（ポパイ編集部も電通と反対側の丸喜ビルという雑居ビルに入っていた）であり、この「松川（哲夫）」という人とは5年後くらいからどっぷり仕事でつきあうことになる。

ノートには当日の僕のファッション（生協で販売していたKEIOロゴのTシャツ＋OPのコーデュロイジーンズ）やサーフボードをルーフに積んだワーゲンのゴルフらしき車やスケボー……といったポパイ気分のイラストがラクガキされているけれど、サーフボードを載せた車の絵はこのちょっと前に出たポパイの第7号（5月25日号）の表紙に触発されたものかもしれない。

「7号の表紙には、名調子タイトルの達人、片岡義男の〝地球の美しさを知るにはサーフィンがいちばん〟の文字が、躍っている。（中略）表紙の絵柄は、サーフボードを積んだワーゲン。」

『POPEYE物語』（椎根和・著）に記述されているが、この号でとりわけ印象的だったのは、小林泰彦真骨頂のカリフォルニア・タッチで描かれた湘南地区の絵地図だった。

「小林泰彦は気持よさそうに〝湘南カウンティー〟を地図にまとめていた。」

〝茅ヶ崎から鎌倉へかけてのこの部分は湘南といっても特に独立したひとつの土地柄を形成している。（中略）その人とはサーファーたちなのである。だからこの地域を、あえて《湘南カウンティー（郡）》としてみた。〟

と、椎根氏の本には小林氏が絵地図に添えて記した「湘南カウンティー」の定義が引用されているが、R134（国道134号）ぞいにちらほら点在し始めたサーフショップやカフェなどが表示された泰彦マップは、サーファーでもない葉山のキャンスト広研部員の

「俺たちの朝」の一場面が使われた江ノ電の記念乗車券

僕らにも大いに役立った。

　いまここに地図の原物はないのだが、おそらくこれに表示されていた稲村ヶ崎の「ＭＡＩＮ（メイン）」というサーフショップ（レストランも併設していた）は店以上に広い駐車場があったので、キャンストの用事でそちら方面に行くときなんかにふらっと車を停めて立ち寄った。陸《おか》サーファーの僕の目当てはサーフボードではなく、その脇の棚に陳列されたバックプリントのＴシャツや短パンの類いだったが、鈴木茂が「バンドワゴン」のジャケ写でかけているのと同じ「トロピカルグラス」と呼ばれたベッコウ色のサングラスが日射しのあたる窓際に置かれていたのをおぼえている。

　と、連載時に書いたのだが、改めて「ポパイ」第7号をチェックしてみると、絵地図にも解説にも「メイン」はなく、思いあたる場所に「ＭＯＳＳ（モス）」というサーフショップが記されている。そうか……おもえば解説ページにあるＭＯＳＳのロゴマークは見覚えがあるし、「稲村店の方はファッション性の強い商品――シャツやパンツ、小物、アクセサリーズなどが多くなっている」という説明文もピンとくる。

そして、鎌倉・茅ヶ崎間を対象にしたこの絵地図からは外れているけれど、Ｒ１３４を葉山方面に進むと、小坪の漁港脇に逗子マリーナがあった。パームツリーの並木とコロニアル気分のコンドミニアム、加山雄三の光進丸をはじめとするラグジュアリーなヨットが停泊する港とプールを望むレストラン……まさにポパイの特集で見たウエストコーストのリゾート、に一番近い場所だった。

迷路じみた裏道の幽霊の出そうなトンネルをくぐると、素朴な漁港の先に忽然とパームツリーが現われる……そのアプローチも胸を高鳴らせた。

稲村ヶ崎のあたりから江の島にかけては、右手の山側に江ノ電が並走するようになってくる。いまの僕ならば旧車両をじっとりチェックするところだろうが、あの当時は最もそういう〝鉄道熱〟に褪めていた頃で、「そういえば江ノ電が走っていた……」ほどの記憶しかない。ただし、時折観ていた青春ドラマ「俺たちの旅」の続作「俺たちの朝」という勝野洋や長谷直美が出てくる番組は、江ノ電沿線のこの辺（その後丹念にチェックすると、極楽寺駅周辺が中心舞台と判明）でロケされていた（江ノ電が写りこんだ番組タイアップの乗車券を後年手に入れた）。

12

湘南カウンティーの夏は過ぎゆく。

キャンストで葉山に常駐していたこの夏、愛車の中古コロナで湘南道路を走っているときに女性2人組にヒッチハイクされたことがあった。あれはすぐ横を江ノ電が走ってくる区間だったはずだから、七里ヶ浜か鎌倉高校前あたり。2人ともレイバン風のナス型のサングラスをかけた、蓮っ葉《はすっぱ》なサーファーガールという感じだった。

僕は店で販売しているグッズの集金か何かを頼まれて、藤沢か茅ヶ崎方面の会社へ向かう途中だったと思う。僕のコロナは1970年代初めのあまりイケてないセダン型（おじさんの会社で長く使っていた営業車）で、後部座席に乗りこんだ彼女たちは「ダサい車でも乗ってけりゃいい」みたいな感じでふんぞり返っていた。

彼女たちの行き先は茅ヶ崎のサーフショップ「ゴッデス」ではなかったか？　この半年くらい前に出たユーミンのアルバム「14番目の月」に収録された「天気雨」という曲のなかでも〝サーフボード直しにゴッデスまで〟と、八王子から相模線に乗って茅ヶ崎の店へ行く状況が歌われていた有名店である。

ゴッデスがあるのは中海岸という海岸ぞいだったが、指示に従って駅の方へ行ったような気もするから、ゴッデスという行き先はユーミンの歌の世界を重ねてできあがった〝後付けの記憶〟かもしれない。

キャンストの催物係をやっていたこの夏は、8月9日の「松本ちえこデー」（前回参照）が終わった後くらいから曇りがちの日が多くなって、そのうち雨降りの日が続くようになった。僕は当時から〝天気図好き〟だったのでよくおぼえているが、関東の南方沖に台風とまでいかない熱帯低気圧がしばらく居座っていたのである。やがてそこに向かって冷涼な北東気流が入ってきて肌寒くなった。イーグルスやタカナカの夏のサウンドは似合わないので、僕はＤＪルームに入って前年の暮れに原宿のメロディーハウスで買ったフィル・スペクターのクリスマスアルバムをかけた。

キャンストは8月22日に閉店したが、その後1週間ほどかけて店を解体し、後片づけをする。そんな晩夏になって、また暑さがぶり返してきた。キャンストの期間中は原則として外食禁止（合宿所で部員の食事当番が作ったメシを食べる）だったが、後片づけの期間の夜は何台かの車に分乗して、逗子や鎌倉あたりのドライブインレストランに食事に繰り出した。

とある夜、江の島へ渡る橋の横の駐車場でロケット花火を打ち上げて、不二家とガソリンスタンドのＥＳＳＯが共同でやっているような「エッソシェフ」というドライブインレストランでメシを食い、僕のコロナを含めて3台の車に分乗して合宿所へ引きあげていくときのことだった。

江の島からＲ１３４を東進していく途中、先頭を走る店長・Ｓのブルーバードから後続の合宿所長・Ｙのギャランシグマや僕のコロナを狙ってネズミ花火が投げられた。発火した花火はＹの車底を通りぬけて最後尾の僕の車の下でスパークしたり、さらにその後ろで

12
湘南カウンティーの夏は過ぎゆく。

パチパチと火花を散らしているものもあった。

そんなことをしているうち、あのサングラスのヒッチハイク娘を乗っけた七里ヶ浜のあたりだろう。後方のワゴン車が対向車線に出てスピードをあげると、ちょっと車間の空いた僕のコロナの前にスッと割りこんできた。そして、ノロノロ走行を始めた。前を行く仲間のSやYの車とどんどん離れていく。こいつはおかしいぞ……と思って、前の白いワゴン車を凝視すると、最後部の窓にこちらをにらみつけるコワそうな若者の顔が見えた。

稲村ヶ崎を過ぎ、由比ヶ浜も通り過ぎて、鎌倉駅の方へ行く道と分かれる滑川の交差点で前のワゴン車が停車した。ここで僕も車を停めるべきだったのかもしれないが、意を決してワゴン車の横を走りぬけて滑川交差点を左折、次の信号を赤に変わる寸前に右の路地へ曲がった。撒けたかな？　一瞬思ったが、そう甘くはない。コロナのバックミラーにライトを上向きにした車がぐんぐん大きくなってくる。傍らに消防団倉庫の赤ランプが薄気味悪く灯った、狭い一方通行路の一角で僕は車を停めた。なぜ、わざわざこんな寂しいところへ逃げてきてしまったのだろう。

コロナの後ろに衝突するように急停車した白いワゴン車（トヨタのハイエースだったか？）から、濃紺のジャージ姿の4人組が降りてきた。意外にも男ばかりではなく、男女2名ずつ。カップルなのかもしれない。見るからに〝ツッパリ暴走族〟って感じだったが、ジャージの胸だったか、背だったかに記された〈極悪〉というグループの名を見て一段と寒気が走った。

そう、説明がおくれたが、わがコロナ車の乗員は僕を含めて男子４名。女子部員が乗っていなかったのは幸いだったが、ケンカになれた男は１人もいない。しかも僕以外の３人はメガネをかけており、彼ら極悪の連中が降りてくるのを見て一斉にメガネを外した。

窓をドンドンと叩かれ、ドアにボスンと蹴りが入り、思わず僕がドアを開けた瞬間、ソリコミ頭のコワモテの男に引っぱり出されてゴツンと眉のあたりにパンチを食らった。うろたえているうちに、スッとコロナのエンジンキーを抜きとられた。

「ざけんなよ、花火投げやがって」

花火を投げたのは前走の店長Sの車なのだが、そういう事情説明が通じる状況ではない。彼らは僕らが3台くらいでつるんでいるのを知っていて、つまり最後尾の僕らが生けにえになった、ということなのかもしれない。

ともかく僕は平謝りして、エンジンキーを返してもらった。カネを脅し取られることはなかったが、案外冷静になった僕はトランクを開けて、キャンストで余った景品のTシャツやフリスビー……なんかを差し出してみたが、お気に召すものはなかったようだ。

山猫みたいな攻撃的な吊り目の女が男に続いて放った言葉が忘れられない。

「てめえら、カタギだろ？」

堅気、じゃなかったら、どうなっていたのだろう。

12

湘南カウンティーの夏は過ぎゆく。

僕の湘南カウンティー気分の夏は終わった。

13

つかこうへいの芝居は刺激的だった。

昭和53年
（1978年）

大学で入っていたサークルとして、広告学研究会と8ミリシネクラブという映画サークルのことは前に書いたけれど、もう1つ後者の8シネの何人かが関わっていた「出発」という演劇グループの活動に参加していた。「出発」と書いて「たびだち」と読ませる——その名のセンスは内心ダセェーと思っていた（上条恒彦の歌がネタモトか？）が、公演の内容は軽い都会調のコメディーが中心でおもしろかった。演出、脚本から役者としても活躍していたNという調子の良い男が件のTVガイドのCMで〝女装のソフィア・ローレン役〟を演じた人だ。Nさん（1学年上）たち「出発」の連中が芝居の参考によく観ていたのは、劇団未来劇場、つかこうへい、東京ヴォードヴィルショー、東京乾電池、といったあたりで、僕も彼らに影響されて演劇を観るようになった。

銀座の博品館がフィールドだった「未来劇場」は里吉しげみ（演出）と水森亜土の御夫婦が主宰していた劇団で、僕は中学生の時代、深夜のラジオで彼らがやっていた「忍法西

13
つかこうへいの芝居は刺激的だった。

遊記」という、ちょっとエッチなコメディー劇を愛聴していたのだが、アングラ臭の薄いシャレたミステリー・コメディー調の作品は後年の三谷幸喜っぽいムードもあった。「未来劇場」はあまり一般的に知られていなかったが、つかこうへいはその人物自体がブームになり始めていた。代表作の「熱海殺人事件」が初上演されたのはこの年（昭和53年）より5年ほど前のことで、僕は草創期の青山・VAN99ホールの公演は行っていないが、その後定例のハコとなった紀伊國屋ホールで「熱海」を観た。手元に残るチケットの半券に「4月2日（日）」と記されており、ここに年号の記載はないがカレンダーを調べると、この前後数年間で4月2日が日曜日なのは昭和53年だから、おそらくこの年のことだろう。

簡単に筋を説明すると、熱海で恋人を殺してしまった田舎者の犯人を、芝居がかった刑事が〝マスコミに出して恥ずかしくない男〟に仕立てあげていく――という話。配役は時期によって多少変わったが、僕が初見したときは主役の刑事・木村伝兵衛を三浦洋一、その部下の熊田留吉を平田満、婦人警官・ハナ子を井上加奈子、殺人容疑者の大山金太郎を加藤健一がやっていたと思う。

「ブス（醜女）」のフレーズを多発する暴力的なセリフ（『あえてブス殺しの汚名をきて』なんていうエッセー本も売れて、ブスという言葉は、つかの代名詞となった）やスピード感のあるギャグは、やがて台頭する星セント・ルイスやツービートに大いなる刺激と勇気を与えたに違いない。

しかし、「熱海」の舞台でとりわけ印象に残ったのは、つかの秀逸な選曲による音楽シーンだ。加藤演じる朴訥な青年が婦人警官の井上（殺される娘でもある）を相手に〝わが青春〟を語る場面でマイペースの「東京」という曲とワイルドワンズの「想い出の渚」が明暗の対比のように効果的に流れる。そして、木村刑事が描く〝理想の犯人〟に成りきった加藤がタキシードを着こなして、客席後方からスポットライトを浴びて「マイウェイ」を歌いながら登場するシーンも圧巻だった。こういった演出は当時僕らがハマッていたパロディー的笑いのセンスと同質のものだった。

そんな「つか」に熱を上げた僕は、広研が例年制作を任されていた野球の早慶戦のパンフ（表紙には「慶早戦」と打たれている）のなかで、慶応出身（中退）者でもあるつかこうへいにインタビューを試みた。

〈慶早戦を演出してやる〉というタイトルを付けて、いくつかの項目に分かれているが、表題にした早慶戦の演出術についての〝つか節〟はこんな調子だ。

まぁ三振するということは、一人が三振するということじゃないのね。応援団と見てる観客の前で三振したんだと、これがどれだけ悲劇的なのか、どれだけつらいのか、ということを見せなくちゃならないんだよ。それをさ、てめえ一人で三振する奴がいるから困るんだよね。おめえ一人で三振してるんじゃないんだよ。オレたち応援団も

13
つかこうへいの芝居は刺激的だった。

一緒に三振したんだよ、例えばホームラン打ったにしろ、はずかしそうにグランド回るんだよな。みんなでホームラン打ったんだから、もう一塁ベース飛び抜けてって、むこうのフェンス登って、手を振るぐらいやりゃーいいんだよ。その点長島ってのは好きだったね。あいつが打ってくれると、こっちまで打ったって感じだったもんな。二流って言われる奴はさ、ジャイアンツでも、何かはずかしそうに、悪いことしたみたいにホームラン打ってんだよな。たまに打ったんだから、うれしいはずなのに。三、四番打ってる奴は、みんなと共にホームラン打った、って感じじゃないとヤバいよな。ホームラン打ちゃ、くす玉割れて、噴水がパーッと上がる。それがショーだよな。だからオレに演出させろってんだよ。早慶戦なんかだって、ここでピッチャー替えないと確かに負けるかも知れないけどさ、栄光ある塾の伝統に踏まえて、ここで替えずに負けていくことが早慶戦の早慶戦たるにふさわしいのよ。

まだもう少し続くのだが、この辺にしておこう。まさに、木村伝兵衛の語り口だ。つかの言葉を忠実に書き出しながらテープ起こしをしたことをよくおぼえている。

この冒頭に「五月四日。渋谷。稽古場につかこうへいをたずねる」と僕の前書きがあるのだが、ここは6月下旬からパルコ内の劇場（当時、渋谷西武劇場の名称だった）で開催されたロックオペラ劇「サロメ」の稽古場だった。

オスカー・ワイルドの戯曲をロックミュージカル風にしたつか版の「サロメ」、スタッフロールには錚々たる面々がクレジットされている。

脚本・阿木燿子　挿入曲・井上陽水、宇崎竜童　作詞・橋本淳　美術監督・石岡瑛子　音楽監督・酒井政利　音楽・三枝成章……

とまあこれは一見してCBSソニーの山口百恵スタッフ+パルコ、といったクリエーター世界が想像される。

主人公のサロメ役は当時〝水野さつ子〟の本名で出ていた蜷川有紀（近年、猪瀬直樹と結婚して話題になった）、相手役のヨカナーンが風間杜夫、ヘロデ王・西岡徳馬（当時・西岡徳美）……といったキャスト陣のなか、主題歌を含めて歌い手の中心になっていたのが元ズーニーヴーのボーカル・町田義人だった。

ちなみに、こういったスタッフやキャストのデータはネットにアップされた「サロメ」のサウンドトラック盤（CBSソニー・昭和53年8月発売）の解説を参考にしたもので、内容に関しては「熱海」と違ってさっぱりおぼえていない。6月22日のチケット半券が手元に保存されているので、この日に観に行ったのだろうが、オシャレなパルコの劇場の方は印象に残っている。というのは、この「サロメ」、当時気に入っていた女の子を誘って行ったせいもあるだろう。

確かこの後、公園通りを少し歩いて六本木に出て、スクエアビルあたりのディスコに立

13
つかこうへいの芝居は刺激的だった。

ち寄ってから、その1階のゲームセンターで別れたのだ。何か、もう1つ口説きおとせないままサヨナラした記憶がある。そう、僕が初めてスペースインベーダー（アーケードゲーム機型）をやったのがこの六本木スクエアビル1階のゲームセンターだったはずだが、店頭に出たのはこの年の8月というデータがあるから、これよりちょっと後かもしれない（あるいは、テスト機が置かれていた可能性はある）。

話は〝観劇デート〟の方にいってしまったが、「サロメ」に関しては、つか氏のインタビューをした5月の稽古風景の印象が強い。インタビューを始める前にしばらく稽古を眺

つかこうへいの「熱海殺人事件」と東京ヴォードヴィルショー「日本妄想狂時代」（〝時代〟の部分は切れている）の半券

めていたのだが、つかは机にレコードプレーヤーを置いて、横に積みあげた歌謡曲のシングル盤をＤＪのように次々とかけ替えながら、「よし、この曲のイメージでセリフ言ってみろ」なんて調子で、当時新人だった熊谷真実やかとうかずこに芝居をつけていた（もっとも彼女たちの名前が同定されたのは後日のことだ）。しかし、「サロメ」の主演役者をここで眺めた記憶はなく、つか氏がレコードプレーヤーでかけた曲（郷ひろみ「よろしく哀愁」とか）も「サロメ」の世界とはかけ離れていたから、あれは本稽古の合い間の新人特訓のような場面だったのかもしれない。

「東京乾電池」は柄本明、ベンガル、高田純次、綾田俊樹、角替和枝……「東京ヴォードヴィルショー」は佐藤Ｂ作、石井愃一、花王おさむ、三木まうす、坂本明……なんていった人たちが中心メンバーだった時代だが、「日本妄想狂時代」の半券の裏に〝53・3・15〟と刻印されているから、これもこの年に観たものだろう。

「作」と記された喰始《たべはじめ》は劇団の座付作家であり、この7、8年後に僕が司会をしていた「冗談画報」でお会いした頃は、後輩の「ＷＡＨＡＨＡ本舗」を率いていた。「演出」の魁《さきがけ》三太郎は役者が主体の人だったが、このチケットで注目したいのは場所（会場）と記された「渋谷エピキュラス」。

　桜丘の坂上にあったヤマハの施設で、さほどレンタル料は高くなかったのか、僕ら「出発」の後輩も公演に使っていた。最近の大々的な再開発工事が始まるまで建物は残ってい

13
つかこうへいの芝居は刺激的だった。

たはずだが、線路端のエピキュラスの方へ上っていく枝分かれしたような坂道がなつかしい。この坂道の一角は当時話題になっていた山田太一のドラマ「岸辺のアルバム」（本放送は昭和52年）でも、八千草薫が竹脇無我と逢引をするシーンで使われていた。

ところで、先の早慶戦パンフの取材以来、僕が2度目（最後）につか氏とお会いしたのは、昭和が終わって平成に入った年、西暦でいうと1989年の晩秋の頃だった。それは世間を震撼させた〝連続幼女殺人事件〟の宮崎勤をテーマにした、月刊誌「世界」（岩波書店）の座談会で、つかこうへい・橋本治・泉麻人という妙な組み合わせのものだった。

89年12月号に掲載されたその座談会、誌面上はうまく構成されているが、現場で話のリードを取って、圧倒的に喋っていたのは橋本氏だった。それがおもしろくなかったのか、帰りがけにつか氏に誘われて飲み屋に入った。飯田橋か水道橋あたりの「養老乃瀧」風の座敷……というイメージがぼんやりと残っている。

「団塊の世代、ってのはどうも苦手なんだよな。泉サンなんかが出てきて安心したんですよ」

なんて調子で橋本氏の世代の文化人の悪口をおっしゃっていたが、おもえばつか氏もその世代なのである。それはともかく、向かい合ったつか氏が、投げ出した片足の黒いナイロン靴下を途中で脱ぎちらかして、それがしばしば視界に入って気になったことが思い出される。

14

リクルートカットのモラトリアム世代

昭和53年
（1978年）

大学時代の雑多な資料（例のハンプティー・ダンプティーのノートなど）をぶちこんだ手提げ袋のなかに「11階の朝焼け」という8ミリ映画のチラシがあった。これは映画サークルの「8ミリシネクラブ」で、4年生の年にH君と作ったものだ。

僕がなかばアソビ気分で書いたこのチラシのスタッフ紹介欄には、まず〈企画・原案・総指揮〉としてHの名があり、その次に〈脚色・演出〉の肩書で僕の名が記されているけれど、ほぼ2人でアイデアを出し合いながら構成を練りあげていった作品だった。ちなみに〈企画・原案・総指揮〉という大仰な肩書は、確か前年にヒットした劇場版の「宇宙戦艦ヤマト」の西崎義展のクレジットをマネたものだろう。

ストーリーは、8ミリ映画サークルの学生3人組（2人は4年生）が〝就職〟や〝恋愛〟に悩みながら映画を作りあげる……という、自分たちのことをベースにした、まぁ青春映画にありがちな話ではあったが、湿り気のない、東宝娯楽調のコメディーに仕上げる、というのが僕らのコンセプトだった。チラシに〈制作者、苦肉の弁解〉と題して、僕はこんなコメントを寄せている。

　小学3年生の冬、怪獣大戦争を見に行くと、もう1本がエレキの若大将だった。そのとき、ボクの頭の中で、初めて、大学というものの、イメージが出来上った。「大学ってとこは天国だ」「愛と善意の花園だ」……そんなバラ色の日々がもうすぐ終わる。

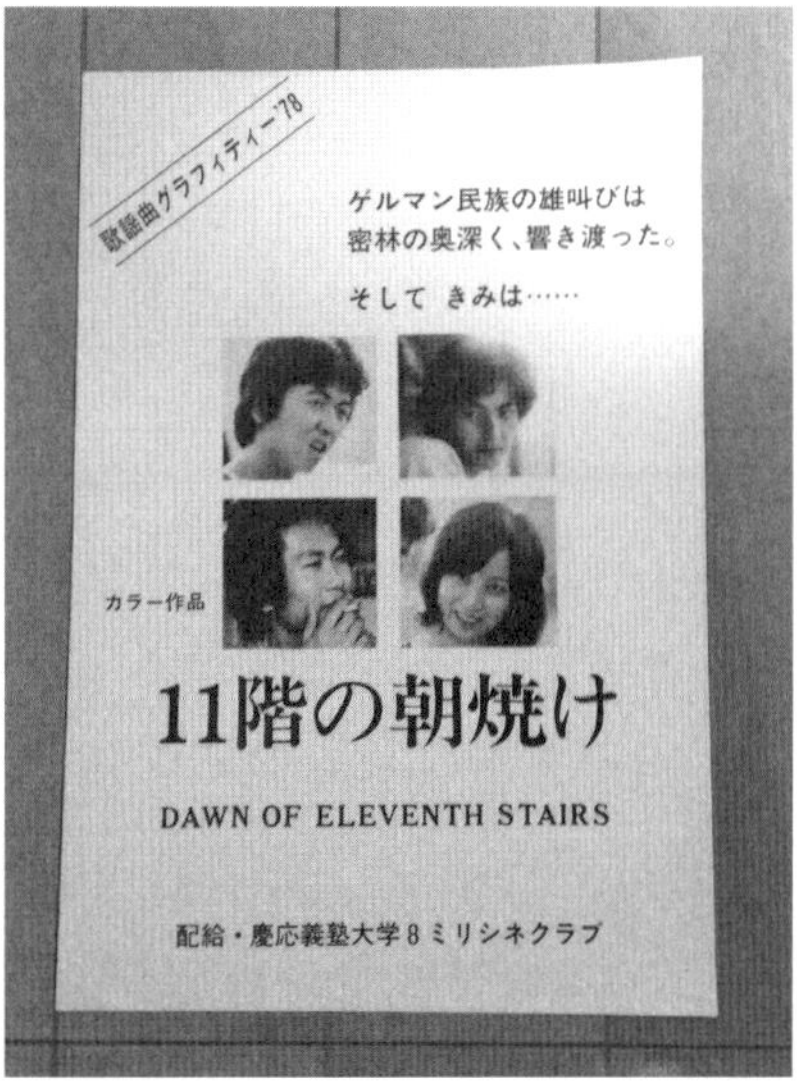

「11階の朝焼け」のチラシ

いかにも、ノンポリのアホ学生って感じだが、この年から翌年にかけてベストセラーになった『モラトリアム人間の時代』（小此木啓吾・著）の若者像ともいえる。

僕はこのチラシの映画タイトルに〈歌謡曲グラフィティー'78〉とキーワードを付けているが、大方のシーンBGMに当時ハヤリの歌謡曲（洋楽、ニューミュージック系もあるけれど）を使う、というのがポイントだった。

まずは冒頭、主人公の男が夜更けに聞いているラジオから流れる中原理恵の「東京ららばい」とともに、何棟もの高層ビルが建ち並んだ西新宿の市街風景が紹介される。ディスコ通いをする女優と出演交渉するシーンにはアース・ウィンド&ファイアーの「宇宙のファンタジー」が、撮影後に盛りあがって夜の街へ繰り出すシーンには敏いとうとハッピー&ブルーの「星降る街角」が流れる。

チラシに載せた曲目リストには、しっとりした場面に使ったジョン・コルトレーンやアート・ファーマーの曲も見受けられるが、旬の歌謡曲が中心。ともかく僕はこういうシーンごとの選曲にこだわった。この辺は前回書いた〝つかこうへいの芝居〟の影響かもしれない。

映画は11月下旬の三田祭での上映を目標に作られたものだったが、撮影をしていたのは夏の暑い盛りだった。当時〝黒ラベル〟とも呼ばれたサッポロのビン生が出たばかり（正確には発売2年目の夏）の頃で、主要舞台でもあるHの兄のマンションの部屋で、冷蔵庫に

14
リクルートカットのモラトリアム世代

冷やしてあるビン生を「やっぱコレうめーな」なんて言いながら飲んだことをおぼえている。ここは東横線の学芸大学の駅から環七の野沢の方へ行ったところにあるマンション最上階の13階の部屋で、歯科医を営むHの兄の住まいだったが、彼が職場に出ている日中だけ、僕らが映画作業に使わせてもらっていた。ここから望む朝焼けの景色（実際は屋上からの眺望）が映画の山場になることもあって、語呂のわるい13を11に改めてタイトルに使ったのである。そう、「冷蔵庫のビン生」ともう1つ、Hの兄貴はトレンドに敏感だったのか、当時一般家庭ではまだ珍しかった電子ゲーム機がテレビにセットされていて、「ブロックくずし」や「テニス」のゲームをよくやった（映画のシーンにも使った）。

13階クラスのマンションは、いまでいうタワマンほどの高層物件の印象が強かった時代、この屋上に〝不審な女性〟の姿を見掛けたことがあった。何人かで近くの道を歩いていたときにH君が発見したのである。高島平団地の高層階からの飛び降り自殺――がしばしば報道されていた世相も関係していたのかもしれないが、Hに言われて前方を見上げたとき、マンションの屋上のフェンス（低い部分）に張り付く女の姿がちらりと見えたおぼえがある。

しかし、その後どうしたのだろうか……。すぐに屋上に上っていって、見つけた女を説得したような気もするし、警察に通報したような気もするが、その辺はドラマなんかのシーンが上塗りされた記憶かもしれない。最初の目撃者でもあるHに、マンションでの他の事項も含めてメールで質問したところ、まず管理人に通報、一緒に屋上まで行ったときにはすでに女性はいなかった（もちろん、落下していたわけではない）とのこと。しかし、〝姿をくらました〟ということは、やはり〝飛び降り〟を試みようとしていたのだろう。

不穏な出来事というのはよくおぼえているもので、同じく映画の制作時期に「手首ラーメン」というのが話題になっていた。Hの兄のマンションの部屋で、撮影やアフレコ（声やSEの録音）をして帰ってくるとき、近くの道端によく出ている屋台のラーメン屋に寄ることがあった。その頃、ワイドショー（いまほど数は多くなかったが）や週刊誌で〝人の手首でダシをとるラーメン屋台が都内に出没している〟なんてネタをよく扱っていて、「あのちょっと怪しいオヤジの屋台に違いない」という話で盛りあがっていた。

「手首ラーメン」の話題をやりとりしたことはHもよくおぼえていたが、この件については僕が30年も前に出した『B級ニュース図鑑』という著書（ヘンテコな事件記事を紹介する本）で取りあげていた。

〈ダシにしたが売りはせず〉と、見出しを付けた昭和53年10月3日の朝日新聞の記事によると、住吉連合系の暴力団組員が殺した男の遺体を処理する目的で手首を屋台のラーメンのダシに使ったが、実際にそのラーメンが売られることはなかったという。10月10日の追記事（朝日新聞）の描写がリアルなので紹介しておこう。

〝手首処理班〟は手で引いて回る屋台のカマで手首入りスープを煮る間、いつもと違

14

リクルートカットのモラトリアム世代

って路地裏を選んで歩いた。客が寄ってくると「売り切れ、売り切れ」だと弁解、においを不審がられるのではないかと場所を次々に変えており、とても客にラーメンを食わせるどころではなかったという。

この犯人（主犯の2人）の住所は東尾久で、ここはHの実家に近いから、もしや彼の地元での噂から僕らの間に広まった話題だったのかもしれない。

手首以外の部位の行方も気になるところだが、前年あたりからラジオ番組で盛りあがっていた「なんちゃっておじさん」（電車内で唐突に〝なんちゃって〟とポーズをつけておどける不審な男）とか、翌年にかけてブレイクする「口裂け女」とか、いわゆる都市伝説的な話題が流行する世相だったのだ。

ところで映画の主人公は、就職活動もせずに好きな映画作りに没頭しているモラトリアム少年……という設定だったが、それは僕も同じだった。

当時の大学生の就活のスタートは、3年生くらいから本格化するいまよりはのんびりしていたが、4年生の夏にもなると「内定もらったよ」なんていう話題が耳に入ってくるようになる。もっとも、僕もHもO（広研のウエストコースト好きの男とは別人）というもう1人の4年生部員もマスコミ志望で、あの時代の広告、出版、テレビ局などは一般企業より遅れて、11月くらいに本試験が行われた。とはいえ、ほんの何か月か前までラフな格好をしてサーファーみたいな長髪だった男が、きちんとした7・3分けのリクルートカットに紺色のリクルートスーツを着てキャンパスに現われるのを見て、僕は感傷的な気分になった。ちなみに、会社回りのためのユニホームとなるリクルートスーツもリクルートカットも、この当時〝就職情報会社〟として認知されてきた株式会社リクルート（センター）にちなんで生まれた時代語だったのだ。

4年生の時期のスケジュールを記録したノートは残っていないので、細かい日時はわからないけれど、あれは暑さがぶり返した晩夏の頃ではなかったか……。紺の上下のリクルートスーツというわけではなかったが、ブレザーを着て白シャツにきちんとネクタイを締めて、経済界の重鎮と呼ばれる人物の家に就職の相談に伺ったことがあった。

その人は経団連の会長を長く務めていたI氏。慶応の付属高校で数学の教諭をやっていた僕の父親が、以前にI氏の御子息を教えた（かなり可愛がっていたのだろう）とかで、就職の相談に乗ってやろう、という話になったのだ。

「電通は難しいようだけど、博報堂ならどうにかなるらしい」

というのが、父親経由の情報だった。その当時、確か博報堂は筆記試験よりも前に面接を何度か行うシステムで、つまり〝すべりこませやすかった〟のかもしれないが、単に〝息子の恩師〟というだけの縁で話はうまく運ぶのだろうか。経団連の会長ともなると、そういう口利きの依頼がいくつもあるに違いない。

14
リクルートカットのモラトリアム世代

若者ならではの正義感もあった僕は、もうひとつ気が進まなかったのだが、行ってみるだけ行ってみよう、という気になったのだろう。場所は渋谷の神山町。山手通りの1本裏手に、絵に描いたようなお屋敷が並んでいた景色が目に焼きついている。久しぶりに散髪して剝き出しになった項《うなじ》に、残暑の陽が照りつけてきてヒリヒリとした。

門からの長い通路を歩いていった、主屋の一角の応接間に通されて待っていると、やがてブルドッグのような顔だちのＩ氏がずっしりとした足どりでやってきた。目袋が妙に大きかった印象が残っている。出前のウナ重が振る舞われ、それを緊張しながら食べている最中にＩ氏が電話を掛けた。

「慶応で広告の研究やってる優秀な若者がいるんだけどね……」

なんてことを電話口でおっしゃっていたような気もするのだが、僕が回想しながら捏造したセリフかもしれない。電話の相手が誰だったのかも、はっきりしない。

よくおぼえているのは、「営業部の方は興味ないかね？」と問われて、「いや、クリエーティブでないと」と拒んだことだ。結局その話はまとまらず、僕の後ろ髪もまた伸び始めた。ふらっと入ったパチンコ屋で、サザンオールスターズの「勝手にシンドバッド」がやたらと流れていた。

15

銀座裏の広告学校と「北欧」の佐野元春

昭和53年
（1978年）

前回書いた8ミリ映画「11階の朝焼け」に主演したTというイケメンの男（掲載したチラシの写真の右上）は、商学部のゼミで知り合った奴だった。これまでゼミのことにはふれる機会がなかったけれど、3年生からはいわゆる〝専門課目〟としてのゼミの授業を取ることができ、一応入っておく方が就職に有利……という噂だった。

そんなわけで僕も前年からK教授のマーケティングのゼミに入っていた。「マーケティング」という言葉は、80年代のバブル期には〝恋愛のマーケティング〟みたいな感じで一般にも流用されるポピュラー語になったが、この頃はまだコアな商学用語の領域だった。ただ、広告研究のサークルなんかに入っている僕にとっては「広告」に関連した分野であり、他の「経営学」とか「簿記」とかのゼミよりも親しみやすい印象をもっていた。

K教授のマーケティングのゼミは屈指の人気ゼミで、「2年までのAの数が10個以上ないと難しい」とか「企業の強力なコネでもないとね……」とか言われていたが、K教授は

15

銀座裏の広告学校と「北欧」の佐野元春

広研の顧問（会長、という名義だった）を務めていたのだ。部会に顔を出されるようなことはなかったけれど、部の「代表」になった僕は、あいさつがてら先生のもとを訪ねて「何かと連絡事項もございますのでここはひとつ、ぜひ私を先生のゼミに……」なんて調子の良いことを語って、すべりこんだのである。

授業は週に2コマくらいのペースだったろうか。マーケティング理論の英語の原書が教科書としてあって、これを訳しながら講義は進む。それと、アメリカのメーカーの商品を例にした、いわゆる〝モデルケース〟のレジメをもとに、意見交換するような授業もあった。百貨店のシアーズ・ローバックとP&G（プロクター・アンド・ギャンブル）の1960年代くらいの商品マーケティングのレジメがよく使われた印象が残る。

なんて書いていくと、マーケティングのヨコモジが飛び交う、堅苦しい授業風景を想像されるかもしれないが、そんなことはない。僕の直談判に応じてゼミに取ってくれたように、K教授は気さくな人柄で、関西イントネーションの語り口にユーモラスな味があった。

「シアーズ・ローバックゆうのは通信販売でもうけたデパートでな……」

でな、とは実際おっしゃらなかったが、そういう関西喜劇人のテイストが漂っていた。僕らが22くらいの当時、もうすでに50前後のベテラン先生で、チョビヒゲを生やして蝶タイを愛用していた佇まいは〝社長シリーズ〟の森繁久弥を思わせるところもあった。

K教授は流通業界に強かったので、百貨店などを就職志望する者は紹介状を書いてもらったりしていたようだが、マスコミ志望の僕は就職の相談に伺うことはなかった。原書訳の授業では活躍できなかったけれど、モデルケースの意見交換のときに、奇抜な販促のアイデアなどを提案して「おっかしなこと考えるやっちゃなぁ」と、先生に苦笑された。

商学部にはもう1つ、M教授のマーケティングゼミがあって、こちらはKゼミ以上に難関とされていた。M教授はK教授の門下生だったらしいが、電通などのマスコミに顔のきく教授として通っていた。ゼミの授業自体がきびしいと聞いていたので、サークル活動に時間を費していた僕は端《はな》っからあきらめていたのだが、この4年生の年に広研の顧問先生がK教授からM教授に替わったのだ。代表の僕は活動の報告などをする必要があったが、M教授は電話を一切受けつけず、文書（ハガキ）でやりとりしなくてはならなかった。ハガキの交換は頻繁なものではなかったけれど、教授の文字は達筆（単に乱暴だったのかも）すぎてまるで理解できない。そこで、教授のお宅まで出向いて、文章の内容を口頭で説明していただいたことがあった。

K教授は湘南の大磯に住んでおられたが、M教授宅は深沢の閑静なお屋敷街にあって、玄関の門に〝Professor M〟とシャレた木彫りの英字表札が掲げられていた。

応接間に伺ったこともあった気がするが、とりわけ強く記憶されているのはハイヤーの車内。多忙な教授が自宅から企業や行政機関に向かうときの迎車に同乗して、読めない文字を解読してもらった。おそらく、開通してまもない新玉川線（田園都市線）の三軒茶屋

15
銀座裏の広告学校と「北欧」の佐野元春

あたりで僕は車を降りたのだろうが、話は嚙み合わなかった。M教授は僕らのナンパな活動（パロディーCMやキャンスト）には懐疑的な様子で、もっとアカデミックなマーケティング研究をせよ……というようなことを英語を織りまぜながら語られた。キザな感じがして、あまり良い印象を持っていなかったのだが、それから10年余り経った90年代の頃だったか、M教授は「11PM」にトレンディーなマーケッターみたいな感じで登場、案外ナンパなコメントをして、女性キャスターにイジられていた。

ところで僕は、この4年生の年あたりから大学とは別に、広告の専門講座に通い始めた。雑誌の「宣伝会議」が主催する「コピーライター養成講座」というもので、その前身が久保田宣伝研究所とかいったことから〝久保宣〟の俗称もあった。僕とほぼ同じ頃に林真理子さんが通っていたという話も聞く。

CMマニアの気《け》もあった僕は「コマーシャルフォト」や「ブレーン」なんかとともにこの「宣伝会議」も新宿の紀伊國屋でよく立ち読みし、時折購入（表紙に糸井重里が書いていたショートコラムを愛読していた）していたから、それに付いている応募用紙で入学申請したのだろう。広研のサークル活動やマーケティングのゼミでは満たされない、クリエーティブの現場感を吸収したかった。

週に2、3回の講座が行われていた場所は銀座の外れ、京橋寄りの方にある中小企業会館という建物で、並びに中央競馬会の場外馬券売場があった。後から知ったことだが、このあたりは終戦直後にガレキを処分するために埋められた三十間堀川が流れていたところなので、昔の川岸に沿って建設されたビルは堤防のように横長なのだ。

その何年か前に開通した地下鉄有楽町線の銀座一丁目の駅から行くこともあったが、銀座駅で降りて三原橋の脇から、三十間堀跡の筋（晴海通りの下をくぐるガードがある）を1丁目の方へ北進していくこともあった。その途中にあやしい紫色の看板を出したトルコ風呂（現在のソープランド）があって、へーっ銀座にもこういう店があるのか……と思った記憶がある（気になったが、結局入店することはなかった）。

会場こそ銀座の場末めいたところだったが、講師は「ブレーン」や「宣伝会議」でおなじみの広告クリエーターが顔を揃えていた。もの持ちのいい僕ではあるが、どういうわけか、この関係の資料が見つからず、講師陣の精細はいまわからないのだが、第一線で活躍するコピーライターやCMプランナー、アートディレクター……の講義があって、特定の商品の広告コピーを考案してその意図などを記述する……宿題が出ることもあった。この一般講座に半期ほど通った後、ゼミスタイルの専門講座に入った。何人かの講師が専門講座を受け持っていたが、僕が選んだのは電通でヒットCMを数々と手掛けていた山川浩二さんともう1人、TBS映画社の金丸（下のお名前は失念したが、政治家の金丸信の親戚とおっしゃっていた）さんという2人が交互にやるCM中心の教室。山川氏は当時、高見山が

現在も銀座に残る中小企業会館

タップダンスをしたり、坊屋三郎が外国人とおかしな掛け合いをしたりのナショナル（パナソニック）カラーテレビ「クイントリックス」をはじめ、おもしろ系ＣＭの名プロデューサー、として知られていた（ＣＭソングの大家・三木鶏郎の仕事番をされていた方でもある）。

電通のクリエーティブ局の人だから、就活の狙いもあったのではないか……と勘ぐられるかもしれないが、ここで山川先生に就職の相談をもちかけたことはない。さすがに、こんなルートで電通に入れるものではない、と思っていた。

こちらの専門講座は毎回15人かそこらの人数だったから、やがて何人かと親しくなった。まず、第一広告社だったか……中堅クラスの広告代理店に勤めているという頭髪の薄いヤクザな感じの男がグループの元締めのような感じでいた。あの人はせいぜい30代後半くらいだったのかもしれないが、22歳ほどの僕から見れば貫禄十分で、会社をさぼって競馬に行ったとかの無頼な話を自慢気に語っていた。

その男にくっついてきたような、不可思議な女がいた。原宿の裏あたりにブティックを出すヨーロピアンモード系マダムといった風だったが、いつも顔が隠れるような大きな帽子を被っていて、師匠のもとで占いをやっている……なんて言っていた。水森亜土みたいなたどたどしい語り口と、素っ頓狂な笑い声が耳に残っている。そう、この10年後くらいにばったり町で会ったとき、「鍼《はり》（灸師）をやっているので、来ない？」と誘われた。

それから、早稲田大学に通うヤサ男とその彼女らしき年上のコピーライターの2人組がいて、ジョン・トラボルタに似たサル顔の熱血青年もいた。もう何人か顔が思い浮かぶ人たちがいるけれど、昼間の三田のキャンパスとは様子の違う、アートな専門学校的な風景が新鮮だった。この年は先のトラボルタ主演の映画「サタデー・ナイト・フィーバー」がもたらしたディスコブームが吹き荒れていたから、講座帰りに六本木のディスコに繰り出したこともあった。確かコピーライターの女の先導で行ったスクエアビルの何階かにあった「チャクラマンダラ」というインドの仏像なんかが置いてあるディスコ（ここは慶応の仲間と入ったことはなかった）で、占い屋の女がバカラの「誘惑のブギ」に合わせて腰をくねらせて踊っていた場面がフラッシュバックする。

授業でよくおぼえているのは、香辛料の「タバスコ」の課題が出されて、このディスコ

15
銀座裏の広告学校と「北欧」の佐野元春

なんかにも行った5、6人のグループでCMのプランを練って発表したことだ。赤坂あたりのビジネスホテルの部屋に泊まりこんで、ブレーンストーミングみたいなのをした記憶があるが、結局僕が考案した「タバスコマン」という超人キャラクターを主役にしたCM案が採用された。「ガッチャマン」調の「タバスコマン」の主題歌まで作って、山川・金丸両先生の前で歌い踊るパフォーマンスを披露した。この種のパロディーとしては「ひょうきん族」のタケちゃんマンなんかよりずっと早かったはずだが、後年仕事で再会した山川氏はまるでおぼえていなかったから、まぁ見るに値しないものだったのだろう。

そして、初めの半年くらい通っていた一般講座の時期だったと思うが、会場の近くに「北欧」という喫茶店があって、授業帰りに何度か立ち寄った。そこにいた連中のなかに当時広告代理店に勤務していた佐野元春がいた。広告会社はスタンダード通信社ではなかったか？　何か受講者名簿のようなものに、その社名が記されていた気がする（割とすぐに佐野元春は有名になったから、たぶんすぐに手元の資料で確認したのだろう）。

ともかく、講座帰りのその「北欧」という店で、自己紹介のようなことをしあう場面になったときに、たしか長髪にボルサリーノ型の帽子を被っていた佐野氏が「音楽をやっていて、ヤマハの合歓《ねむ》の郷のコンクールに出るんですよ」みたいなことを熱く語っていたのを記憶している。

16
翔んでる女はディスコでフィーバー

昭和53年
（1978年）

通っていた「宣伝会議」の講座会場からも近い銀座1丁目の端っこに映画館「テアトル東京」があった。いわゆる京橋本体の銀座側の一角、大昔は大根河岸と呼ばれた場所で、映画館の跡地にバブルの頃は「西洋銀座」という西武セゾンの高級ホテル（セゾン劇場もあった）が建っていた。

この年の夏（6月末）、「スター・ウォーズ」のロードショーが鳴り物入りで行われたのがテアトル東京だった。これより10年前（昭和43年）に「2001年宇宙の旅」のハコとして話題になった、横長の大型シネスコープ画面がウリモノのこの劇場で「スター・ウォーズ」を観たのかどうかはもう一つハッキリしない（結局新宿あたりで観たような気もする）のだが、その興行看板が玄関に掲げられていた景色はよくおぼえている。銀座通りの歩道からちょっと奥に入った所に、せいぜい横の首都高と同じくらいの高さの四角い劇場がぽつんと建っている感じは、ＳＦ映画の劇場としてふさわしかった。先行して春に日本公開

16

翔んでる女はディスコでフィーバー

された「未知との遭遇」もここでやっていたはずだが、まさに〝宇宙への入り口〟のような気配が漂っていた。

昭和53年はそんなスピルバーグとルーカスの2本の宇宙モノとピンク・レディーの「UFO」（レコード発売は前年暮れだったが、この年の暮れのレコード大賞を取って1年余りのロングセラーとなった）、さらにゲームの「スペースインベーダー」と、アポロの月着陸をピークにしばらく盛り下がっていた宇宙ブームが久しぶりに復活したような年（「宇宙からのメッセージ」という和製の怪作も公開された）だったが、邦画で気を吐く角川映画とともにもう1本、ジョン・トラボルタ主演の「サタデー・ナイト・フィーバー」を忘れてはならない。〝ディスコ〟という風俗や〝フィーバーする〟なんていう、いまもしぶとく生き残っている新語を産み出したという点では、「スター・ウォーズ」や「未知との遭遇」以上にこの年の重要な風俗映画といえるだろう。

ブルックリン橋の向こうにマンハッタンのビル群（ワールドトレードセンターのツインビルも健在）が見える、橋のこちら側の下町を安っぽい黒革ジャンの下からイタリアンカラーの赤シャツの衿をガバッと外に出し、意気がって歩くトラボルタ……バックに流れるのはビージーズが歌うテーマ曲の「ステイン・アライブ」。そんな冒頭シーンでトラボルタは片手にペンキ缶をぶら下げているが、日中はペンキ屋で働きながら、土曜の夜になると橋の向こうのディスコに繰り出して、ナイスなダンスパフォーマンスを見せる〝夜の帝王〟

に変身する……という青年の日常が描かれていく。
「スター・ウォーズ」より少し遅れて、夏の盛りを過ぎる頃からじわじわとヒットしていったこの映画、僕も当時観た（秋の頃だろう）記憶はあるけれど、ストーリーのディテールなどに興味をもったのはトラボルタが「パルプ・フィクション」で復活した頃にビデオで再見してからのことで、オンタイムでは音楽の方にばかり興味が行っていた。前年秋の全米公開時からベストセラーになっていたサウンドトラック盤を持っていたが、「ステイン・アライブ」と「ナイト・フィーバー」をはじめとしてビージーズがメインのアルバムだった。

この10年前にタイガースと共演したり、大橋巨泉司会の「ビートポップス」で「マサチューセッツ」がよく流れていたり、英国ソフトロックの代表グループだったビージーズがいきなりディスコ音楽にイッてしまったというのは意外であり、多少の幻滅感をもったのも確かである（ラジオ関東の「湯川れい子の全米トップ40」を愛聴していたから、「ステイン・アライブ」は映画より先に聴いていたはずだ）。

ビージーズの劇中歌のなかで一番好きだったのは、ロマンチックなシーンで流れる「ハウ・ディープ・イズ・ユア・ラブ」。これはまぁソフトロックのビージーズのムードも感じられた。ちなみに「愛はきらめきの中に」という邦題が付いていたが、このタイトルで呼んだことはたぶん1度もない（全米チャートではこの曲が最も長くヒットしていたのではなか

16
翔んでる女はディスコでフィーバー

ったか……)。

サントラ盤には他にタバレスやイボンヌ・エリマン、クール&ザ・ギャングなどの曲が入っていたが、実際のディスコにおいて皆トラボルタのように踊っていたというわけではない。「ステイン・アライブ」や「ナイト・フィーバー」が流れたとき、ふざけて一瞬あのトラボルタのポーズ(右手をかざして腰のあたりをキュッと曲げる)をやる者はいたけれど、映画のトラボルタのダンスはちょっとマネのできるものではなく、多くの者がブナンな岩崎宏美風ステップで踊るわが日本のディスコのダンスフロアーになじむスタイルではなかった。もっとも、内輪のディスコパーティーのような場で、アメリカの「ソウルトレイン」を模したショータイム(ソロで踊る達人を皆で取り囲んで盛りたてる)が行われることはあったけれど、トラボルタのフィーバー踊りはそういうセンからもハズれていた。まぁ映画のストーリー的に、わざと田舎者っぽさを強調した振り付けだったのかもしれない。

ところで、「サタデー・ナイト・フィーバー」によって、唐突にディスコのブームが訪れたわけではない。東京のディスコの原点は、この10年ほど前にオープンした赤坂の「ムゲン」あるいは「ビブロス」とされ、それ以前のゴーゴークラブ(喫茶)から発展した別の小店などを〝真の元祖〟と唱える人もいる。僕がディスコと呼ばれる店に初めて入ったのは、高校1年の夏(昭和47年。たぶん青山のパルスビートという店が最初)だったと思われるが、正直いってディスコに都会の不良世界の魅力を感じたのは高校時代までだった。70

年代後半、昭和50年代に入る頃から、六本木や赤坂の横道にある怪しい雑居ビルの小店（稲川会系のヒトがたまに脅しにやってきたりする）は廃れ、大箱のチェーン店や六本木スクエアビルのようなディスコビルもできて、若者のアソビ場として認知されてきた。以前書いた〝和製ディスコ歌謡〟（ソウルこれっきりですかｅｔｃ）のヒット曲なんかもすでに生まれていたが、この「サタデー・ナイト・フィーバー」のヒットによって、全国レベルのブームに拡大した。

家にいるときにはよく観ていた、久世光彦演出のＴＢＳドラマ「ムー一族」のなかに、近田春夫がＣ調なＤＪを務めるヘンテコなディスコのシーンがあって、ここでレギュラーの郷ひろみと樹木希林が歌い踊る「林檎殺人事件」が大流行、「ザ・ベストテン」の定番ネタになっていた。郷がトラボルタ風のスーツを着て踊っていたこともあったが、そのイメージも関係したのか「サタデー・ナイト」の日本版吹替えのトラボルタの声は郷がやっていた。ちなみにこの場面で樹木が「フィーバーしちゃう」というフレーズを口にしていたというが、このフレーズはペナントレースで初優勝したヤクルトスワローズあたりにも〝フィーバーするツバメファン〟なんて感じでスポーツ新聞が使って、様々な場で流用されていく。解散したキャンディーズの妹的な3人組アイドルもフィーバーといったし（トライアングルというのもいましたが）、インベーダーゲーム人気に対抗してパチンコ業界が放った新機フィーバーはその後の時代を代表するマシンとなった。

16
翔んでる女はディスコでフィーバー

ディスコで流れる曲の話にもどると、この年、ビージーズ以上によくかかっていたのは一連の宇宙ブームにもあやかったアース・ウィンド&ファイアーの「ファンタジー」、「セプテンバー」。バリー・マニロウのラテン調の「コパカバーナ」ってのも六本木のディスコでよくかかったし、ドナ・サマーやサンタ・エスメラルダ、ボニーM、アラベスク……といった俗にミュンヘンサウンド（プロデューサーやアーチストの拠点に由来）と呼ばれる曲の諸々は新宿歌舞伎町あたりの店のダンスフロアーになじんでいた。そう、歌舞伎町の店ではピンク・レディーの「UFO」や「渚のシンドバッド」もよくかかって、女の子たちが振りマネをしていた。

マニアックなナンバーまで書き出していたらキリがないので、曲の話はこの辺に留めておくが、東京でディスコの街といえば、なんといっても六本木が筆頭で、2、3年前まで比肩していた赤坂は衰え始め、サタデー・ナイトのブーム以降は新宿歌舞伎町にどっとディスコが増えた、という印象がある（社会問題となった少女殺人の舞台となるのは4年後のことだ）。渋谷にディスコがなかったわけではないが、あまり知られた店はなく、唯一僕が行ったのは公園通りの入り口にあった「ソウルトレイン」。ここはクールスの曲（「紫のハイウェイ」など）なんかがかかるので、ちょっとコワモテの革ジャンバイク野郎とポニーテール娘のグループがいて、ソウル・シーシーからスケーターにチェンジするような集合ダンスを可愛らしく踊っていた。

六本木スクエアビルの店については、前回「チャクラマンダラ」にふれたが、他にフーフー、ネペンタ……地階にちょっと高級な「キャステル」というのがあった。しかし、僕が広研の仲間とよく行ったのはその斜向かいの居酒屋が目につくビルに入っていた「サハラ」って店。ここはダンスタイムの間にショーパブ調の催しがあって、3人組のオカマっぽい男たちがやるギャルの「マグネット・ジョーに気をつけろ」の当て振りがサイコーだった。

そんな店の思い出でいうと、六本木通りの明治屋の並びのビルに入っていた「グリーングラス」という店。ここは友だちがウェーターのバイトをしていたので、彼の口ききで開店前のダンスフロアーを借りて、8ミリ映画の撮影をしたことがあった。例の相棒Hと「11階の朝焼け」とほぼ同時期に撮っていたもので、映画というよりもパルコがJPC展の動画部門として始めたJPCF（ジャパン・パロディCMフィルム）展に応募するためのショートムービーだった。僕らの作品テーマは〝架空の専門学校〟というもので、これは警察官が警棒を振りあげて日々のうっぷんを晴らすようにディスコダンスを踊る〝新警察学校〟というネタだった。ヴィレッジ・ピープルの「サンフランシスコ」を何度もかけて、おまわり役の役者（「11階の朝焼け」にも出演していた）に踊ってもらった。

〝ゲイ〟ネタの曲を本領にしていたヴィレッジ・ピープルはなんといっても「Y.M.C.A.」が有名だが、この「サンフランシスコ」と「マッチョマン」はそれ以上にディスコの人気

16
翔んでる女はディスコでフィーバー

曲だった。これまた妙な思い出なのだが、当時はまだ〝オシャレな白亜のショッピングビル〟の趣きがあったロアビルの上階に「プレイボーイクラブ」ともう1つ「ボビーマギー」という展望の良いディスコがあった。この店に入ったのは2、3度だが、「マッチョマン」をエネルギッシュに踊る女の姿が思い浮かぶ。

ダンスフロアーは混み合って、客は横並びで踊っていた。僕のちょうど目の前にいた彼女、刈り上げたショートカットの項と横ジマのタンクトップの後ろ姿が記憶に残る。マッチョ、マッチョマ〜ン……というヴィレッジ・ピープルの力強い歌声に合わせて、タンク

ギャル「マグネット・ジョーに気をつけろ」のシングル盤

トップから剝き出した両腕をワシワシと上下動させて踊る。そのたびに、かなり強烈な腋臭が漂ってきた。

「翔んでる女」というフレーズがハヤったが、何かそういう時代のエネルギーを感じる1コマとして記憶される。

17

三田の学生街のことも書いておこう。

昭和54年
（1979年）

この年（昭和54年）の春が大学卒業だったので、もうぎりぎりになってしまったが、通っていた三田の学生街のことを書いておきたい。慶応大学の場合、僕が所属していた商学部などほとんどの学部は前半の1、2年が日吉、後半の3、4年が三田のキャンパスで学ぶ。とはいえ、僕が初めて慶応入りした付属中学の中等部というのは、三田の大学キャンパス西裏にあったので、この街に通学するのはおよそ5年ぶりのことであった。

その間の大きな街並の変貌というと、まず都電の消失だ。東門（幻の門）の前の通りを行く都電は僕が中等部に入学したときにはすでに廃止されていたが、近くの三ノ橋や魚籃坂のあたりには中2の頃まで都電が走っていた。

田町の駅前の森永本社が新しいビルに建て替わったり、中学時代の放課後にこっそり寄り道した喫茶や食堂が何軒か消えたものの、ガラリと変わったという印象はなかった。以前、別の原稿執筆のために複写した、ちょうど昭和54年当時の住宅地図があるので、これを眺めながら三田の街の景色と思い出の店を回想していこう。

僕は田町の駅からアプローチすることが多かったが、三田側に出ると左手（森永の対面）に戦後バラック街から発展したような飲み屋横丁がまだあった。そして、第一京浜国道を渡った正面から〈慶応仲通り〉の看板を出した商店街が始まる（細かいことだが、この通りは「慶応仲通り」から一度「慶応通り」になって、またもとに戻った）。刃物屋（尚秀刃物店）の所でL字形に屈折するこの狭い筋が、慶応義塾門前のメインストリートといった感じだった。とはいえ、学帽や学生服を扱う洋服店はこの時代すでに乏しくなって、目につくのはほとんど飲食店だ（「佐藤繊維洋服部」という慶応学生服の専門店が1軒、いまも昔ながらの姿でがんばっている）。通りの右側にある「養老の滝」（養老乃瀧）はおなじみの居酒屋チェーンだが、その後の80年代のブームの中心になる「北の家族」や「村さ来」や「庄や」……より先行してハヤっていた印象がある。サークル仲間と何度か立ち寄ったはずだが、ここで思い出されるメニューはモツ煮こみくらいか……。この学生街に行きつけの飲み屋というのはなかったが、桜田通りの交差点も近くなったこの道の左側の「馬酔木」というのは印象に残る。スナック系飲み屋で、結局入らぬうちに消えてしまったが、中等部時代にここの看板に小さく記されたフリガナを見て、へー、馬酔木はアシビと読むのだ……と、サッカー部の友人と感心しあったことを妙におぼえている。

「馬酔木」のちょっと手前の「大雅《たいが》」という店は三色弁当（肉そぼろ、玉子、青ノリがメシ

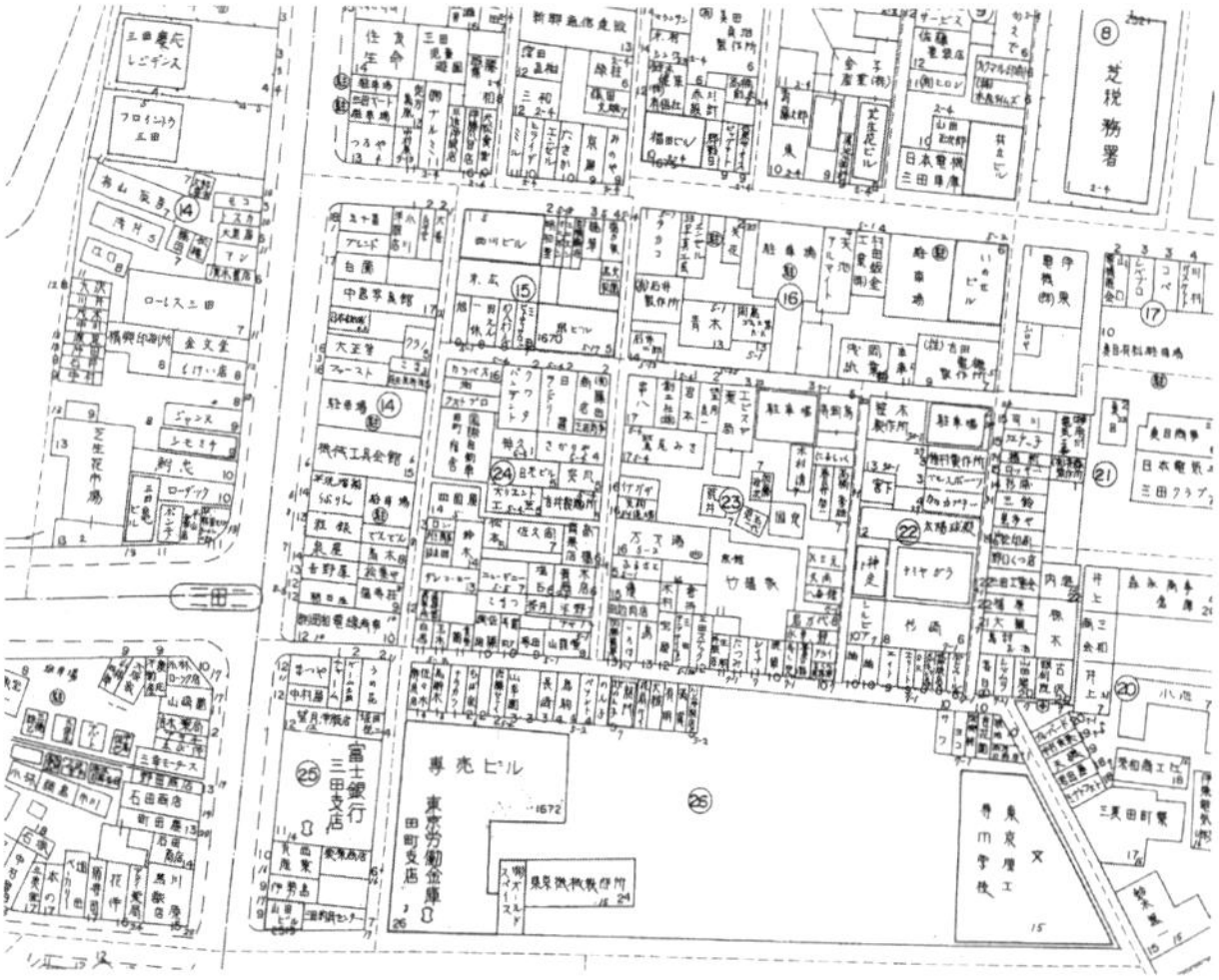

昭和54年当時の三田・慶応仲通り周辺の住宅地図。右下が田町、左上が慶応キャンパス

にまぶされている）が名物の大衆食堂で、「ペナント」は現役学生時代にはあまり入らなかったけれど、数年前まで1軒だけがんばっていた学生街らしい喫茶店（ＫＥＩＯのペナント各種が壁に張り出されている）だった。

その「ペナント」の斜向かいあたりの「いろは」や横道にある「大三元」「ロン」といった所はもちろんマージャン屋、いわゆる雀荘で、飲み屋や喫茶店より以上になじみ深い場所だった。1、2年の日吉時代の方が盛りだったとはいえ、目当ての授業が休講になったりするとメンツを探して雀荘にしけこんだ。この当時、木之内みどりによく詞を提供していた松本隆の作品に「学生通り」という、雀荘で麻雀をやる彼氏に待たされる女の子……の歌があったけれど、松本氏は付属校からの慶応出身者だから、この詞の舞台は三田か日吉（まぁ大学にはあまり行っていないだろうけど）だろう。つまり、この時代は飲食店の狭間に見える三元牌（白・發・中）などを描いた雀荘の看板が、学生街特有の景色を作り出していた。

しかし、学生街とはいえ、本屋は早稲田や東大門前の本郷と比べて、当時から少なかった。まぁそれは僕が雑誌はともかく〝文学〟には無縁の日々を送っていたので、目につかなかったせいもあるのだろうが、実際この地図を見ても慶応仲通りにまるで本屋はなく、桜田通りに数軒あるくらいだった。

三田二丁目交差点角の「平山書店」は、学校の講義で使う本が置いてあるのでたまに立ち寄った（ここの2階に確か、クサい匂いのする初期ゼロックスのコピー機があり、試験前にはよく行った）。東門（正門）寄りの方の「金文堂」は古い本屋で、いま店はないけれど、ネットで検索するとこの書店が戦前に発行していた慶応義塾の図書館などを撮った絵葉書――がヒットする。その先に「清水書店」というのもあるが、桜田通りのこちら側のサイドの店は90年代後半あたりの拡幅工事で一掃された。

店というわけではないけれど、慶応仲通りのこちら側の入り口角にある「昭和電線商事」という会社のビルはクラシックな佇まいで、夕刻に正門の方（白金、魚籃坂方向）から歩いてくると、突きあたりのこのビルの外壁にちょっと古臭いタッチで〝昭和電線〟と描かれた赤や緑のネオン看板が灯っている。

その並び（1軒おいた）の「吉野屋」は、この大学時代にオープンした牛丼の吉野家で、

17
三田の学生街のことも書いておこう。

例の劇団サークルのケイコを三田の教室を借りてやっているときなんかに、ここの牛丼をテイクアウトしてくると「パパ、明日はホームランだ！」という当時の吉野家ＣＭのセリフを誰かが口にしたものだった。

その吉野家のあたりに映画館、あるいはストリップ劇場があった……という話をかなり上世代のＯＢから伺ったことがあった。手元に古本屋で安く買った「近代沿革図集 芝・三田・芝浦」という港区立三田図書館発行（昭和46年3月）の地図集がある。地図集といっても、江戸末期から明治、大正、昭和にかけて20年間隔くらいで各地区の地図を収めたものなのだが、ここに収録された昭和16年の地図の該当地に「日活館」というのが点で表示されている。

日活館というのは麻布十番にも存在した日活映画の封切館だが、ネットを検索していたら１９３０年代からの全国の映画館の名を４、５年間隔で記録したサイト「消えた映画館の記憶」に出会った。このデータの１９６０年の港区の項に「三田映画座」（三田同朋町６）とあるが、これは「日活館」の地とも一致するから同じハコだろう。さらに「ＳＭｐｅｄｉａ」というＳＭ系のウェブにストリップ劇場の歴史名鑑のような項目があって、これによると１９６３年の４月に映画館を改装してストリップショーの劇場としてオープンしたが、同年９月に警察の手入れを受けたそうだ。これで閉館したのだとすると、ストリップをやっていた期間はわずか半年ばかりということになる。

三田二丁目交差点南角の「小林ローソク店」というのも桜田通りの拡幅で消えてしまった店だが、ここは90年代初めに著書『散歩のススメ』の取材でぶらっと店を覗いたときに「すぐ向こうが海だった600年前からやってるんだよウチは……」と、老齢のおかみさんから味のある江戸弁で歴史を伺ったことが忘れられない（慶応のことを〝諭吉《ゆき》っつぁんとこの塾〟と称していた）。

しかし、この交差点といったら、なんといっても北角の「ラーメン二郎」だ。いまや全国的に知れわたる〝ボリューミー系ラーメンの老舗〟となったが、当時は三田の御当地ラーメン店（創業は都立大学前と聞いた）とされていた。小豚ダブルというのが定番メニュー（なぜ小豚なのにダブルなのか？　大豚もあったが小豚で充分ボリューミーだった）で、何度か注文したが、メニュー以上に記憶に残るのは、この「二郎」のオヤジが熱烈な近鉄ファンだったことだ。前回、流行語の〝フィーバー〟に絡めてセリーグで優勝したヤクルトにふれたが、その昭和53年のパリーグは阪急と近鉄がペナントレースを争っていた。近鉄は西本監督で鈴木啓示投手の黄金時代。オヤジさん「近鉄が優勝したら値上げする！」とシャレ半分で豪語していたが、結局9月の最終戦で阪急にひっくり返されて優勝を逃し、価格は据え置きになった。ちなみに、ここも道路の拡幅で立ち退いて、もう長らく正門の先の店舗で営業している。

ラーメン二郎、平山書店、その向こうの慶応キャンパスの崖に張り付くようにあった芝

17
三田の学生街のことも書いておこう。

生花市場というのもなつかしい。ここは都の卸売市場の管轄だったはずだが、この生花市場の家の子（この一角に住んでいたんじゃなかったかな？）というのが慶応の同窓生にいた。また、学校を卒業してから知ったことだが、「銀座二十四帖」という昭和30年の川島雄三監督の映画のなかで、銀座で花屋を営む主人公の三橋達也がオート三輪でこの生花市場に買い出しにやってくるシーンがある。「銀座二十四帖」は日活映画（先の日活映画館がすぐそばにあった時代だ）であるが、生花市場の向かい側あたりには「東宝チェリー」という喫茶店があった。ここは日比谷映画街の「東宝パーラー」と同じく東宝が経営する若者狙いのカフェで、外階段を上った2階の玄関口のあたりに内藤洋子をモデルにした大きな肖像画が飾られていた。例のTVガイドのパロディーCMが話題になっていた頃（昭和52年）に「週刊プレイボーイ」の挑発的な記者からの取材をこの店で受けたことを、僕は機関誌「三田広研」に記している。

「東宝チェリー」は小綺麗で静かな店だったので、こういう取材のために指定したのかもしれないが、僕らの時代は学生の溜り場のような感じではなかった。キャンパスの離れみたいな感じで、客の大方が学生だったのが正門の目の前、渋谷行きの都バスが進んでくる分かれ道の三角形の角地に立つ「ピープル」という喫茶（というより、いまどきのカフェ調）店。ここは授業の合い間にふらりと入ると、誰かしら顔見知りに会う……というような場所だった。

前年（53年）の晩秋の頃だったろうか、この店の大テーブルで隣り合った〝親友〟というほどでもないY君から何かのきっかけでアメリカ旅行の話をもちかけられた。

「OとMも行くんだけど、おまえも一緒に来ない？」

いわゆる〝卒業旅行〟の誘いである。その時点でまだ就職も決まっていない僕は躊躇したが、この旅は実現することになった。

18

ラスベガスのコールガールに「お守り」を渡した。

昭和54年
（1979年）

件のアメリカへの卒業旅行に旅発ったのは2月の9日だった。帰国が3月8日という丸々1か月の旅。単純に考えて、相当の旅費が要ったのではないだろうか……。当時僕は、あのパロディーCMのヒット以来、サークル（広研）に舞いこんでくるようになった雑誌の若者向け企画の類いを一手に引き受けて、原稿料をちゃっかり自分の銀行口座に振りこんでもらっていたりした（部の会計もずさんだった）から、そういうのを多少使ったような気もするが、ほとんど親のスネかじりである。「50万円くらい用意したんだから……」と、母から聞いたおぼえがある。

以前、父は慶応付属高校の数学教諭をしていた、と書いた。まぁ慶応なら高校教師としては給料も良い方だったのかもしれないけれど、大学の教授と違って高は知れている。けっこう無理をしたに違いない。

当時、クレジットカードなんてものはまだ学生の間には浸透しておらず、こういう日数のある海外旅行の場合、〈トラベラーズチェック〉という小切手帳を携帯するのが主流だった。どこの金融機関のものかは忘れてしまったが、20万か30万円くらいをTCにして持っていったのではなかったか。手元に〈米國旅中会計控〉と、わざと古風なタイトルを付けたノートがあって、ここに旅行者4名（僕とY、M、O君）の日々の精算状況が麻雀のプラマイ表のように記録されているのだが、この最後の所に「1253・36」（ドル）と、1人あたりの総出費額が記されている。79年初めの当時、確か1ドルは200円をちょっと割りこんだくらいだったから、25万円弱。もっともこれ以外に各々勝手に買った服やレコード……なんかがある。

金の問題はこのくらいにしておいて、旅そのものの話に移ろう。先の〈米國旅中会計控〉とは別に〈DAILY PLAN BOOK〉というアメリカ製のカレンダー型のスケジュール帳が残されていて、ここに2月、3月のアメリカ旅の行程が簡単にメモされている。

ところでコレ、てっきりアメリカで買ったものかと思っていたら、裏面に〈TOKYU HANDS ¥380〉の値札シールが貼られている。渋谷の東急ハンズ（たぶん渋谷店だろう）はオープンしてまだ半年ほどの時期だ。2月1日（3日までゼミの合宿に出ている）からスケジュールが記されているが、出発前日の8日夜に「6：30PM 西武劇場」とある。ここは前年、つかこうへいの「サロメ」を観た渋谷パルコの劇場だが、このときは何を観

18
ラスベガスのコールガールに「お守り」を渡した。

たのだろう。

2月9日10：00AM成田渡米――とあるが、成田空港も渋谷のハンズと同じく前年に開港したばかりのホヤホヤの頃。確か、旅行には同行しない友人の1人が車で成田まで送ってくれたはずだ。15時間かそこら乗って到着したニューヨークは搭乗前の情報通り厳寒の雪模様だった。確か、大寒波がアメリカ北東部に襲来していて、当初予定していたボストンに行けなかったのだ。街角の電光掲示板に表示された14とか15度の気温は華氏で、日本の摂氏にするとマイナス10度かそこら……と聞いていっそう寒気が増した。このノートに「ABBEY VICTORIA」と宿泊ホテルの名が記されているが、夜中にケンカの罵声が聞こえてくるような物騒なホテルだった。

時差呆けの寝不足の目で見たマンハッタンの景色は刺激的だった。4人のなかで1番金回りのいいY君（料亭のせがれ。つまり若大将的ボンボン）が「姉さんに頼まれた」とかいうハンティングワールドのトラベルバッグを物色するために入った老舗百貨店メイシーズのフロアーの一角に、「ポパイ」で紹介されたばかりのアイゾッド・ラコステ（ラコステのUSA版）のポロシャツやセーターが何種も陳列されている風景に目が点になった。

試着しようと入った向こうのフィッティングルームは、うっかり戸をパタッと閉めるとオートロックされる……ということを学んだ（が、クセが直るまでにはかなり時間を要した）。ニューヨーク最後の日の12日夜に「コーラスライン」（ミュージカル）、すぐ下に「オバケハンバーグ」と記されているが、これはブロードウェイで観劇でもしようとシャレこんで、その直前に入ったステーキレストランで最も値頃のハンバーグらしきものを注文したところ、とんでもないサイズのが運ばれてきて、おなかパンパンで「コーラスライン」を観た（大方眠っていた）のである。そして、観劇後に寄り道したタイムズスクエアーの外れのあたりには、Xマークを３つ４つ並べたぎらぎらネオン看板のエロっぽい店が〝歌舞伎町〟のように並んでいた。〈XXX〉のマークの横に〈BOX〉と出た店に〝肝試し〟のような気分で入ると、そこは数年後の歌舞伎町界隈でハヤる「のぞき部屋」（ピーピング・ルーム）式の店で、雑に仕切られた個室（BOX）に各人入って壁穴を覗くと、向こう側で裸の女がポールに身体を絡ませて踊っている。個室の床にちらかっていたティッシュと、そのときBGMで流れていたイブリン・シャンペン・キングの「アイ・ドント・ノー・イフ・イッツ・ライト」（大好きなナンバーだった）が忘れられない。

ニューヨークの次に行った都市はワシントンだったが、この間はレンタカーで移動した。この旅でともかく大活躍したのがハーツやエイビスのレンタカー。空港のわかりやすい所にカウンターがある。そして、給油で立ち寄るエクソンのGSにほぼ常備されている、無料の道路地図も大いに活用した。

男４人で交替しながら運転していくのだが、車種はだいたいフォードかシボレーの四角い70年代らしいセダンで、つまり「刑事コロンボ」によく出てくるような車だ。

18
ラスベガスのコールガールに「お守り」を渡した。

それより思い浮かんでくるのは、カーラジオを点けるや否や流れてくるヒットソング。旅の始めのニューヨークの頃から、ともかく頻繁に流れていたのがロッド・スチュワートの「アイム・セクシー」。ドゥ・ダ・ダ、ドゥ・ダ・ダ……というインベーダーゲームの音にも似たベースのイントロが耳に付いて離れない。これもロッドがディスコ音楽を意識した1曲といえるだろうが、ナイル・ロジャース率いるシックの「ル・フリーク」「アイ・ウォント・ユア・ラブ」やシスター・スレッジ「グレイテスト・ダンサー」、シェリル・リン「ガット・トゥ・ビー・リアル」、フィーバー・ブームの主・ビージーズの「トラジ

ワシントンで買い求めたニコレット・ラーソン"Lotta Love"のシングル盤。曲名の下に「Neil Young」のクレジット

ディー」……おもわずハンドルから手を離して踊り出したくなるようなディスコサウンドが全米チャートを席捲していた。

まぁ日本でFENを聞いていてもそうだったが、アメリカのラジオDJは大ヒットしている曲を割としつこくかける傾向がある。ウエストコーストの香りがする息の長いヒット曲、TOTOの「ホールド・ザ・ライン」あたりに続いて、もう1曲、タイトルや歌手名はわからない曲が時折カーラジオから流れてきた。気に入った僕はその曲をワシントンの小さなレコード屋の店番の女の前でハミングして、ゲットすることに成功した。

ニコレット・ラーソンの「ロッタ・ラブ」。中学生の頃から愛聴していたニール・ヤングの作品と知ったのは、あちら特有のジャケットも無い半裸のドーナツ盤のクレジットを見たときのことで、よりいっそうありがたい気分になった。しかし、鼻歌で伝えてレコードを買ったのは、国内外含めてこのワシントンのレコード店のみである。

カレンダー型ノートの記載によると、ワシントンに滞在したのは2月13日、14日、15日の昼までなのだが、日にちを見てピンと来た。先のレコード屋には、ポパイで〝ソフト&メロウ〟ミュージック……なんてキーワードのもと、ボズ・スキャッグスやマイケル・フランクス……に続いて紹介されていたボビー・コールドウェルの「風のシルエット」（この邦題は実際あまり使わなかったが原題は長ったらしいので……）のハート形のバレンタイン特別盤が置かれていて、その種の曲に目がないM君が狂喜して買っていた。

18

ラスベガスのコールガールに「お守り」を渡した。

そして、そんなバレンタインデーの夜、ワシントンに住むYの女友達に導かれて、ラウンジ風のレストランへ行った。ディスコというほどではないが、フロアーの一角で踊ることができる。バンドが入っていたような気もするが、ほろ酔いかげんになった僕とYが何の気迷いもなく日本と同じように向き合って踊っていたら、まわりのカップルたちから囃したてられた。いまどきと状況は異なるかもしれないが、彼らは明らかに僕とYを〝東洋の奇妙なゲイ・カップル〟と見ていたようだった。

その後オーランドまで飛行機に乗って、空港で脱いだ冬着をレンタカーのトランクにぶちこんでディズニー・ワールドを見物、マイアミからキーウエストに立ち寄って、ニューオーリンズにやってきた。

ニューオーリンズは〝南部の中継地〟くらいの感じで行程に組みこんだ街だったのだが、横浜中華街のような狭い通りのそこらかしこの店際で、黒人バンドがオールドジャズを演奏している光景は目に焼きついた。気味の悪い仮面を付けた人をよく見掛けたが、ちょうどこの時期「マルディグラ」というカーニバルの季節だったのだ。

ヒューストンのNASAでまだそれなりの話題性を保っていたアポロロケットの展示を眺めて、ラスベガスにやってきた。旅行中の宿の多くは男4人が2つのベッドに分かれて眠れるほどの部屋を備えたモーテルの類いだったが、ラスベガスはギャンブル好きのYのたっての希望でシーザース・パレスを予約していた。部屋はツインベッドルームを2つ取っていたはず（2人ずつ使う）だ。

　ここの1階のカジノのスロットマシーンで、どういうわけか「7」の3並びがたて続けに出た僕は、あっという間に100ドル余りを稼いだ。ひきあげようとしたとき、Yに「話題づくりにコールガール、呼んでみろよ」と、そそのかされた。勝ち金は日本円にして2万かそこらだが、大丈夫だろうか……。旅も後半に入って、TCの資金も乏しくなってきている。

　迷ったものの、お調子者の僕は部屋の電話で受付係に「アイ・ウォナ・ガール」とアホな英語でコールガールを予約、やがて「チャーリーズ・エンジェル」の悪役で出てくるような、ともかく背の高い女がやってきた。

　よくおぼえているのは、女が映画のコールガールそのものの黒下着（コルセット式）を付けていたこと。僕はカジノでスコッチ&ウォーターを飲みすぎたのと緊張も手伝って丸っきり勃たなかったこと。さらに、100ドルでは足りず（行為がなかったとはいえ）、トランクの裏ポケットに仕込んでいた神社のお守り（海外でこういうことになったときに役に立つ、と聞いていた）を女に差しあげて、納得してもらったこと。この3点だ。

　ラスベガスからLAまでは、またレンタカーで移動した。「ルート66」や「バグダッド・カフェ」（このときはまだ映画はやっていない）に出てくるような砂漠の中の国道（この道はルート15になるらしい）。いま調べ直すとその距離はおよそ450キロというから、時速

18
ラスベガスのコールガールに「お守り」を渡した。

100キロで走って4時間半。視界が開けた所で向こうにLAのビル群が見えた……瞬間のショットが目に焼き付いている。

カレンダー型ノートを見ると、3月8日のマスに「帰国」とあり、9日に「会社（TVガイド）顔合わせ会」とあるから、まさにギリギリまでアソんでいたのだ。つくづく、バカ学生だったのだなぁ……と思う。

そういえば、本書の資料探しで久しぶりに奥の方までほじくり返したガラクタ箱のなかに〈MATTEL ELECTRONICS BASCKET BALL〉と表記された掌サイズのゲーム機があった。これはこの旅の道中、どこかの空港の売店で買って機内でやっていたものだ。

矢印のボタンを操作して、赤い点のボールをネットに収めると、ピーピョロロ〜と、情けない感じの電子音が鳴る。これがやがて任天堂のゲームボーイへと進化していくのだ。

19

入社した「TVガイド」は霞ケ関にあった。

昭和54年（1979年）

この春から「週刊TVガイド」を発行している東京ニュース通信社の社員となった。前回の原稿でも活用したカレンダー型のスケジュール帳には、アメリカ旅行に出た2月、3月の後、4月の頭まで予定が記されているのだが、これによると4月2日（月曜）が入社式で、3日間の研修を経た後、6日の欄に〝TVガイド編集部所属決定〟と書かれている。

この年の新入社員は男子6名だったが、TVガイドの編集部に配属されたのは僕1人だった。会社の業務として世間によく知られていたのはTV番組情報誌の「TVガイド」だったが、終戦まもない昭和22年に設立された会社（昭和8年に奥山サービスという日刊英文通信紙から立ちあがった）の屋台骨となったのは「シッピング&トレード・ニュース」という貿易船舶の出入港のタイムテーブルを軸にした業界新聞で、この部署には「新聞本部」という社の中核的な名称が付けられていた。〝タイムテーブル〟にヒントを得て、アメリカに存在する「TVガイド」の日本版をやろう……と、2代目社長（奥山忠）が週刊TVガ

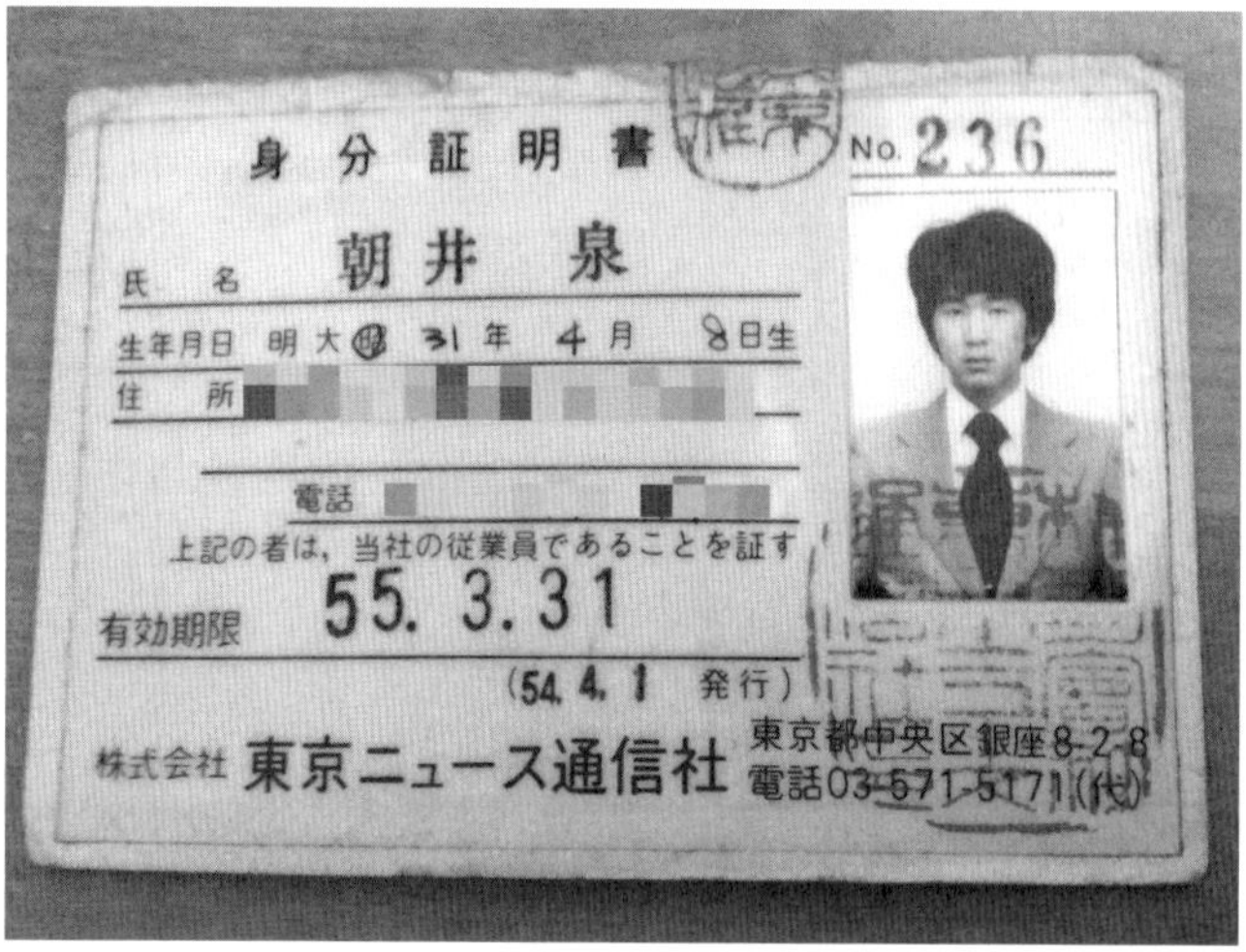

入社当時の社員証

イドを創刊したのが昭和37年の夏のことだった。

僕の入社のきっかけは、例の〝パロディーCM制作〟の縁が大きかったが、テレビっ子の僕は子供の頃からたまにこの雑誌を買っていた。昔のを10冊ほど取りおいているが、一番古いのはワイルドワンズの渡辺茂樹と植田芳暁が表紙になった昭和43年4月5日号。GSブームさかりの小6のときに購入したものだ。

そんな昭和40年代、50年代初めくらいのバックナンバー巻末の会社住所は銀座（西）8丁目……となっているが、ここは外堀通りの京都新聞社のビルで、確か面接試験のときにこのビルに行った記憶がある。が、多くの部署は入社の2、3年前に竣工した内幸町のプレスセンタービルに入っていた。日比谷公園の南側、頂きがカマボコ形に切られた特徴的なビルディング。いまやもう古参ビルの趣きが漂っているけれど、当時はまだピカピカの状態の頃で、通勤のモチベーションは上がった。通勤で使う最寄り駅は千代田線の霞ケ関。ラフな雑誌編集者の世界を思い描いてきた若者にとって、霞ケ関という官庁っぽい出勤地はちょっと重苦しかったが、千代田線は開通して10年足らずの新しい地下鉄で、原宿（明治神宮前）から乗ると表参道、乃木坂と、アソビ気分の地名の駅を通っていくのが気に入っていた。

プレスセンタービルは11階建てのようだが、わが社が入っていたのは、7、8階あたりの2フロアーだったか……編集部の部屋には3、4列くらいの机の並びがあって、ちょっとした空間に背の低い応接セットのような卓とイスが配置されていた。

編集部は特集班と番組班とに大別され、原稿全般の校正や割り付けをする整理係が何人かいたが、新入社員はまず番組班でキー局の担当記者をやることになる。僕が任されたのはNHKの担当記者だった。前任者が特集班に異動することになって、空きが出たのだ。週の大方は、渋谷のNHKに通いつめて取材していたので、NHKでのエピソードはたっぷりあるのだが、それは後回しにしよう。

番組班の記者の仕事で最も重要なものとされていたのが、番組表の作成だった。番組紹介のコラムやグラビアのページもあったが、雑誌の柱となっているのは1週間分の番組表であり、ここでミスするわけにはいかない。NHKの場合は教育テレビ（3チャンネル）もあったので、Fさんというフリーの女性がサポートに付いていたが、民放と違って、タレント以外の学者や評論家が出演する番組や歌舞伎、クラシックコンサートなどの劇場中

19
入社した「TVガイド」は霞ケ関にあった。

継が多いので、こういう出演者の名前や演目を確認するのに時間を要した。また、入稿や校正の〆切までに番組内容が決まらず、欄の空白を埋めるのに苦労することもあった（国会中継などが入って、急に番組が飛ぶこともある）。

この番組表は帯のように長い、専用の用紙に記述していたはずだ。番組タイトルの頭にまだ微《わず》かながら残っていた白黒放送（古い映画もそうだ）を表わすマークやその当時増えてきたステレオ放送の[S]や二か国語放送の[二]のマークを入れる欄があって、こういうのを書き落とすと、トヨさんという短気なデスクから雷が落ちる。

「おい、『名曲アルバム』のSマーク、また落ちてるぞ」「この『N響アワー』の空欄もっと埋まんねぇのかっ」「4時半の『婦人百科』は再放送だろっ？」なんて感じで。回想すると、高校時代の授業のようでもあり、なつかしい。

まだ残業時間にもうるさくない時代だったから、入稿作業ピークの火曜や水曜は10時、11時くらいまでの残業になることも多かった（確か11時を過ぎると日交の車券が使えたので、それを目当てにグダグダと油を売ることもあった……）。

それはともかく、そういう残業の日は夕食の出前を取る。編集部唯一の新人の僕がフリーで出入りしている人も含めて各人から注文を伺って、3店くらいの決まった店に電話する係をやっていたが、先のトヨさんは一旦「カレー南蛮」にハマると10回くらい連続してカレー南蛮に固定する、一本気な感じが愉快だった。

トヨさんの隣席にいたクスノキというサブデスクの男は、昔の無頼派作家みたいなモジャモジャ頭の物静かな人で、それほど交流があったわけではないのだが、入社して早々の頃のランチタイムの光景とともに思い出される。

昼飯はイノマタというちょっと小倉一郎に似た30前後の先輩に率いられて、若手社員4、5人で近所のメシ屋へ繰り出すことが多かった。表通りは富国生命などの高層ビルの建設が始まっていたが、プレスセンターの裏手にはまだ、中華料理や定食屋と雀荘なんかが一緒に入った2、3階レベルの建物が並ぶ路地があり、そういうところを冗談言い合いながらフラフラ歩いた記憶がある。

クスノキ氏もイノマタ氏と同年代の人だったが、あまりこういうランチの集団に加わることはなく、昼近くになるとだいたいスーッと1人でいなくなる。昼飯をすませた後に余裕があるときは喫茶店に流れることもあった。

「クスノキがいるんじゃないかな……」

イノマタ氏の予想を聞いて入った喫茶店の席に、テーブルのスペースインベーダーを黙々とやるクスノキ氏を見つけることがよくあった。

前年の暮れあたりから流行し始めたスペースインベーダー、当初はジュークボックス型のアーケードゲームが主体だったが、やがて喫茶店のテーブルに埋めこまれるようになって、流行の規模は一段と広がった。

19

入社した「TVガイド」は霞ケ関にあった。

ランチセットのスパゲッティーの皿を端っこに追いやって、百円玉をいくつも積みあげて、卓中のインベーダー撃ちに励むサブデスクの姿が目に焼き付いている。

千代田線の駅の出入り口のある交差点角の飯野ビルは、向こう側の官庁街の建物にもなじんだ、ちょっと年季の入ったコンクリートビルで、この中のレストランは割とよく利用した。

とくに好きだったのは、「ケルン」という洋食の店。館内の1階通路に玄関口があるのだが、裏側は虎の門の方へ行く通りに面していて、外光がいい感じで射しこんでくる。好んで注文したのは、ポークソティー、ショウガ焼、メンチカツ、ホタテのフライ……といったところだったが、どれも古い洋食屋風の銀（ステンレス）の皿に盛られていて、コーンスープの小カップが付く。そう、各料理に添えられるコールスローサラダ（単品もある）も絶品だった。

そして、もう1軒、地階の奥に入ったソバ屋によく行った。この店、何年か前になくなってしまったが、2000年代初めに書いた『なぞ食探偵』という著書で取材しているので、店名はわかる。「更科 川志満」という店で、ここはトヨさんが出前で取るカレー南蛮のソバ屋とは別だったと思う。

この「更科」の独特名物は「桜そば」というもので、冷たいツユソバの上に、揚げた桜エビがどっさりと盛られている。桜エビはよくあるカキ揚げのような円型のものではなく、粉々になった天カス状のもので、パリパリしたエビセンのようでウマい。しかし、ある程度スピーディーに食べないと、桜エビのコロモがツユに浸ってドロドロに溶解し、胃にこたえるようになってくる。若い新入社員の時代ならではの、夏場の定番メニューだった。

飯野ビルは、先のシッピング&トレード・ニュースとも関係の深い「飯野海運」のビルで、館内のイイノホールは芸能の公演で知られた会場だった。昔のＮＨＫに近かったせいもあるのかもしれないが、ＮＨＫ主催の催しをよくやる。ＮＨＫの漫才新人コンクールだったか、それとは別の公開イベントだったか……ＮＨＫの担当記者になってまだまもない頃に取材にかこつけてここでツービートの漫才を観た。

端の通路から立ち見するような感じだったが、何か倍速をかけたようなビートたけしの喋りと小刻みな動きは、Ｗけんじの頃の漫才とまるで違ったものだった。

20

ウォークマンを装備してNHKへ通った。

昭和54年
（1979年）

手元に三田キャンパスの図書館のイラストとペンのマークを入れた慶応義塾のノートが2冊あるのだが、これは卒業間際に生協で記念に買ってきたものだろう。ページをめくるとここにはTVガイド編集部で働き始めた頃のことが記録されている。1冊は「出番です」という自ら執筆した新人俳優や歌手を紹介する短いコラムのスクラップ帳になっているが、もう1冊には担当テレビ局として日々通うことになったNHKの局内地図や番組広報室（番広）の人々の名前と席の配置、ちょっとした取材メモ……などが記されている。こういうノートは確か、NHK担当の前任者に促されて作ったのだ。フクダさんというその人は度の強いメガネをかけた細身の男だったが、昔気質の新聞記者みたいな感じの人で、「番広行って宣材もらってくるだけじゃダメやぞ。現場に張りついてなくちゃ。NHKはすぐ番組差しかわるからな。外信部のコイツとコイツも押さえとけ」なんて、若干関西弁がかった声色で脅し気味に取材のノウハウを説明した。たかがTV情報誌で大袈裟な……

とも思ったが、この人は実際優秀な編集者で、この3年後くらいに角川が競合誌「ザテレビジョン」を出すときに引きぬかれて、あちらでもかなり偉くなったはずだ。

僕らメディア側の窓口・番広は渋谷（神南）のNHKビルの本館14階にあった。これよりさらに高い所に事業関係や役員の部屋などが入っていたが、仕事で関係する部署の1番上が番広のある14階なので、エレベーターでまずここまで行って、基本的な資料（少し先の番組解説集や番宣写真）を入手した後、階段を下って「青少年幼児番組」「科学産業番組」「演芸」「ドラマ」……といった各班（当時のNHKは制作部署を班で呼んでいた）を順に回っていく。

制作の人たちはチーフプロデューサーを除いてラフな格好をしている人が多かったが、最初になじんだ番広の人々は〝ややくだけた公務員〟のような、独特のファッションをしていた。当時、アルバイトの女性を除くとすべて中年以上の男性ばかりだったと思う。とくに印象に残っているのは夏場のスタイル。8割方の人が白シャツの首に七宝焼のペンダントみたいなのを付けたループタイをしていた。

大学の広研時代に知り合った民放バラエティー番組のスタッフなどと比べて遥かにマジメそうなオジサンたちなのだが、そういうループタイの中年男がハタチ過ぎの新人記者の僕をチャン付けで呼ぶ。

「アサイ（本名）チャン、毎日がんばってるねぇ」

20
ウォークマンを装備してNHKへ通った。

おもえば〝チャン付け〟をする制作現場の人はあまりいなかったから、あれはNHK番広特有の風土だったのかもしれない。ちなみに番広には、一時期制作班でプロデューサーなどを務めた後、ここに流れてきた、というような人が多かった。

この番広の部屋の隅っこにカーテンに仕切られた暗室があった。主だった番組の宣材写真はすでに何枚も紙焼きされて番広の担当者の手元に揃っていたが、用意されていない番組を写真入りで取りあげることもある。そういうときに制作班まで行って、掲載写真に使えそうなネガやポジあるいは16ミリフィルムの1コマをもらってきて、この暗室の現像機にかけてプリントアウトするのだ。

「アサイチャン、うまくできたらこっちにも何枚か分けてよ」

なんて感じで番広の担当者に現像を頼まれることもあった。暗室に充満する現像液の酸っぱい臭気が鼻の記憶にこびりついている。

ちなみにNHKの当時の主だった番組は、朝ドラ（連続テレビ小説）が「マー姉ちゃん」、大河ドラマが「草燃える」、定例ドラマは他に銀河テレビ小説、ドラマ人間模様、土曜ドラマなどの枠があり、バラエティーは「お笑いオンステージ」「連想ゲーム」「脱線問答」「レッツゴーヤング」「のど自慢」「テレビファソラシド」、科学バラエティーみたいなポジションの「ウルトラアイ」、歴史バラエティーの「歴史への招待」、社会派ドキュメンタリーの「ルポルタージュにっぽん」「新日本紀行」……人形劇や教育テレビの番組まで書いていたらきりがないが、雑誌が発売される水曜日は大型のズダ袋のなかに、ヒモでくくられた30冊くらいのTVガイドをぶちこんで、各番組のデスクのもとを配本して回る。

どれほどていねいに配っていたのか……細かい記憶は薄れているが、エレベーターを待つのはめんどうなので、階段を何度も上ったり駈けおりたりした場面の記憶が残る。何よりNHK館内は通路がややこしい。高層の本館に西館、東館が隣接した3館構造だったが、城下町の桝形《ますがた》の仕掛けのように屈曲した通路区間がいくつかある。テロ対策のために敢えて難解に作った……と聞いたことがあったが、とくに5階の裏町めいた場所にあるスタジオに行くときなど、よく道に迷った。ラジオ番組を収録するスタジオが並んだ筋だったが、所々に置かれた手動装置のお茶が渋くてウマい（NHKマークの陶器茶わんで飲む）。ここでお茶を飲んで、隅っこの空いたソファーでよく昼寝した。

スタジオで思い出深いのは、1階奥にある100番台のスタジオ街だ。本館の方から歩いてくると、入ってすぐの105か106スタジオで毎日のように朝ドラの収録が行われていた。あたり一帯に漂うドーランのムワッとしたニオイに新人社員の僕のテンションは上がった。

NHKの朝ドラは、それ専用の紹介ページが設けられていたので、局担当の僕が解説原稿を書く必要はなかったが、そのページの一隅にあった「弓子のスタジオある記」というコラムは僕の受け持ちだった。弓子とは「マー姉ちゃん」で三姉妹の母親を演じる藤田弓

20

ウォークマンを装備してNHKへ通った。

子のこと。彼女が物語やスタジオの裏話を語る、という態《てい》のもので、執筆した原稿を受け取ったこともあったが、収録の合い間に楽屋を訪ねて聞き書きすることも多かった。つまり、藤田弓子さんはTVガイドに入社して最初に接触した芸能人ということになる。

先のノートに、エピソード（失敗談、くせ、方言苦労話）、磯野邸のこと、弓子の家庭観……などと、ネタ出しに使おうと思っていたような事項が書き出されたページがあるが、磯野邸——とあるように「マー姉ちゃん」は「サザエさん」の長谷川町子の家族を描いた物語で、主人公の長女（マリ子）を熊谷真実、次女（マチ子）を田中裕子が演じていた。田中もこの番組でブレイクしたが、僕は1年前につかこうへいの稽古場で熊谷を見ていた（第13回）ので、彼女に会えないか……ちょっとそわそわしながらスタジオのあたりをうろついていた。

この100番台のスタジオ街は1番奥に101という客入れ公開番組用の大きなのがある。日曜夜の人気バラエティー「お笑いオンステージ」はここで収録されていたが、司会の三波伸介が「減点パパ」という人気コーナーで、子供との質疑応答をもとにこれから登場するゲスト（パパ）の似顔絵を描く。その絵を誌面にクイズ形式で掲載（目の部分を隠して）していたのだが、僕が収録日に原画を三波さんの楽屋まで取りに伺っていた。

ほとんど会話を交す余裕はなかったが、狭い楽屋に巨体の三波さんが窮屈そうに収まっていた光景が目に残る。

101スタジオのそばに「丸コア」というヘンテコな名前の喫茶室があって、もう1つのノートに貼り付けられている「出番です」というコラムの取材でよく使った。

これは各局の番組に出演する駈け出しのタレントを紹介する短冊型の小コラムで、文字数は200字足らずだったが、データ中心の番組解説記事とは違って、多少自分なりの文章を書ける唯一の場所だった。事務所が発行するプロフィール資料だけで充分まとめられるスペースではあったが、ミーハーな僕はわざわざコンタクトを取って、タレントの取材を試みることが多かった。

スクラップの横に54・5・18（昭和54年5月18日号）と号数が記された、佐藤恵利というコの記事は印象深い。彼女は「レッツゴーヤング」のレギュラー〝サンデーズ〟の新メンバーの1人で、夏にレコードデビューが決まっていた。もう1冊のノートの方に取材時のメモ書きが残されている。それをもとに僕がまとめた文章は「十月生まれの天びん座」と、いきなり星座の紹介から入って、こんな時事ネタを織りまぜた一節で締めくくられている。

「夏のデビューに備えて、連日特訓の彼女も、チーズケーキとインベーダーゲームが好きな普通の女の子。十七歳。」

佐藤恵利は惜しくもアイドルとして大成しなかったが、次の正月に直筆の年賀状がきたときは舞い上がった。

ソニーのウォークマンが発売されたのもこの夏（7月）のことだった。TVガイドの編

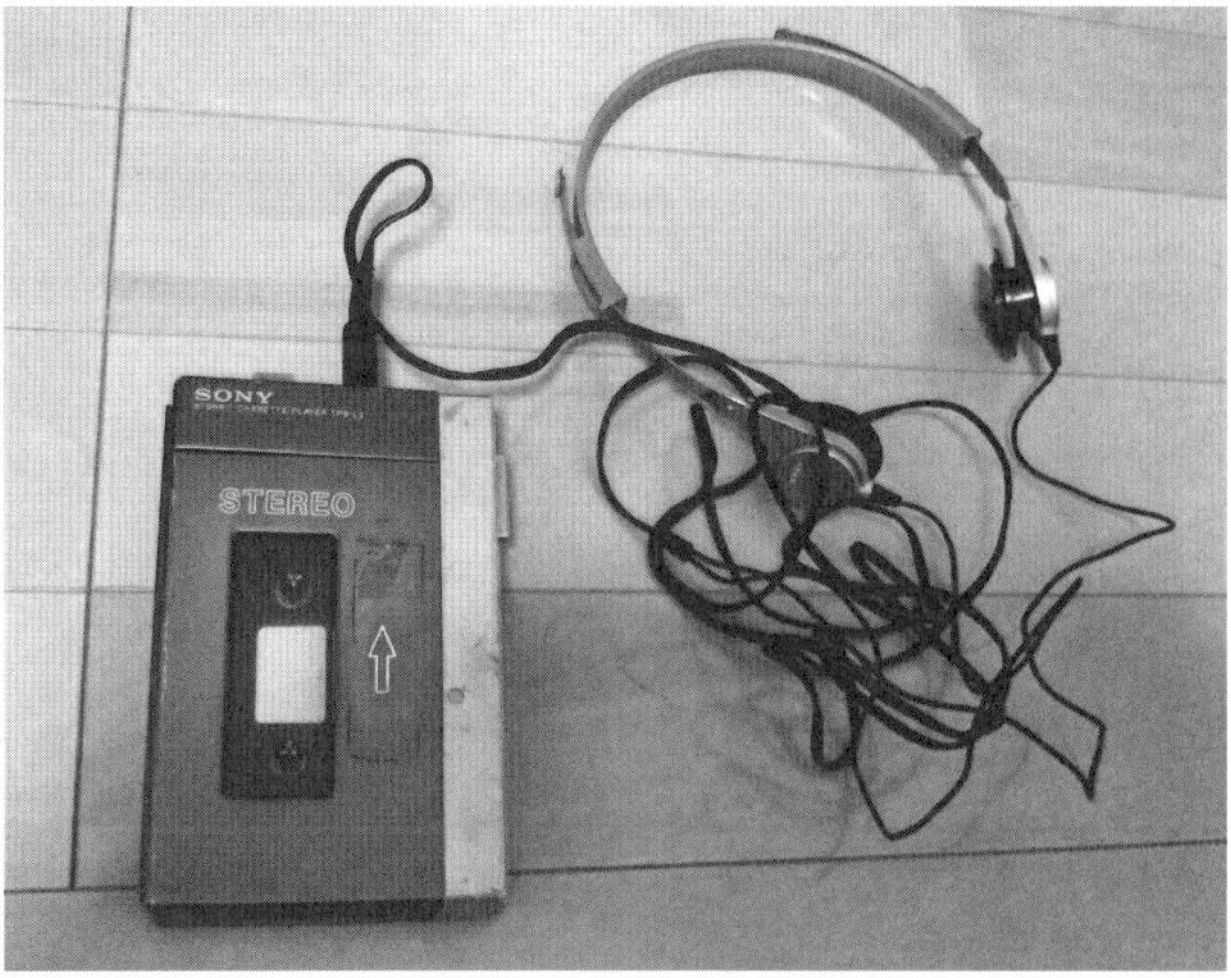

ヘッドフォンの耳あてスポンジが消失した昭和54年当時のウォークマン

集部にヨシさんというオシャレで新しモノ好きの人（30過ぎの独身貴族で、ワイシャツをわざわざ帝国ホテルのクリーニングに出していた）がいて、いち早くウォークマンを入手して「いいぜ、コレ」と僕も勧められた。

いまも手元に残るウォークマンはＴＰＳ‐Ｌ２型という初代機で、カセットテープをセットするフタの所にＷＡＬＫＭＡＮのロゴがないので、ごく初期のものになるらしい。しかし、詳しい解説書によると最初期のマシンはヘッドフォンの挿入口の２つ穴（カップルで聴ける）の所にＪＡＣＫ＆ＢＥＴＴＹと記されているそうだが、僕のはＧＵＹＳ＆ＤＯＬＬＳの表記だから初回生産より少し後のタイプのようだ。この冬のスキーのときにレークプラシッド五輪のテーマ曲になったチャック・マンジョーネのインスト曲をよく聴いたおぼえがあるから、おそくとも翌年の年頭あたりには入手していたのではないだろうか。

　そして、ウォークマンは会社やＮＨＫへ向かう通勤時に欠かせない小道具となった。わが社は出版系だったが、ラフな服装は御法度で、スーツ（ジャケット）にネクタイ、というのがきっちり決まっていたから、僕はジャケットのポケットにウォークマンを入れて、ヘッドフォンを耳にあてて通勤の山手線や千代田線に乗った。ＢＧＭとともに眺めるサラリーマンの動きや車窓をかすめる景色は映画（まだＭＴＶや環境映像は浸透していなかったが）の１コマのようで刺激的だった。

〈ウォークマン越しの霞ケ関〉みたいなタイトルを付けた通勤用のカセットテープがあったけれど、その１曲目に録《い》れていたのはＹＭＯの「テクノポリス」だった。

21

深夜のTBSラジオで〈泉麻人〉は誕生した。

昭和55年
（1980年）

昭和55年は1980年代の幕明けの年だ。あの頃はまだ正月の朝の光景に根づいていた、ぶ厚い新年の新聞朝刊をうきうきしながら手にしたときに目に入った〈1980年〉の年号に新鮮なものを感じたことをおぼえている。

前日の大晦日の夜に決まったレコード大賞はジュディ・オングが純白ゴージャスドレスを纏い歌うリゾート気分のラブソング「魅せられて」（阿木燿子作詞、筒美京平作曲・編曲）、最優秀新人賞は桑江知子の「私のハートはストップモーション」（竜真知子作詞、都倉俊一作曲、萩田光雄編曲）で、いずれもAORやシティポップの時代のムードが漂っていた。

そして、この時期人気もピークだったジュリー＝沢田研二の新曲（1月1日発売）「TOKIO」の作詞者が前年までの常連・阿久悠から糸井重里にチェンジしたのも象徴的な出来事だった（正確には両者の間に喜多條忠作詞・大野忠夫作曲の「ロンリー・ウルフ」というシブい曲が挟まる）。

この80年代の初年、昭和55年が〈泉麻人《いずみあさと》〉の名で連載コラムをスタートさせた〝実質的デビュー〟の年なのだが、この筆名が初めて雑誌に載ったのは前年（昭和54年）の暮れ、学生時代から愛読していた「ポパイ」の79年12月25日号と思われる。〈ｆｒｏｍ 60'ｓ ｏｎ〉と題された１９６０年代特集の１冊のなかで、僕は〈泉麻人〉の名を記して60年代のアメリカのＴＶドラマの話を書いている。この連載で以前に取りあげた「宝島」（ぼくたちの世代）のノスタルジーＴＶのコラムに触発されたような文章だった。

椎根和『ＰＯＰＥＹＥ物語』には、編集部の松川哲夫氏（この人は広研キャンプストアーのプロモーションで学生時代に会った方だ）が僕を連れてきたように書かれているが、仲立ちのもとになったのは慶応の同窓生・松尾多一郎という男だ。彼については後に詳しく書くことになると思うが、ともかくこの「ポパイ」の原稿では、勤務している「ＴＶガイド」の資料室に保管された古いプレス資料（この当時、管理が甘かったので、番組写真も拝借して使ったかもしれない）が大いに役立った。

ところで、〈泉麻人〉の名を初めて使ったマスメディアは雑誌ではなく、ラジオだった。「ＴＶガイド」で働き始めてまだまもない頃（54年の夏頃ではなかったか？）、腰山一生《いっせい》という男と知り合った。僕より2学年かそこら上の彼は大学（法政だったと思う）時代から始めた放送作家の仕事が本領だったが、わが編集部にもフリーライターとして出入りしていた。営業や広告部の人たちが中心メンバーになっていた野球チームに助っ人でやってきたのが

21
深夜のTBSラジオで〈泉麻人〉は誕生した。

発端と聞いたが、そちらの面々とランチに行ったとき、何かのきっかけで僕が披露したマニアックな歌謡曲のウンチクやイントロの口マネ……なんかが同席していた腰山氏に妙にウケたのだ。

彼はNHKの青少年番組班（「若い広場」や「ヤング・ミュージック・ショー」、「少年ドラマシリーズ」など若者ターゲットの番組を受け持つ）にも、よく企画の持ちこみをしていたので、そこで会うこともあった。丹《たん》さん、という変わった名前のプロデューサーに可愛がられていた。「オレ、TBSラジオの番組もやってるからさ、こんどアソビに来いよ、土曜の深夜」なんて感じで誘われて行ったのが、「ヤングプラザ午前3時」という、タイトルのとおり土曜の深夜というか、日曜午前3時スタートの生ワイド番組で、「とまどいトワイライト」という曲がヒットして売り出し中の女性シンガー・豊島たづみがDJ（パーソナリティー）を務めていた。

彼女も「飛んでイスタンブール」の庄野真代や「異邦人」の久保田早紀、「みずいろの雨」の八神純子、「真夜中のドア」の松原みき……竹内まりや、杏里、越美晴らとともにこの時期に台頭してきた女性ニューミュージック（シティポップ）勢の1人といっていいだろう。この「とまどい――」という曲はTBSテレビの「たとえば、愛」という倉本聰脚本のドラマの主題歌で、大原麗子が夜更けのラジオDJを演じるストーリー（三田村邦彦がカルい調子のディレクターをやっていた……）にもよくなじんでいた。

出元のドラマの話はさておき、この豊島たづみの番組はいくつかのコーナーから構成される、深夜のラジオバラエティーらしいつくりだった。当時のディレクター・梅本満氏にメールで番組内容について確認したところ、彼女がどっぷりハマッていた千代の富士を応援するコーナーや阪神タイガースの田淵選手に関するおもしろ投稿を紹介する「がんばれタブチ」のコーナー（「タモリ倶楽部」の〝空耳アワー〟に先駆けて「キラー・クイーン」の〝がんばれ〜れタブチ〟と聞こえるパートをテーマ曲に使っていた）などがあった（彼のメールを読んで思い出した）ようだが、千代の富士はまだ前頭で番付を上げて注目され始めた頃だろう。

そんな番組に僕は「チャラチャラ歌謡評論家」と称して出演することになった。ミーハー歌謡評論家……だったような気もするが、ともかくチャラチャラしたアイドルの曲の知る人ぞ知るB面の名曲なんかを紹介しつつ、いいかげんなことをくっちゃべるような内容だった、と思う。出演する際、とりあえずそれっぽい芸名を作ろうと、腰山氏とやりとりして、結局本名（朝井泉）をひっくり返して、さらにちょっと詩人っぽい趣きも加えて、泉麻人（イズミアサト）としたのだった。まぁ、この時点で番組表に名前が掲載されることもなかったから、「麻人」の字を宛てたのは「ポパイ」の原稿を仕上げた段階だったかもしれないが、豊島たづみの番組は54年10月にスタートしたという。件の「ポパイ」は12月25日号だから、およそひと月前の発売として、せいぜい11月頃には泉麻人の芸（筆）名は生まれていたことになるだろう。

21
深夜のTBSラジオで〈泉麻人〉は誕生した。

豊島たづみの番組には何度か通ったが、土曜の深夜だったので、だいたい車を運転していった。現在のＴＢＳに建てかえる以前、乃木坂の方からくる通り（いまは赤坂通りというらしい）に寂しい門があった。そこを守衛さんに開けてもらって、電波塔の方へ上っていく坂の入り口によく車（中古のコロナ）を停めた。すぐ脇の場末めいた棟に入っていくと、ＴＢＳラジオの番組を中心に制作する「総合放送」という会社のフロアーがあって、その一角にスタジオがあった。

僕が楽しみにしていたのは、打ち合わせをして生本番までに時間の余裕があるときに入

この年（昭和55年）6月発売の豊島たづみのシングル「パジャマ・ゲーム」

るレコード資料室だった。夜中ということもあったのだろうが、カギの開け閉めなどすることもなく、すーっと入れたような気がする。図書館にあるような所蔵作品カードをチェックして、奥のロッカーにぎっしりと収納されたレアな歌謡曲のシングル盤を探す作業に没頭した。

この当時、新宿西口の青梅街道の大歩道橋のたもとにある「トガワ」という古レコード屋（横道を挟んだ向かいに大学イモ屋があり、裏手に「西口トルコ」というしょぼいネオン看板を掲げたソープがあった）によく歌謡曲のシングル盤をあさりにいっていたが、このレコード室にはトガワでも見つからないようなレアなやつが所蔵されていて、好みのを選んで持参したカセットテープに録音した。古いものばかりではなく、林美雄がパックインミュージックの「ユアヒットしないパレード」で紹介するようなカルトな新譜もここでチェックした。

谷口雅洋の「ああ無情」とか川口雅代の「やさしいＡｆｆａｉｒ」とか山中のりまさの「サンライズ・サンセット」とか……を録音したテープをこのレコード室で作成したおぼえがあるけれど、調べるとこの辺は昭和56年の曲だから、林美雄はもう「パック」を降りて、馬場こずえをアシスタントに「パノラマワイド ヨーイドン！」を始めた頃だったかもしれない。この番組は土曜深夜の日曜午前3時スタートの、つまり先の「ヤングプラザ」の後継番組で、スタッフも同じだったから、僕もよくアソビに行った（この枠の番組は「ヤングプラザ」の前の「馬場こずえの深夜営業」の時代から、大滝詠一がテーマ曲を歌っていたきっかけで愛聴していた）。

そんな「パノラマワイド」は、ただアソビに行っていただけではなく、この番組内の2つのコーナーに僕は多少関わっていた。

1つは野田秀樹の「三時のあなたに会いましょう」。サブカル目利きの林は野田の劇団「夢の遊眠社」にも早くから注目していて、これはおそらく彼の初ラジオ番組だろう。作家の腰山氏だったか、ディレクターの梅本氏だったか、スタジオにいるときに「何かテーマ曲に使える曲ないかな？」と相談されて、例の「トガワ」で手に入れたばかりの不二家トプシーチョコレートの宣材ソノシート（ボブ・マグラスという歌手のアンディ・ウィリアムス調のバラード）を聴かせたところ、ぴったりだということになって、すぐに採用された。

そして、もう1つは椎名誠の「拍手パチパチ人生」という番組で、こちらもたぶん椎名氏の初ラジオ番組であろう（ちょい前に東海ラジオで番組をやっていた、と梅本氏から後日聞いた）。椎名さんが「ブルータス」なんかに書いていたエッセーの調子で巷の流行を茶化したり、苦言を呈したり……といった独《ひと》り語りの内容だったが、冒頭に〝時事ネタを織りこんだナレーション〟を入れようということになって、その役を僕が任されたのだ。

「石原裕次郎が解離性大動脈瘤で入院……」みたいなニュースをまくし立てるように語ったことをおぼえているが、そういう時事ネタの見出しフレーズを2つ3つ紹介した後に「出てこいシーナ、椎名誠！」と張り気味の声で呼びこむと、主役の椎名氏がぼそぼそと語り始める。もちろん、頭で僕が噛んだら台無しだから、冒頭のナレは予め別録りしていた。

当時椎名氏と言葉を交す機会はなかったが、1、2度エレベーターで乗り合わせたことがあった。軽く会釈をしたとき、椎名さんも、「そうか、こいつが頭のナレーションをやってる泉ナンタラ」と気づいたのか、微妙に照れたような表情をした……記憶があるのだが、僕の思いこみかもしれない。この林さんの番組でも僕は〝チャラチャラ歌謡評論〟のコーナーをもつようになったはずだが、確か前任者の山田邦子さんがテレビ（「笑ってる場合ですよ！」だったか）の仕事が忙しくなるとかで、空きができ、僕が穴埋めすることになったのである。

山田邦子を連れてきた腰山さんは、自身も芸達者で田中角栄の声帯模写を十八番にしていた。新宿の伊勢丹裏にあった「酔胡《すいこ》」という中華料理の酒場が腰山さんや林さんたちの溜り場（映画関係者や編集者もよく来た）で、ここでの宴会で腰山氏の角栄ネタを何度か見聞した。そういえば当時、田中角栄の声マネをやる者は大学のサークルレベルでもいたものだが、腰山氏のは首の曲げ具合、言葉の選び方などのディティールが格別だった。彼はこの「酔胡」の常連客だった男とともに古舘伊知郎を独立させて、古舘プロジェクトを立ちあげた。僕が出演した「テレビ探偵団」（昭和61年からの放送なので、この昭和50年代の連載からは外れるが）の企画、構成作家でもあったが、21世紀幕明けの2001年の初めに50代を前に早逝してしまった。林美雄さんも、その翌年の夏にこの世を去った。

22

「クリスタル」の衝撃とミーハーチックな連載コラム

昭和55年
（1980年）

田中康夫の『なんとなく、クリスタル』がベストセラーになって〝クリスタル〟のフレーズも含めて大ブームになったのは翌年（56年）に入ってからのことだったが、河出書房主催の「文藝賞」を取って「文藝」誌に作品が掲載されたのはこの年の暮れの頃であり、文庫本の〝あとがき〟によると小説は5月頃に一橋大学の図書館で執筆されたものらしい。「順調にいけば、その年の三月に法学部を卒業して、長期信用系銀行である日本興業銀行に勤務することになっていた僕は、卒業直前に停学処分を受けて、留年することになった」停学の事情（聞いたことがあるけれど、ここでは省く）はともかく、それでいわゆるモラトリアムの期間が延びたことが作品の発想へつながったのだろう。国立《くにたち》の一橋キャンパスの芝生の中の通路にコカ・コーラの空き缶を並べて仲間とローラースケートに興じる、ポパイ少年らしいライフスタイルが記されている。

「ローラー・スケートをすると、また、図書館に戻って、本を読む。四月の中旬から新学期が始まって、半月くらいの間、そんな毎日を過ごしていた僕は、ゴールデン・ウィークが過ぎると、八〇年代の東京に生きる大学生を主人公にした小説を、無性に書いてみたくなった」

小説は3週間ほどかかって5月末日に完成、応募〆切ギリギリに郵送された。

そんな経緯が書かれた〈あとがき〉を最近読み直して、そうか……僕が「スタジオボイス」誌で初めての連載をもったのと同じ頃だったのか、と感慨をおぼえた。田中氏は留年などしたのでまだ大学にいたようだけれど、僕と彼とは確か生年月日も3、4日違いくらいの同い年なのである。

森英恵（ハナエ・モリ）主宰の流行通信が発行していた月刊誌「スタジオボイス」は平成年間、90年代の頃はファッション系サブカル誌としてけっこう知られていたが、80年代初頭の当時は紀伊國屋あたりに行かないとなかなか見られないミニコミっぽい時代で、タブロイド判の表紙に〈Interview Maper〉〈Andy Warhol's Interview紙独占〉などと銘打たれていた。

当時の「スタジオボイス」の編集部は、表参道のハナエ・モリの本社ビルと少し離れた、スーパーの紀ノ国屋手前の横道を入ったあたりの三河屋という古い酒屋の2階にあった。

さて、僕の連載コラムが初出したのはこの年（55年）の6月号――6月1日発行、と記されているが、おそらくゴールデンウィーク前の発売だろう。

ちなみにこの号の表紙は、戦前の小学教科書風の新聞配達少年の絵に〈躍進雄飛號〉と旧字が記されているが、いつもこういうレトロ調というわけではなく、モデルの山口小夜子や外国人の俳優が表紙を飾ることもあった。

具体的な内容は後述することにして、連載が決まった打ち合わせの場面は強く記憶されている。東銀座のマガジンハウス——といってもまだ「平凡出版」の名称だった頃、黒塗りの地味な社屋（奥の方に存在した料亭・万安楼の黒塀をちょっと連想させた）の対面にあった

筆者初の連載コラムが掲載された「スタジオボイス」1980年6月号

「フロリダ」という平凡出版御用達の喫茶店。当時、溜池交差点近くに健在だったフロリダ・ダンスホールの関係店だったかどうかは定かでないが、広い窓の傍らにソテツみたいな南洋樹が置かれたコロニアルムードのシャレた感じの店で、街の喫茶店にしては妙に細い麵を使ったスパゲッティー・ミートソースがうまかった。

ここで僕は学生時代から知り合いの松尾多一郎の紹介で「スタジオボイス」の編集長と対面した。

松尾は慶応の付属中（中等部）からの同窓生だったが、同じクラスになったことはなく、大学も僕は商学部、彼は文学部に進んだので、お互い知ってはいたが、懇意の友人というほどではなかった。もっとも彼が、大学時代から「ポパイ」で署名のコラムを書いていたことは把握していた。椎根和の『POPEYE物語』（2008年）より少し先に出た「ポパイ」の歴史本、赤田祐一の『「ポパイ」の時代』（2002年・太田出版）に松尾氏のインタビューが掲載されているが、これによると彼は第2号に載った〈POPEYEは才能を捜しています〉というスタッフ公募の告知に触発されて、自作のイラスト・ルポを編集部に郵送、第5号から本格的に編集に関わっていたという。

彼との距離が近くなったのは、例の「TVガイド」のパロディーCMが話題になった頃だろう。松尾君が「平凡パンチ」の方で担当していた2色刷りのページで、パロディー系のオアソビ企画を一緒にやらないか……と、もう1人の共通の友人（映画サークルのH君で

22
「クリスタル」の衝撃とミーハーチックな連載コラム

はなかったか？）とともに誘われたのが発端だった気がする。まぁそんなわけで、大学時代の終盤からはなんとなくのつきあいが続いていて、僕が「TVガイド」の編集部に勤務するようになってからも、単発の仕事（前回ふれた「ポパイ」の1960年代TVのコラムなど）を頼まれていた。

誌面をリニューアルする「スタジオボイス」で新たにコラムを書く人を探している……と、松尾から連絡を受けたのは、春先の2月か3月くらいではないだろうか。編集長を務めるのは「ポパイ」の映画コラムでもおなじみの映画評論家・稲田隆紀。僕らより7、8年上の団塊世代の人だったが、松尾とはタメ口《ぐち》でやりとりするような仲だった。「イナダさん、興味示してるんでさ、ナニか書いたもの持ってきて」ってことで、雑誌に載ったコラムの切りぬきも持参したのだろうが、ハッキリおぼえているのは、広研の機関誌「三田広告研究」に書いた「現代ケイオーボーイ考」という流行評論的な一文のコピー。「マイケルフランクスを聴いて、エストで珈琲を飲めば、シティーボーイになれるだろうか。」という、ポパイ文体のクサいサブタイトルが付いている。ハヤリのディスコや喫茶店、ソフト&メロウな曲の名が詰めこまれた、いま読むと切り口の甘いトレンド論考だが、まだ『なんとなく、クリスタル』も世に出る前、稲田氏には新鮮に映ったようだった。ちなみに、マイケル・フランクスやボズ・スキャッグスの曲はAOR（アダルト・コンテンポラリー・ロック）と呼ばれることもあったが、ポパイ誌あたりはこの「ソフト&メロウ」というフレーズを好んで使っていた。

そして、初めての連載「ミーハーチックな夜が好き」はスタートした。この連載エッセーのほとんどは先頃刊行した『泉麻人自選 黄金の1980年代コラム』という、自選コレクション的な著書に掲載しているが、第1回は「あずきヌガーと竹内まりやの関係――なぜ今60sなのか？」と題して、この春の資生堂の化粧品キャンペーンCMにも使われた竹内の「不思議なピーチパイ」を糸口に、個人的に好みの1960年代風俗について論じている。ちなみに「あずきヌガー」というのは、かつて雪印が発売していた〝あずき入りのヌガー菓子〟で、以前「大滝詠一のゴー・ゴー・ナイアガラ」の話のなかでふれた「SBモナカカレー」とともに手持ちの新聞縮刷版（1960年頃の読売新聞）で見つけた広告を欄外に掲載している。

竹内の「ピーチパイ」は安井かずみ（詞）と加藤和彦（曲）のコンビによる楽曲だったが、往年の森山加代子あたりを思わせる60s（シックスティーズ）のカバーポップス調で、「ザ・ヒットパレード」の頃の坂本九や森山加代子、パラダイスキングが洋楽の入り口だった僕はいたく気に入っていた。ともかく、この連載は以降こういう〝レトロネタを引きあいにしたナウ評論〟みたいなセンで進むのだが、初回冒頭のリード的文章が〝時代と若さ〟を露骨に表わしていて、恥ずかしい。

「紺のハイソックスが大好きなハマトラちゃん、ボタンダウンがお気に入りのプレッピー

22

「クリスタル」の衝撃とミーハーチックな連載コラム

くん、これから、キミたちの好きなミーハー話が始まるよ！　だけど、このミーハー話は、いつもとちょっと違うんだ。サーフィンやニューヨークの話は、あんまり出てこないんだ。ごめんね。でも、これさえ読めば真のハイテック人間になれるぜ。さーリバティーのダウンを脱ぎ捨てて、本の前に集まれ！」

自らの〝ポパイ少年性〟を茶化しているような文章だが、世相全般に「カルくしよう、カルくしよう」という空気が漂っていた。これも〝昭和ケーハク体〟と呼ばれた文章の1種といえるかもしれない。

ところで、この「スタジオボイス」（55年6月号）、目次の頭に〈特集 80ways to live our 80's〉と打たれていて、80年代の初頭らしいコラムやインタビューが集まっている。トップは提携している「アンディ・ウォーホル・インタビュー」誌が出元のロン・ダグェイ（アイスホッケーのスター選手にしてサスーンのモデル）のインタビューだが、その後に「ブルータス」を創刊しようとしている「ポパイ」元編集長・木滑良久のインタビューがある。聞き手は松尾多一郎。この時期「ポパイ」で本領のアメコミや洋書のコラムの他に、「ガーニング・インタビュー」という新進芸人のインタビュー構成をやっていた松尾の切りこみは鋭く、永遠の少年というか、オシャレマッチョな木滑の思考をうまく引き出している。

「男は死ぬまで同じ年っていうぼくの考えから、〝ポパイ〟の先にもうひとつレールが敷けるんじゃないか、そんな感じにしたいと思ってるんですよ。あとね、アメリカ人もEC

諸国のひともある年代をつかまえてみると、年収はだいたい日本人と同じくらい、物価なんかは、フランスの方が高いくらいでしょ、それなのに日本人のライフスタイルはちょっと貧困すぎるんじゃないか……その辺を刺激してみたいっていうのがある」

「TOKIO」で作詞家としても注目され始めた糸井重里のインタビューもある。新作の「恋のバッド・チューニング」のコンセプトの話に始まって、最後の方では空手道場に通っていることを明かしている。糸井氏の話題はこの後も何かと出てくるかと思うのでこのくらいにして、インタビュアーの都竹千穂という女性エッセイストは名前の記憶がある。4年後に「週刊文春」で連載コラム（ナウのしくみ）をもったとき、同じ号で彼女も新連載をスタートさせたのだ。

他にも征木高司、松木直也……と「ポパイ」でなじみの執筆者の名が見えるが、当時親雑誌「流行通信」の敏腕編集者として知られた川村容子（その後、文藝春秋に移った）が僕のコラムと同じく竹内まりやを取りあげている。こちらは短いインタビューコラムだが、まだアイドルっぽい風貌のまりやがバケツをいくつも手にもった、「アンアン」っぽい写真が載っている。

アイドル的なノリの頃とはいえ、バケツにたとえてユーミンを語っているのが興味深い。「ポリバケツの方がバケツより、進歩的で、ファッショナブル。ユーミンがポリバケツだって言ったのは、それなのよね。彼女は非日常に向かいたがってるし。私のやり方は、どれだけ普通っぽい所でやるかということなんだ。平凡さの中にも、ハッとさせるような瞬間をねらってね」

まぁこういう活字化されたコメントは、どこまで本人の生の言葉かは定かでないが、その後のユーミンと竹内まりやの立ち位置の差異のようなものがこの時点で語られている、というのにちょっと驚いた。

23

NHKの愉快な人々①——和田勉の笑い声が聞こえていた。

昭和55年
（1980年）

NHKへ出向くときにはだいたい千代田線を使った。編集部が入っていたプレスセンタービルから千代田線の霞ケ関は近かったし、代々木公園の駅で降りて代々木深町の方へ200～300メートルも歩けばNHKの西口玄関に着く。

「TVガイド」の取材で14階の番組広報室へ立ち寄った後、階段を降りてよく行ったフロアーが8階だ。ここには、ドラマ番組班、演芸番組班、古典番組班が配置されていた。歌舞伎の中継などを受け持つ古典番組班はともかくとして、前の2班はエンタメの主軸でもあるドラマとバラエティーの各番組を担当する班だから、これといった取材はなくても〝顔見せ〟は欠かせない。NHKの局担（番記者）として2年目にもなると、顔見知りのディレクターやプロデューサーも増えていた。

まずはドラマ番組班。僕は翌年の社内報「四季」（56年4月発行）にNHKドラマ班の人々の名を少しいじって、おもしろエッセー調の文を寄稿しているので、それを糸口に案

23

NHKの愉快な人々①——和田勉の笑い声が聞こえていた。

内していこう。

エレベーターは八階で止まった。浅田は最近気に入っている菱屋のレジメンタルタイをプレーンノットに締めて、NHKドラマ部の室に入っていった。（中略）

「ガッハ、ガハガハ、いやーどーしたんだね今日は？」賀田勉は、窓際の席にふんぞり返りながら、岩のような顔をクシャクシャにして、浅田を出迎えた。

浅田＝僕のことだが、賀田勉とはお察しのとおり、和田勉。実際このとおり、部屋の一方の端っこの窓際の席にいて、ガッハガハ……という豪快な笑い声がかなり離れたところにいても聞こえてきた。

当時、和田氏は土曜ドラマの枠やスペシャルモノを担当していたが、とくに前年からの「阿修羅のごとく」は向田邦子の脚本も良く、評判を呼んでいた。夏目雅子を女優として開花させた「ザ・商社」（松本清張原作）も、この年の和田作品だ。

そして、先の社内報に賀田のライバルとして「深道」という男が登場するのだが、この人は同じく向田脚本の「あ・うん」や翌年には吉永小百合の「夢千代日記」を手掛ける深町幸男。〝ドラマ人間模様〟という枠のエースディレクターだった。

剛の和田に対する、静の深町って感じだったが、深町氏自身は静かな人ではなく、カン高い声でていねいに自作の解説をしてくれる、記者にはありがたいディレクターだった。この後で詳しく書く〝フーちゃん〟と呼ばれていたプロデューサーのF氏が、深町の風貌を「下町のパン屋のオヤジ」と秀逸な表現で語っていたのを思い出す。

フーちゃんのF氏は和田勉のドラマのプロデューサーをやっていた時期もあったはずだが、僕が親しくなったのは、この春から秋にかけての朝ドラ「なっちゃんの写真館」がきっかけだった。先に前年の朝ドラ「マー姉ちゃん」で母親役の藤田弓子が語るコラムの担当をしていた話を書いたけれど、この番組でも主演ヒロインの星野知子が語る収録裏話をテープ録音して、毎週短いコラムにまとめていた。

なっちゃん――は、カメラマン・立木義浩の母をモデルにした物語で、ヒロインに抜擢された星野知子は確か法政大学を出たばかりの新人だった。藤田さんのときと同じように、100番台のスタジオ近くの楽屋（よりもメイクコーナーの空いた一角、みたいな場所が多かった）でお話を伺っていたが、星野さんは同世代（調べ直したら1学年下）ということもあって、番組以外の巷の話題もはずんだ。シレッとした感じで時事ネタも語る才女、という雰囲気だった。

コラムで番組を熱心に取りあげていたこともあって、プロデューサーのF氏に目を掛けられた。道向こうの渋谷公会堂側の一角にあった「ベラミ」という夜はスナックになるような店によく連れていかれて、コーヒーや軽食をごちそうになった。いや、ここでよくおぼえているのは、TVゲームである。以前、スペースインベーダーにハマッていた上司の話を書いたけれど、この時期のハヤリは「ギャラクシアン」というインベーダーの進化系のものに変わっていた。この店の卓にギャラクシアンが装備されているものがあって、僕より2回りくらい上の年代のF氏が子供のように熱中していた。

とはいえ、F氏は連れを放っぽらかしにして、ただ黙々とゲームに没頭しているようなタイプではなく、ゲーム中も会話を切らさない。多趣味で饒舌、社交にも長けた人だった。

ところで、和田勉や深町幸男を実名で書いてきて、この人をF氏とかフーちゃん……と、

星野知子が表紙を飾った「週刊TVガイド」昭和55年5月2日号

名前をぼかして表現したのは、ディレクターよりも〝裏方〟の印象が強いプロデューサー（エンドロールにも〝制作〟と記される）だからということだけではなく、ＴＶゲーム以外の氏の密やかな趣味に配慮したところがある。

ポルノ書といいますか、海外モノや古典も含めて〝レアなエロ本〟の蒐集家だったのだ。80年代初頭の当時は、ビニールにコーティングされて町角の自販機などにセットされた、いわゆる〝ビニ本〟の隆盛期だったが、なかに問題の部位がマジックインキなどで潰されていない〝裏本〟と呼ばれるものがあった。

ドラマ班のＦ氏のもとに立ち寄ったとき、彼は周辺に人がいないのを見計らってから、すっと抽斗を開けて、「ねっ？」なんて念を押すようにニンマリと僕の目を見て、裏本のイチオシのページを開いてみせるのだ。こういう瞬間の顔がギャラクシアンをやっているときと同じように、無邪気なのだ。そういうお宝本をどこで手に入れるのかというと、歌舞伎町のコマの裏方あたりに行きつけのショップがあって、1度連れていってもらったことがあったけれど、Ｆ氏が奥にいる店主のところにいくと、向こうが「お客さん、いいの入りましたぜ」ってな感じで、無言で何冊か差し出してくるのだ。どれも表紙から露骨な写真が掲げられているわけではなく、白やグレーの地に「百合」とか「くちなし」とかの清楚な花の名が付けられていた。

和田氏も深町氏もＦ氏を介して知り合ったのだったが、館内の通路の一角で山田太一と

23

NHKの愉快な人々①――和田勉の笑い声が聞こえていた。

向田邦子の両作家を紹介された場面が忘れられない。あそこは西口から入っていって、T字に突きあたった、横の広い窓から陽が射しこむ通路のあたり。向こうの本館エレベーターの方からF氏が両者を伴って歩いてきて、目が合った瞬間に「TVガイドの有能記者」なんて感じで、傍らの2人に僕のことを紹介してくれた。

まぁ、紹介というほどの時間でもなかったが、山田氏も向田氏も戸惑ったような、微妙な顔をされていた。程なくして台湾の飛行機事故で急逝する向田邦子という人をナマで見た唯一のシーン、として記憶される。

向田邦子と似たタイプの〝クールビューティー〟な顔だちをした、岡本由紀子という「銀河テレビ小説」(夜9時台のドラマ枠)の女性プロデューサーもF氏の仲立ちで親しくなって、ドラマ班の部屋へ行くたびに彼女が愛好していたショートホープを1本〝もらいタバコ〟したことを急に思い出したが、確かその並びの席に奇才ディレクターの佐々木昭一郎が座っていた。

佐々木氏はたまに単発のスペシャルドラマしか撮らない〝局内映画監督〟のような人だった(もっとも社員だから、他の番組のサポートなどはしていたのかもしれない)。

「四季・ユートピアノ」という90分モノのスペシャルドラマが55年の1月12日に放送されているが、知り合ったのはこの番組の取材をしたときだろう。ピアノ調律師の勉強をする、音に敏感な少女の日常を描いたセミドキュメンタリー風のドラマで、中尾幸世というカルトな女優（東京キッドブラザースの舞台がデビューらしいが、当時は知らなかった）が主演していた。翌年にも同じ中尾を使って「川の流れはバイオリンの音」という続編的なドラマを作って、いくつかの国際賞を受賞した。

ロマンチックな映像詩のような、ATGの寺山修司作品を思わせるアングラなムードも感じられる佐々木氏の作品、取材をしていて一段と興味をもったのは、中学生のときに観た「さすらい」という印象的な単発ドラマが彼の演出だった、と知ったからだ。

僕が中3だった昭和46年の11月に放送された「さすらい」は、孤児院育ちのハタチ手前の少年が看板屋で働いたり、サーカス団の一員になったりしながら、いわゆる〝自分探しの旅〟をするロードムービー調の物語で、日比谷野音で遠藤賢司が「カレーライス」を歌っていたり、渋谷の看板屋の先輩が友川かずきだったり、当時のフォーク少年は思わず目が点になる番組だった。とくに、まだ漢字名義のシロートだった栗田裕美（ひろみ）が謎めいた美少女という感じで代官山の踏切あたりを歩いていくシーンに胸が高鳴った。

栗田ひろみをスカウトするまでの興味深い経緯を伺ったのは、佐々木氏に誘われて入ったお好み焼の店ではなかったか……。渋谷のセンター街の中程だったはずだが、手元にある近い時代の住宅地図（昭和47年）に「お好み焼 梅よし」というのがあるから、ここかもしれない。

関東式に客が各々卓上鉄板で作るタイプの店。よくおぼえているのは、溶いた粉や切り

23
NHKの愉快な人々①——和田勉の笑い声が聞こえていた。

イカなどの具の一式が運ばれてきたのに、2人しばらくじっと鉄板を見つめていたことだ。お好み焼に誘ったのは佐々木さんの方だったので、てっきり通いつめた常連……と思っていたら「ぼく、お好み焼屋、初めてなんですよ。作れますぅ？」

長い沈黙の後にそんな一言をぼそっと告白されて、ギャフンとなった。

そして、栗田ひろみを起用するまでのエピソードはこんな感じ。

「池袋の西武の食堂でスパゲッティーか何かを食べていたのを目撃したんですよ。あの少女の役は彼女しかない、って思って、声をかけて連絡先まで聞き出したんだけど、なかなか返事をもらえなくてね。それで、通っていた中学校の校門の前でまちぶせして、何日か目にようやく承諾してくれたんです」

いまどきはこういう露骨なスカウト、ちょっと難しいだろうが、ともかく純粋な人なのだ。

そういえば、「アサイ（僕の本名）さんは、微熱少年だよね」なんてことを唐突にいわれたことがあった。

僕も鈴木茂の「バンドワゴン」に入ったその曲は愛聴していたけれど、発言の意図はよくわからない。

24

NHKの愉快な人々②——レッツゴーヤングの女王様

昭和55年
（1980年）

担当局のNHKへ行くときは千代田線の代々木公園駅からアプローチしていた、と前回書いたけれど、たまに渋谷あるいは原宿から歩くこともあった。とくに原宿の明治神宮側の口から向かっていくとき、代々木競技場前の広々とした道で輪になって踊るタケノコ族やロックンロール族の集団をよく見掛けた。

といっても車道がホコテンになっていなけりゃダメだから、あれは日曜や夏休みの特別な期間に取材で出向いたときだったのかもしれない。タケノコ族の面々が纏《まと》う〝ニュー巫女《みこ》ファッション〟みたいな洋服を販売するブティックの「竹の子」は、竹下通りの横道にあったが、ロックンロール族の方の若者が憧れたアメリカの50s（フィフティーズ）カジュアルファッションの総本山「クリームソーダ」も原宿の渋谷（穏田《おんでん》）川の跡道に存在した（いまも健在）。僕は例の「スタジオボイス」誌の連載で、渋谷川の跡道を歩いて、知られざる原宿の裏町をルポルタージュしている（8月号）が、まだ〝キャットストリート〟と

24

NHKの愉快な人々②——レッツゴーヤングの女王様

いう呼び名は使っていない。

さて、ロックンロール族のグループがラジカセで流していたのは、「アメリカン・グラフィティ」の冒頭の曲としてポピュラーになった「ロック・アラウンド・ザ・クロック」や「アット・ザ・ホップ」……といった、リーゼント頭でツイスト映えする類いのナンバーだったが、タケノコ族の連中のBGMはアラベスクの「ハロー・ミスターモンキー」やらジンギスカンの「ジンギスカン」やら、西ドイツのヘンテコなグループが歌う、俗にミュンヘン・サウンドと呼ばれたディスコ音楽だった。

なぜ、この種の音楽がタケノコ族に愛好されたのか……よくわからないけれど、アラベスクやジンギスカンやノーランズ、といった面々の曲は、取材にかこつけてよく収録を眺めに行ったNHKの「レッツゴーヤング」でも、レギュラーメンバーのサンデーズのダンスナンバーによく使われていた（ホコテンで踊っていた沖田浩之はやがてレッツヤンのレギュラーとなった）。

地理的な因果関係はなかろうが、タケノコ族が踊っていた場所と「レッツゴーヤング」の収録が行われていたNHKホールとは、距離も近い。せいぜい200〜300メートルくらいだろう。

昭和49年春にスタートした「レッツゴーヤング」の司会者は何代か替わったが、僕がよく行っていたこの時期は太川陽介と榊原郁恵で、平尾昌晃が総合司会のような感じで付いていたと思う。レコードデビュー寸前のアイドルを中心に編成されるサンデーズのメンバーには、以前紹介した佐藤恵利の他、この年の大型新人として加わったのが、田原俊彦、松田聖子、浜田朱里、といったあたり。とくに浜田朱里は、引退した山口百恵の後継を狙ってCBSソニーが大プッシュしていたニューフェースで、当初の扱いは同じCBSソニーの聖子を上回っていた。スクラップ帳に貼りつけられた新人紹介の小コラム「出番です」（4月18日号）でも扱っている。

「十七歳、いまケーキに夢中。一日に四個ずつ、三日間食べ続けたのが最高記録とか。」なんてことが書かれているけれど、確かこの文章は僕ではなく、彼女がヒロインに抜擢されたTBSドラマ（「赤い魂」）の関係で、先に取材したTBS担当のYさんが執筆したのだ。先を越されて悔しい思いをした記憶が残る。

このコメントに関しては無邪気な感じだが、浜田朱里のウリは〝陰のある繊細な少女〟というセンで、結局中森明菜にポジションを奪われるような格好で一線を退いていった。

「レッツヤン」を眺めたのは収録というより、ゲネリハ（ーサル）の段階が多かった。がらーんとしたNHKホールの前列で指示を出しているのは、だいたい小《お》口《ぐち》さんというスラッとした美貌の女性ディレクターだった。

レッツヤンの台本はないけれど、手元に残るその関連特番「たのきんコンサート」（昭和56年5月4日放送）の台本に、演出・小口比菜子と記されている。

24
NHKの愉快な人々②——レッツゴーヤングの女王様

　NHK本館の前回紹介したドラマ番組班と同じ8階の反対側にレッツヤンなどのバラエティー系音楽番組を制作する演芸番組班のデスクフロアーが置かれていたが、彼女はホールでもそちらでも、ほぼ黒の革ジャンに革パン——というスタイルをしていた。靴も、キンキーな編みあげ黒ブーツ、だった気がする。僕よりちょっと上の年代だったが、おそらく、ロンドン大好きロックガールだったのであろう。

　先に「美貌」と表現したけれど、その顔だちは安西マリアを彷彿とさせ、山猫っぽい切れ長目にかなり濃いめの黒シャドーが引かれている。一見とっつきにくい雰囲気ではあっ

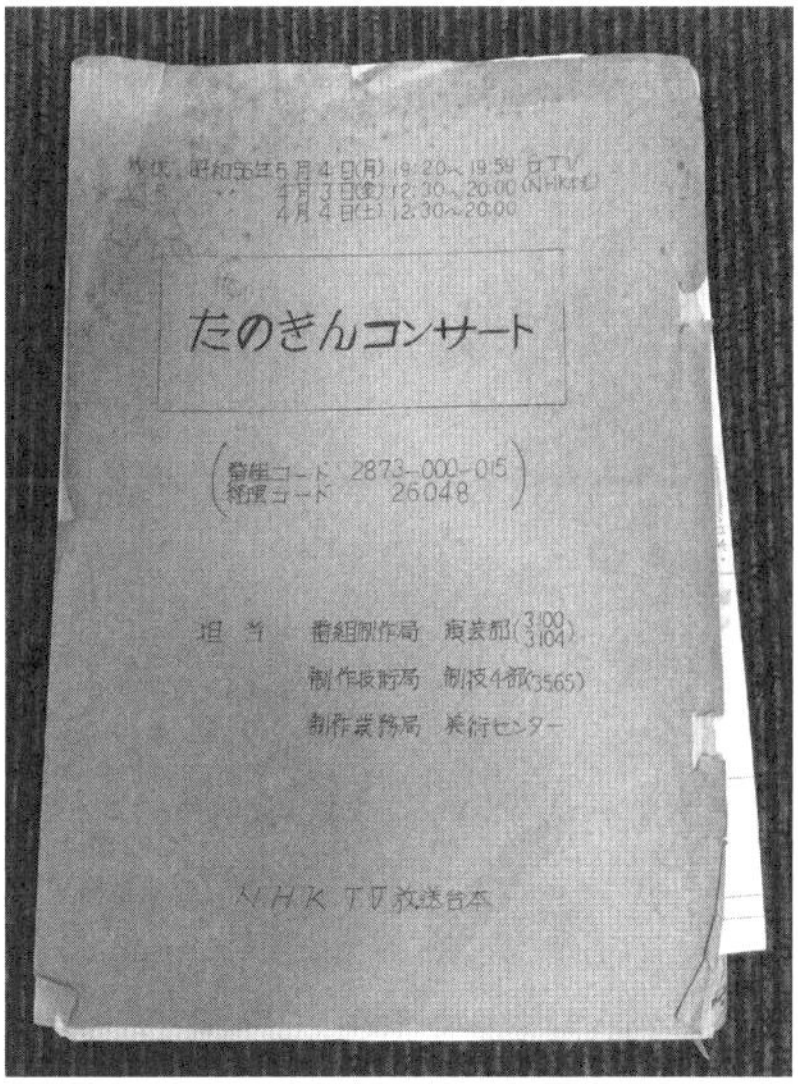

昭和56年に放送された「たのきんコンサート」の台本

たけれど、アポなしで訪ねていっても快く番組の内容や裏話を語ってくれた。

「トシ（の奴）がね……」

そういうとき、実際、「の奴」とまでは言わないものの、女王様が下僕をちょっと乱暴に呼び捨てるように、田原俊彦をトシ、川崎麻世をマヨ、と、ごくさりげなく語る感じがカッコよかった。

何年か後にゲストとして小口さんの番組に招《よ》んでいただいたこともあったが、数年前に「若くして他界された」と人づてに聞いて、ひどく残念な思いがした。

演芸番組班の「レッツゴーヤング」の並びあたりに連日の昼帯番組「ひるのプレゼント」のデスクがあり、その向こうに「ばらえてぃテレビファソラシド」のチームがいた。「テレビファ」は永六輔が番組を仕切る、いわば「夢であいましょう」の後継番組で、頼近美津子や加賀美幸子らの局（女子）アナをタレント化させた元祖番組ともいえる。深夜番組や小劇団のコアな人気者だったタモリや柄本明もこの8時台のNHK番組に起用されて、全国的に顔が売れた。

チーフプロデューサーは末盛憲彦。番組の内容や出演者をいつもやさしい感じで教えてくれる初老の男が、あの「夢であいましょう」の骨組みを作って演出を指揮していた、バラエティー番組の重鎮……とはこの時点ではよく知らなかった。渥美清や坂本九ちゃんの〝夢あい〟時代の裏話をもっと伺っておくべきだった……と悔やまれる。

24

NHKの愉快な人々②――レッツゴーヤングの女王様

ほとんど話す機会はなかったけれど、タモリや赤塚不二夫、東京ヴォードヴィルショーの関連記事なんかで顔と名前は知っていた滝大作ディレクターが、冬場でもTシャツ（若干タヨンとしている）一丁のスタイルで「お笑いオンステージ」のデスクにおもしろくなさそうな顔をして座っていた。

その列の端っこあたりに「脱線問答」というクイズ番組のデスクがあったはずだが、この池谷さん（下のお名前を失念してしまった）というディレクターには懇意にしてもらった。はかま満緒が司会をするこの番組は東京ローカルということもあって、解説記事で大きく扱うことはなかったが、親しくなるきっかけは〝レコード〟だった。

演芸番組班へ行く楽しみの1つに、試聴盤採集があった。レッツヤンのような本格的な歌番組でなくても、「ナニかのきっかけで使ってもらおう」と、レコード会社の営業マンが置いていった歌謡曲のシングル盤が各番組のデスクに積みあげられていたりする。

「コレ、もらっちゃっていいすか？」

多少顔が知られるようになってからは、そういった葬り去られるようなシングル盤（主にB級アイドルや奇妙なコミックソング）を僕が回収してまわっていた。

なかでも池谷氏は「いいよ、いいよ、こっちのも持ってく？」なんて感じでホイホイ気前良くくれる人だった。NHKというより、民放のカルいディレクターのようで調子がいい。松本伊代（B級ではなくトップアイドルだったが）のデビュー曲「センチメンタル・ジャーニー」をここでゲットしたことを妙におぼえている。

演芸番組班の話はこのくらいにして、もう1箇所よくおじゃましたのが、10階の科学産業番組班（通称・科産）の「ウルトラアイ」のデスク。ウルトラ─は「ためしてガッテン」の源流にあたるような〝科学バラエティー〟の先駆的番組で、生活に根づいたテーマを山川静夫アナの進行で、わかりやすく検証していく。山川さんが身を挺して蚊に刺されまくる回をよくおぼえているけれど、解説原稿にしておもしろい番組なので、しばしば写真付きのトップ記事で扱っていた。

中さんという、見るからに人の良さそうなプロデューサーと笹川さんというギョロ目のデスク（この場合は肩書としての）のお世話になったが、山川アナが割とよくこの部屋にあそびにきていて、番組内容を気さくに話してくれる。当時の「紅白」の定番アナウンサーじきじきの解説を伺いながら、ありがたい気分になった。

そんな白組・山川静夫アナと紅組のタレント司会者（この年は黒柳徹子）が表紙を飾るTVガイド年末正月合併号の編集、入稿作業も終えて、もう雑誌が店頭に並んでいた12月の暮れも押しつまる頃、会社が入っていたプレスセンタービル上階のレストランホールで忘年会が催された。毎年、こういった全社忘年会があったわけではないから、何かのお祝いが絡んでいたのかもしれない。

社の〝宴会芸要員〟だった僕はこの頃、田原俊彦の歌マネを持ちネタにしていた。9月

田原俊彦の歌マネをしていた頃の筆者

に発売されたシングル第2弾の「ハッとして！Ｇｏｏｄ」をこれより少し前の宴席で披露したところ、妙にウケがよく、この日も自前のスキーパンツをラメテープで装飾、トシちゃんっぽいサスペンダー（ズボン吊り）を白シャツの肩にひっかけて、パフォーマンスしていた。まだカラオケが広く普及する以前（スナックやクラブにムード歌謡や演歌のオケは入っていたが）だったから、バックはレコード（を録音したテープ）をそのまま流していたような気がする。

いい気分で1コーラス目を歌い終える頃、会場がにわかにザワついた。立食しながらステージを眺めていた客（他の社員）の意識が散らかったような、演者としてはいやな感じ。2コーラス目に入った頃だったか、バックに流れていたレコードの声をかき消すように傍らからホンモノの田原俊彦の歌声が聞こえてきた。

数日後の大晦日に決定する、レコード大賞最優秀新人賞を前にしたあいさつ（TVガイド編集長が1票もっていたらしい）を兼ねてやってきた、と後で聞かされたが、ともかくトシちゃん本人とデュエットするという、ハッとした年の瀬の出来事だった。

25

いたいけな「ぼんちシート」騒動

昭和56年
（1981年）

田原俊彦と妙なデュエットをした会社忘年会を終えて、正月休みに入った28日とか29日あたりからだったと思うが、若手社員5、6人で関西方面へ遊びに行った。

京都と神戸に泊まったはずだが、ちょうど西日本寒波にぶつかって、車（1年後輩の男が運転するフェアレディZ）で来た連中が関ケ原か彦根あたりで大雪に見舞われて、ひどく遅れてきたことを記憶する。新幹線組の僕は、車窓の冬景色を眺めながらウォークマンで、テープに仕込んできた山口美央子の「夢飛行」のアルバムを繰り返し聴いていたのを思い出す。山口美央子はセールス的にはふるわなかったけれど、「スタジオボイス」誌によく広告が載っていた。ちょっと矢野顕子と、いしだあゆみっぽいムードもある彼女の楽曲は「金鳥」の琺瑯看板を貼った納屋などが散見される、日本の田園風景との相性も良かった。

京阪神の町をこごえながら歩いていて、よく目についたのが、紳助・竜介、のりお・よしお、いくよ・くるよ……などの名を黄や赤の地色に大きく記した花月（吉本）劇場の興行看板。ほろ酔いかげんで宿に帰ってきて点けたテレビでも、関西ローカルのディープなお笑い番組をやっていた。関西芸人を中心にした〝お笑いブーム〟のピークを実感した年末年始だった。

80年代初頭のお笑いブームの火付け役となった「花王名人劇場」とそこから派生した「火曜ワイドスペシャルTHE MANZAI」は前年の夏あたりから30%近くの視聴率を取る人気特番になっていたけれど、同じくフジテレビ系列の昼帯番組「笑ってる場合ですよ！」も、このブームの核になった番組だった。

そのタイトルから察せられるとおり、「笑っていいとも！」の前身番組であり、新宿東口に完成してまもないショッピングビル「アルタ」のスタジオから連日生中継されていた。「アルタ」の場所にはそれまで「二幸」という食品専門の小デパートがあって、ここの1階で食べた、ヒイラギみたいな硬い葉っぱが大量に入ったカレーが忘れられない。「笑ってる」がスタートしたのは55年10月だが、これを書くにあたって当時の番組表や解説を調べ直したとき、それより前に「日本全国ひる休み」というＮＨＫっぽいタイトルで、アルタからの中継番組を半年ばかりやっていた……ことを思い出した。司会は押阪忍と栗原アヤ子のアナウンサー夫妻だったが、ツービート、Ｂ＆Ｂ、紳助・竜介、ザ・ぼんち……といった面々は、この番組からすでに顔を出していたのである。

「笑ってる場合ですよ！」はランチタイムの番組だったから、連日じっくりと観ること

25
いたいけな「ぼんちシート」騒動

はできなかったけれど、画期的だったのはそれまでテレビにはほとんど登場しなかった劇団・東京乾電池を起用した往年の「おとなの漫画」調の時事コントのコーナーで、毒気はヌカれていたが、テレビ向きの高田純次だけイキイキしていた。そしてこれもテレビ対応ということだったのか、割と好意をもっていたアイドルの大橋恵里子がレギュラーとしてコントに絡んでいるのもうれしかった。

山田邦子や春風亭小朝もこの番組で大いに顔を売ったが、ツービートや紳竜を押しのけて、圧倒的な人気を誇っていたのは「もみじまんじゅう」（のフレーズが当たった）のB&B。登場したと同時にキャーッと若い女性たちの歓声があがる感じは、小6の給食の時間に教室のテレビで観た「お昼のゴールデンショー」（やはりフジ系）のコント55号を思い出させた。

そんな感じでやってきた56年の正月のテレビは、朝っぱらから笑芸番組（早朝からフジが延々生中継する「初詣！爆笑ヒットパレード」はもう放送していた）が並んでいたが、伝説の深夜ラジオ番組「ビートたけしのオールナイトニッポン」がスタートするのも、この1月1日の夜中（明けて2日）のことだ。

僕はその初回を聴き逃しているが、小林信彦はこの年の2月24日から夕刊フジで連載を始める「笑学百科」の第5回から3回にわたって、ビートたけしのこの番組を取りあげている。ちなみに101回完結のこれは夕刊フジの名物コラムで、僕も「地下鉄の友」というのをここで書かせてもらったが、連日（月〜金、土曜もあったかも）の掲載なのだ。つまり、「第5回から3回」というのは、2月末から3月頭という計算になる。

この「笑学百科」の第1回に書かれているのは、ビートたけしの深夜ラジオの回でもふれられているザ・ぼんちの「恋のぼんちシート」の話だ。

「正月過ぎに、レコードを買いに街へ出た。のちに大ヒットとなった『恋のぼんちシート』であるが、そのときは、もちろん、知る由もない。」

書き出しはそんな感じだが、その後、レコード屋の店員とのチグハグになるであろうやりとりを想像しながら、レコードを探し回るくだりがおかしい。

——あの……ぼんちのレコード、ありますか？

——ぼんち？

——漫才のザ・ぼんちですけど……。

と、たぶん、こんな会話になるのではないか、とおそれて、C地点に向った。

筆者（小林氏）は晴れて、渋谷の紀伊國屋書店（西口「東急プラザ」上階にあった）のレコード売り場でゲットするわけだが、近藤真彦の「スニーカーぶる〜す」に次ぐ2位……と売上げ表示されているのに驚く。

25
いたいけな「ぼんちシート」騒動

ところで、先の箇所を引用させてもらったのは、「C地点」というのがザ・ぼんちのネタのシャレでもあったからだ。

♬A地点からB地点まで〜

ロックンロールのリズムにのせて始まるこの歌は、ぼんちが定番にしていたテレビ朝日の昼のワイドショー「アフタヌーンショー」(「笑ってる場合ですよ!」の裏番組でもある)の〝事件ルポ〟のコーナーのパロディーをベースにしたものなのだ。彼らのネタや歌に出てくる〝川崎さん〟と〝山本さん〟は、司会の川崎敬三とレポーターの山本耕一のことで、始終険しい顔つきをして「そうなんですよ、川崎さん」「犯人はこのA地点からB地点へ移動して……」なんてことをボードの地図をペンで指しながら受け手の川崎に解説する山本の語り口が評判を呼んだ。

ぼんちのボケ担当のオサムちゃんが、山本さんの挙動をデフォルメして演じることによって、他の物真似(たとえばコロッケの美川憲一)と同じように本家の方もいっそうブレイクした……という感じであった。大映の〝気弱な二枚目俳優〟として売れていた川崎敬三はともかく、それまで〝小林千登勢のダンナ〟の認識しかなかったバイプレーヤーの山本耕一は〝お昼の顔〟に定着したが、この番組はおよそ4年後、リンチ事件のヤラセ映像が発覚して、突然打ち切りになってしまった。

「恋のぼんちシート」は、そのタイトルも一種のパロディー(言葉いじり)だった。元ネタはジューシィ・フルーツの「恋はベンチシート」で、両作とも作者は近田春夫（ベンチシートの作曲はメンバーの沖山優司）。前年にデビュー曲の「ジェニーはご機嫌ななめ」がヒットしたジューシィ・フルーツを僕は愛聴していたから、初作のアルバム（「Ｄｒｉｎｋ！」）に入っていたこの曲はよく知っていた（「ベンチシート」はその後、続編、続々編が各アルバムにフィーチャーされる）。

この元歌《もとうた》はちょっと古いアメ車と思しきクルマのベンチシートをネタにした、コメディー風味のラブソングで、原宿のモード系ギャルの教祖的存在だったボーカルのイリアのキャラにもよく合っていた。

この〝ベンチ〟と〝ぼんち〟との言葉遊びとは関係のない、曲（サウンド）の方がパクリではないか……という話題が発火したのはビートたけしのオールナイトニッポンだった。ダーツというイギリスのロックグループの「ダディ・クール」って曲にそっくり、だというのだ。

もっとも、この時点で「ダディ・クール」というと、タケノコ族が愛好するボニーＭのディスコ曲の方が有名だったし、ダーツといえば「ケメ子の歌」のフォーク系ＧＳバンドしか多くの人はイメージしなかったろうから、これは音楽通のリスナーの投稿、あるいは放送作家が出元だろう。

「〈頂き〉とか〈盗作〉というより、瓜二つなので、これでは逃げようがあるまいとぼくは思った。」

と、両曲を聴き比べて小林氏は書いている。が、いまユーチューブなんかにアップされているのを聴いてみると、確かに似てはいるものの、大滝詠一のドゥーワップ系の作品などを愛聴している者にとっては、漫才のザ・ぼんちにこういう通好みのUKロックンロールを宛てがってコミックソングに仕上げる……というプロデューサー的センスの方をおもしろがりたくもなる（編曲もそういうツボを心得ている鈴木慶一だ）。

ところがこの話、当の近田が「パクりました、すいません」とあっさり告白、たけしに

ザ・ぼんちのアイビールックが目を引くシングル「ラヂオ　NEW MUSICに耳を塞いで」。「BONCHI CLUB」のロゴもメンズクラブ誌のパロディー

「盗作を簡単に認めるようじゃ作曲家としてダメ」と叩かれて、収束する。

僕は当時、たけしの放送をナマで聴いていたわけではなかったが、その後の週刊誌の記事などを読んで、シャレになるはずがならなかった……という微妙な違和感をおぼえた。

近田はたけし相手に本気でポピュラー音楽論（筒美京平の作曲術など）をぶつよりも、「パクッた」とリアクションした方がボケオチする、と考えたのではないか。しかし、たけしはそれにはノラなかった。おそらく、「ポパイ」で近田が書いている、毒の効いた歌謡評論の才などを認めつつ、小器用なインテリ人（近田が幼稚舎からの慶応ボーイ、というようなプロフィールもオサえていたかもしれない）みたいなスタンスが不愉快だったのではないだろうか。どうもこの一件は、麻布のお坊っちゃんが足立区の駄菓子屋に遊びにいって、不良になぐられた……ような景色が浮かぶ。僕自身、この5年後の新人類ブームの頃にたけしに叩かれて、こういう気分になった。

「ぼんちシート」盗作騒動はともかくとして、ザ・ぼんち（いちいち〝ザ〟を付けるのは面倒くさいが、コレが〝THE MANZAI〟の時代らしかった）は、ハヤリのプレッピー・アイビー風のファッション（とくにオサムちゃん）が、ベタな浪花のしゃべくりの臭味を消す効果をもたらしていた。彼らは当時大流行していた青山のボートハウスのトレーナーをよく着ていたし、「ぼんちシート」も手元にある次のシングル「ラヂオ　NEW MUSICに耳を塞いで」のジャケットも、「メンズクラブ」誌のパロディーである（同じく近田作のこ

25
いたいけな「ぼんちシート」騒動

ちらの曲は〝アリス風ニューミュージック〟の茶化し)。

ところで、「ぼんちシート」の大当たりが契機になったのだろう、続々とお笑い陣のレコードが発売されるようになった。僕の手元にNHKの演芸番組班のデスクで採集してきた試聴盤シングル(前回参照)が何枚かある。

「邦子のかわい子ぶりっ子」(山田邦子)、「雨の権之助坂」(ビートきよし)、「いたいけな夏」(ビートたけし)、「ハートブレイクホテルは満員」(春やすこ・けいこ)……。たけしは前年からシングルを出していたが、この「いたいけな夏」は加瀬邦彦作曲の軽快な湘南ポップス。「いたいけ」はたけしがオールナイトニッポンで多発する口癖ともいえるフレーズだった(高平哲郎の『ぼくたちの七〇年代』によると、高平や赤塚不二夫、タモリらの「面白グループ」が52年頃から「いたいけ祭り」と題してイベントをやっていたようだ)。

ちなみにこの「いたいけな夏」、顔を作ってアイビーモデルを演じている「ラヂオ」のザ・ぼんちとはまた違って、照れながらマリンルックでポーズをとるたけしのジャケ写がイカしている。

26

懺《ざん》悔《げ》の後にDOWNTOWNを

昭和56年
（1981年）

「オレたちひょうきん族」が5月16日（土曜）に始まった。とはいえ10月の編成までは、巨人戦ナイター中継が入らないときの雨傘番組扱いだったようだ。それはともかく、わざわざ曜日を入れたのは、土曜日の夜8時台というのが昭和40年代から続く、フジとTBSの〝お笑い合戦〟のような時間帯だったからだ。

まず、僕が小学6年生だった昭和43年の夏にフジテレビで「コント55号の世界は笑う」が始まって、翌年の秋にTBSがドリフターズの「8時だョ！全員集合」をぶつけて、やがてドリフが土曜8時の定席についた。が、フジと萩本欽一は黙っていたわけではない。昭和50年代に入ると、ラジオ（ニッポン放送）で先行ブレイクしていた投稿式コント番組「欽ちゃんのドンとやってみよう！」（開始時刻は7時30分）で対抗、しかしドリフ番組は志村けんの新ネタなどをヒットさせて相変わらず高視聴率をキープ、「欽ドン」は月曜夜に移行して、空《あ》いた土曜8時のワクでビートたけしや明石家さんま、島田紳助ら「THE

26
懺悔の後にDOWN TOWNを

MANZAI」ブームの中心メンバーを集めてスタートしたのが「ひょうきん族」だった。
タイトルの「ひょうきん族」、――族はこの時期盛んに使われていた、暴走族、タケノコ族、クリスタル族、窓際族……というような流れに乗ったのだろうが、おどけた様子を表わす「剽軽」（ひょうきん）の方は半死語化していた。翌年開始の「笑っていいとも！」（〝森田一義アワー〟なる副題も付いていた）の「いいとも」や「アワー」なんてのもそうだが、横澤彪プロデューサーを頭《かしら》とする「ひょうきん族」や「いいとも」のスタッフは、こういう古物を掘りおこす、レトロのセンスに長けていた。

たとえば、初期の看板ネタだった「タケちゃんマン」も昭和30年代前期の「月光仮面」以降のヒーロー活劇をおちょくったものであり、さんま扮する敵役のブラックデビルはフジテレビが開局（昭和34年）早々に放ってヒットした「少年ジェット」にまんま出てきたキャラクターだった（タケちゃんマンのコスチュームはジュリーの「TOKIO」の衣装がネタモトとされるが、「ジェット」に登場した「鉄人騎士」というのにどことなく似ていた）。この番組、僕は2、3年おくれの再放送で親しんだ世代だが、ひょうきん族の作家は高平哲郎や高田文夫ら、こういう仮面やタイツ型のヒーロー番組にどっぷり浸った団塊の世代が中核だったから、おそらく会議の雑談なんかから盛りあがったネタなのだろう。世田谷育ちの高田さんは、近所で「少年ジェット」のロケを眺めた話をよくされていた……。

パロディーというと、紳助と山村美智子アナで進行する「ひょうきんベストテン」のコーナーは、TBSの「ザ・ベストテン」のスタジオセットやカメラワークが模写されていた。紹介される曲もほとんど本家ザ・ベストテンにチャートインしているオンタイムのヒット曲で、なかでも片岡鶴太郎のマッチ（近藤真彦）は白眉だった。声帯模写のレベルといい、デフォルメしすぎて破綻していく展開といい。「ブルージーンズメモリー」や「ミッドナイト・ステーション」のパフォーマンスはいまも眼底に残像が漂う。

山田邦子やヒップアップ、コント赤信号もコーナーの常連だったが、この2、3年後、ウガンダ（トラ）をセンターにしたマイケル・ジャクソンの「スリラー」は秀逸だった。

番組からはビートきよし、島田洋八、松本竜介の〝うなずきトリオ〟に大滝詠一が提供した「うなずきマーチ」なんてコミックソングも生まれたが、音楽トレンドに敏感だったこの番組で、なんといっても素晴らしかったのはエンディング。

横澤プロデューサー扮する黒衣の神父の前で、出演者（スタッフのときも）がその回のNG場面（楽屋噺のことも）について懺悔すると、十字架に磔にされたキリスト風の神（ブッチー武者）が○×の手サインで裁定を下す。×の場合は天井からドバッと〝お約束の水〟が降りかかり、次のカットでEPO《エポ》の「DOWN TOWN」にのせてスタッフクレジットが六本木らしき夜景画像の上を流れていく。

本編のドタバタやグロなネタも品良く包みこむような、ソフィスティケートされたエンドロールだった。

26
懺悔の後にDOWN TOWNを

EPOの「DOWN TOWN」が使われたのは、正確には放送2回目かららしいけれど、その後同じくEPO「土曜の夜はパラダイス」、松任谷由実「土曜日は大キライ」「SATURDAY NIGHT ZOMBIES」、さらにDOWN TOWNの本家でもある山下達郎の「土曜日の恋人」と、ほぼ最初のEPOのときに固まった、DOWN TOWN路線の曲（いわゆるシティポップ調）がエンディングを飾るパターンが確立された（漫才コンビのダウンタウンのネーミングに、この曲はやはり何らかの影響を与えているのではないだろうか）。

いまユーチューブでこれらの曲をチェックすると、「あの時代の土曜はサイコーだったぜ」的な郷愁コメントばかり出てくるけれど、まさに「ひょうきん族」のエンディングには、バブル期へと向かっていく時代の浮かれた気分が反映されていた。

スタッフのクレジットは、佐藤ゲーハー義和とか永峰アンノン明とか、ディレクター（作家も）の名が〝お遊びミドルネーム入り〟で紹介されていたが、たまに顔を出す彼らも人気者になって〝ひょうきんディレクターズ〟の名でレコードデビューを果たした。僕はこの4年後、彼らスタッフのもとでレギュラー番組（「冗談画報」）を受けもつことになる。

EPOの「DOWN TOWN」が入っているアルバム（同題）はよく聴いた。とくに好きだったのが、エモーションズっぽいイントロで始まる「日曜はベルが鳴る前に」という曲で、これは久しぶりに聴くとじんわりくる。改めて調べてみると、編曲は林哲司と清水信之で、まさに〝シティポップの真髄〟という感じだ。

EPOは尾崎亜美をちょっとシャキッ、シレッとさせたタイプ（どちらが良いというわけではない）だったが、この領域でもう1人思い浮かんでくるのが須藤薫である。惜しくも早逝してしまったが、当時何かのきっかけでマネージャーと知り合いになって、ライブにも何度か行った。平山三紀の「やさしい都会」のカバーがデビュー曲だったようだが、僕が最初に聴いたシングルは「FOOLISH 渚のポストマン」。それから「恋のビーチ・ドライバー」というのもあったが、いずれも杉真理作曲の湘南ドライブ映えするナンバーだった。しかし、1曲選ぶとしたら、「うなずきマーチ」と同じ大滝詠一が作詞作曲した「あなただけI LOVE YOU」だろう。

大滝さん好みの60sガールポップを想定したような1曲だが、音調が激しく上下するこの曲を歌いこなすのは難しい。カラオケ番組で新妻聖子あたりにトライしてもらいたいナンバーだ。

うっかり書き忘れそうになっていたが、この年の大滝詠一といったら、なんといってもロンバケ（A LONG VACATION）のアルバムだろう。発売は3月21日だったが、僕は出入りしていたTBSラジオの林美雄の番組（この時期は「パノラマワイド ヨーイドン！」という土曜深夜番組だったか……）でよく流れていた「君は天然色」にハマッて、しばらくシングル盤のこの曲ばかり聴いていた。ロンバケは、ジャケットの永井博のイラストレーションも大きな評判を呼んだが、そもそも2年前に発刊された永井氏の絵本（大滝の文章も掲載）が商品としては先だったという。

河村要助や湯村輝彦の60ｓアメリカン調から始まった、ビーチリゾート気分のイラストは、シティポップ系の音楽との相性も良かった。山下達郎の名盤「FOR YOU」のジャケを鈴木英人のイラスト（turner'sの看板の出た建物はウエストコーストの電気屋らしい）が飾るのは、翌年のことである。さらに、こういう土壌のもとに、わたせせいぞうの「ハートカクテル」も誕生する。

ところで、この年のユーミンはというと、暮れも近づく11月に「昨晩お会いしましょ

「恋のビーチ・ドライバー」のレコード袋の中には「C・M・C 黒田茂子」という須藤薫のマネージャーと思しき人の名刺が収められていた

う」のアルバムが発売された。荒野のような所にトレンチコートを着た女（ユーミンを思わせるスタイルだが本人ではないらしい）が後ろ姿で立つ――ジャケットは、ピンク・フロイドの「原子心母」などで知られるヒプノシス（イギリスのアート集団）が手掛けた、というのも話題になった（「ブルータス」で特集記事を読んだ記憶がある）。

「タワー・サイド・メモリー」から始まるこのアルバムは、意識的に都市を舞台にしたような曲が多かった。用賀あたりの中央分離帯にカンナが植えこまれていた頃の環八を歌った「カンナ8号線」、東京タワーの模型（エンピツ削り）に目を向けた「手のひらの東京タワー」……ちなみに冒頭の「タワー・サイド・メモリー」のタワーは神戸のポートタワーのようで、これはこの年に開催されていた「ポートピア」のフレーズが出てくる、関西ガールを主役にした歌なのだ。

関西――とくに神戸の三宮あたりは当時、「JJ」的ニュートラ・ファッションの出島、いまでいうインフルエンサーの棲息地の性格が強かったから、ユーミンとしてはその辺のマーケティングの触覚をはたらかせたのかもしれない。

もう1曲、具体的に街の名は出てこないけれど、スタジオ（ファッション系の）で仕事を終えてディスコで遊ぶ、モデルかスタイリストと思しき都市生活者の孤独を歌った「街角のペシミスト」というのがある。まだマハラジャなんかができる前だから、六本木のスクエアビルあたりの店がロケ地かもしれないが、こんな一節が耳に残る。

26

懺悔の後にDOWN TOWNを

娘たちはやがて
踊りすぎた金曜日を卒業してゆく。
「ひょうきん族」の楽しい土曜日の前日は、踊りすぎた金曜日だったのか……。

27

香港弾丸旅行と「愛のコリーダ」の夏

昭和56年
（1981年）

TVガイドの1年上の先輩社員・Aさんとはウマが合って、ときどき小旅行に出掛けた。以前ふれた関西旅行も一緒だったが、2人でグアム島と香港に行ったことを思い出す。どちらもこの年の前後の夏だったはずだが、日程の細かい記録は残っていない。が、先日久しぶりにAさんとお会いして、昔の旅行の話題を切り出したら、後日、旅行日程の記録がメール送信されてきた。

グアム　55年6月18日〜22日
香港　56年8月7日〜10日

そう、グアム島のときはホテルのプールサイドでアメリカンな気分でデッキチェアーに寝そべるや否や、向こう側の日本人観光客のラジカセからもんた&ブラザーズの「ダンシング・オールナイト」が大音量で聴こえてきて、ガックリきたことをおぼえている（この曲が嫌いというわけではなく、グアムで聴きたくなかった）。

曜日を確認してみると、55年のグアム島は水曜から日曜までだから何日か有休を取った（よく取れたな……とも思う）のだろうが、56年の香港は金曜の仕事後の夜更けの便に乗って、月曜の朝イチ便で帰国してそのまま出社、という弾丸旅行だった。

香港は前年あたりからキテいた……という印象がある。YMO人気に端を発する東洋トレンド、みたいな巷の空気感もあったのだろう（飯倉片町の「大中」や渋谷ファイアー通りの「文化屋雑貨店」もよく覗くようになった）が、そろそろアメリカのウエストコースト一辺倒に飽きてきた、というのもある。しかし、だからといって中国軍の軍服やカンフー・スーツのようなのを愛好していたわけではなく、アバディーンの水上レストラン（先日、船曳き移動中に沈没。存在説もあるが）の前で現地カメラマンに写真を撮られて買うはめになった観光記念のポートレート皿……に写りこんでいる僕は、相変わらずプレッピー気分のピンク・ストライプの半袖BDシャツを着ている。これは、まだ狭かった頃の原宿ビームスFに1人店番のような感じでいた栗野（宏文）さんから買ったものだった。

羽田を発った機が降りたったのは九龍の下町の啓徳空港《カイタック》。もっとも、到着が夜中ということもあって、ビルの狭間を危なっかしく降下していく光景の記憶はない。印象が濃いのは、湾仔（ワンチャイ）あたりの繁華街のどぎついネオン看板の色彩と看板群のなかをぞろぞろと走る2階建ての市電。中環《セントラル》の山側のビルの合い間の階段道に露店がずらずらと出ていて、ばあさんが胡散臭い感じの薬や化粧品を並べ売りしていた。赤い電灯の下で肉をたたく精肉店とか、店頭でぐるぐる回転し続ける焼鴨、身体の部位や病名を漢字で書きつらねた古い医者……町景色が悪夢のように記憶されている。

「赤柱」と方向幕を掲げた小型バスが走る、香港島中心街とは山を挟んで反対側のスタンレーという小さな町へ行った。イギリス軍基地のある港町だったが、そこへ行く途中に映画の「慕情」で知られたレパルスベイ・ホテルが建っていた。海を見渡すレストランの天井でコロニアルなシーリング・ファンが回っていた光景が目に残っているが、翌年あたりからハヤり始めた西麻布や南青山のカフェバーで、この装置をいやというほど見せられることになる。

赤柱(スタンレー)の町の入り口のような一角に出た露店で、赤の発色感が香港っぽい短パンと航空会社(どこかよくわからないが漢字名が入っていた)のショルダーバッグ(乗客に配布するようなやつ)を買ったが、そのバッグに描かれた飛行機の片一方の翼がレイアウトの関係で、ぶつっと乱暴にちょん切れていたのがおかしかった。

というのが自分用のミヤゲだったが、香港ミヤゲというとこの時代、「タイガーバームを買ってきて」とよく頼まれた。いまも通販商品などに見られるが、シンガポールに本拠をもつ〝強いメンタム〟的な軟膏だ。いまの効能書きを読むかぎり、打ち身、捻挫、肩こ

香港でのツアー集合写真の一コマ。左から5人目、顔を反り気味に上げているのが筆者

り……といったジャンルの症例しか出てこない。けれど、あの当時は、打ち身や肩こりに留まらず、ノド元や胸に塗るとスーッとして風邪が一発で治る……なんていう魔法じみた伝説も出回っていたはずだ。

自分のミヤゲというともう1つ、中環《セントラル》あたりのショッピングモールのワゴンでブラザーズ・ジョンソンのカセットテープを買った。前年のグアムではビーチ・ボーイズの「ENDLESS SUMMER」のやはりカセットをゲットしたはずだが、ウォークマンを愛用していた頃だから、まずカセットだったのである。

ブラザーズ・ジョンソンのカセットテープは「Stomp!」が初っ端の曲だったから、たぶん前年に売れたアルバム「Light Up The Night」だろう。帰路、羽田へ向かう早朝の機内で繰り返し聴いていた「Stomp!」のゴキゲンなイントロが耳にこびりついている。

ブラザーズ・ジョンソンをはじめ、こういう洗練されてきたディスコ・サウンドのプロデューサーとして君臨していたのがクインシー・ジョーンズだ。日本ではなんといっても「愛のコリーダ」がこの夏大流行した。

愛のコリーダ——といえば、これまでは大島渚の映画作品（昭和51年）であり、さらに遡れば戦前の阿部定事件をモチーフにした話である。主演の藤竜也と松田英子の性愛場面（前張りがない、モロ見えしてる……）が物議を醸した作品として記憶されるが、5年後にディスコのダンスフロアーで流れる曲になるとは思ってもいなかった。

ちなみに、この曲の頃までクインシー・ジョーンズの名はあまりポピュラーではなかったから、ファルセットなボイスで歌っているのがクインシー本人……と思っていた奴が僕のまわりにはけっこういた（ボーカルはパティ・オースチンとチャールズ・メイ）。

ところで「愛のコリーダ」の曲名は、日本の洋楽担当が映画から拝借して付けたわけではなく、クインシーの曲名も「Ai No Corrida」とクレジットされている。当初僕は、クインシー・ジョーンズが大島渚映画のタイトルを気に入ってネーミングしたのかな……と思っていたが、曲そのものを作詞作曲したUKファンクのチャズ・ジャンケルという人が1年先行してレコードも出しており、そのオリジナルの時点で「Ai No Corrida」と命名されていたのだった。

オリコンの洋楽チャートで7月から12週連続1位だったというこの曲は、筒美京平が作ったようなメロディーラインも日本人ウケしたのかもしれない。ハヤリ始めの頃だったと

27
香港弾丸旅行と「愛のコリーダ」の夏

思うが、よく出入りしていたTBSラジオで当時「パックインミュージック」を担当していた近田春夫さんと久しぶりにお会いしたとき、何かのきっかけで「愛のコリーダ」の話になった。

「コレさ、川崎麻世が日本語で出すべきだよね」

音源がスタジオで流れていたときに、指摘された鋭い一言が忘れられない。そんな一件が頭に残っていて、「愛のコリーダ 曲 日本語」などとユーチューブで検索をかけてみたところ、川崎麻世の歌は出てこなかったけれど、この年末の紅白の〝瞠目するパフォーマンスシーン〟がアップされていた。

80年代あたりから増えてきた、男女混合の演目の1つのようだが、「愛のコリーダ」に日本語詞を付けてアイドルたちが歌い踊っている。メンバーは紅組が岩崎宏美、桜田淳子、榊原郁恵、石川ひとみ、松田聖子……白組が郷ひろみ、野口五郎、西城秀樹、田原俊彦、近藤真彦。という、当時のほぼトップアイドルによる豪華なユニット。

画面左手に女子、右手に男子が配置されて、「ウエストサイド・ストーリー」風のダンスパフォーマンスを織りこみながら、ソロとコーラスのパートで構成される。うーん、この感じはまさにレッツゴーヤング。あの小口ディレクター（第24回参照）の演出ではないだろうか。この曲が抜群にハマッているのは西城秀樹だが、元ネタが阿部定事件……と思うと、ひたむきに歌い踊っているアイドルたちが奇妙にも見える。

実は、紅組メンバーの松田聖子の後を「……」と表記したのは、もう1人、画面からすぐに判別できないメンバーがいたからだ。いくつかのデータを当たって、「ロス・インディオス&シルヴィア」として出場していたシルヴィア嬢、とわかった。とはいえ、ムード歌謡畑の彼女はレッツヤン的アイドルとしては違和感がある。そして何より、この年の紅白はトップバッターで初出場の河合奈保子が「スマイル・フォー・ミー」を歌っているではないか。

どう見ても、もう1人は河合奈保子だろう……首を傾げつつ、さらにアイドル関係のデータを眺めていたら、そうか！と思いあたった。彼女、10月の初めの「レッツゴーヤング」のリハーサル中、NHKホールの舞台セリから転落して腰椎骨折を負ったのだ。腰にコルセットを装着して紅白に出場した……なんて話題がワイドショーや芸能誌で取りあげられていたことを思い出した。自由はともかく、グループで踊る「愛のコリーダ」は身体的にムリだったのかもしれない。

ところで、あれほど取材で通っていたNHKの「レッツゴーヤング」なのに、この河合奈保子の事故の頃の印象は薄い。朝ドラも4月スタートの「まんさくの花」は、ヒロインの中村明美ってコに例の聞き書きインタビューを試みていた記憶があるのだが、10月スタートの「本日も晴天なり」（ヒロインは原日出子）の方はTVガイドの番組表にタイトルや出演者を記したおぼえがない。

27

香港弾丸旅行と「愛のコリーダ」の夏

そうだ、僕はこの年の秋口あたりの〝人事〟で編集部の番組担当班から整理班に異動になったのだ。整理——というのは、取材に出ることはなく、集まった原稿を校正して、大日本印刷の出張校正室でゲラの最終チェックをする裏方の部署。花形の特集班入りを期待していた僕は落胆した。

28

大日本印刷出張校正室と印刷工場の職人

昭和56年
（1981年）

ＴＶガイドの番組担当記者から地味な整理班への異動が決まったとき、「将来のために編集の基礎を学んできてほしい、キミはわが社のホープだからね」みたいなことを上司にやんわりと説明されたことをぼんやりおぼえているが、仲間内では「ポパイなんかの外仕事が目立ちすぎたんじゃねーか？」とか「社内報の原稿でハシャぎすぎたんだよ」とか、〝おしおき説〟が出回っていた。

とくに後者の社内報の原稿――以前、和田勉を賀田勉ともじったりしてＮＨＫの名物ディレクターのことをおもしろおかしく書いた一節を紹介（第23回）したけれど、その文章の後半は、社を挙げての一大イベント「テレビ大賞」のあり方などについて、かなり辛辣に批判している。

「もう一つの問題は、受賞作品がショーというものの存在をまったく無視して選ばれているという点……さらに審査員の基準が権威的なものにとらわれ、大衆にうけているものは

28
大日本印刷出張校正室と印刷工場の職人

何なのか？　ということを見失っている」

なんていったことを25かそこらの若手社員にいわれたら、上層部はカチンとくるだろう。いま読み直してみても、調子に乗っている感じがよくわかる。「コイツ、ちょっと冷や飯くわせてやった方がいいだろう」という意見が出てもおかしくない。この社内報は56年4月の発行だから、春頃から何らかの〝制裁〟が検討されていたのかもしれない。

僕の後任（NHK番記者）はKという男（学年は下だが、年齢は1つ上だった気がする）で、タケシという下の名前から当時ハヤリの〝タケちゃんマン〟と呼ばれていた。

優秀な彼はすぐに特集班へ移り、僕が辞めた後に編集長にもなったが、何かトラブルを起こして退社、その後「占い師」としてけっこう評判になっている、なんていう噂を聞いた。

さて「整理」の主な仕事は原稿の校正作業だから、これは番組班や特集班の記者が原稿を仕上げてくれないことには始まらない。よって、仕事時間は〝後ろ倒し〟になる。入稿量の少ない月曜日は8時くらいに退社できたが、火曜以降はほぼ深夜帰りになった。

こういう夜型の就業スタイルは行政からの通達と印刷のデジタル化によってやがて解消されるが、僕がいた当時は残業時間がそのまま給料に反映されたので、経済的には潤っていた。毎月の給料はまだ手渡しだったので、忙しい月は20枚余りの万札で袋がパンパンになっていた。

整理班を仕切っていたのは、Nさんというベテラン社員（当時もう50代くらいではなかったか？）で、もう1人の社員担当が僕。他に校閲専門のプロダクションの人が2、3人とレイアウト（割り付け、という言い方をしていた）を本領にしている、Nさんと同年代くらいの太った男がいた。ちょっと立花隆みたいな風体をしたその人は確か、横浜の奥の三ツ境《みきょう》のあたりに住んでいて、夜中のタクシー帰宅になったとき、会社の前に待機している運転手に喜ばれる。「三ツ境の人はどうしました？」と、彼を目当てにしていた運転手に何度か聞かれたことがあった。

なかなかクセのある人が多かったのだが、その辺は追い追い語ることにして、校正はプロの人がいたので、誤字を見落としてもあまり問題はなかった。作業でよくおぼえているのは、見出しや写真のキャプションの活字Q数を指定すること。7ポ、8ポ、9ポ……などという大きさの単位（ポはポイントの略）を学んだ。もっとも、入稿のときに見出しや写真キャプを付けてこない記者もいて、そういうのをササッと文字数ぴったりで記す作業にはけっこう燃えた。

しかし、とりわけ神経を使ったのは、いわゆる〝整理〟の作業だ。アナログな編集工程の時代ゆえ、記者は使用する写真を生原稿にクリップなんかで留めて提出してくる。校正をしているうちに写真がどこかへ紛れたり、別の番組のものに入れ替わっていたり……。ただでさえ整理整頓が苦手なタイプの僕は、大いにストレスを感じた。

28
大日本印刷出張校正室と印刷工場の職人

どういうふうに分類したか……細かいことは忘れてしまったが、まとまった原稿（と掲載写真）を詰めこんだ大袋を夜中、タクシーで大日本印刷の夜間受付にいるガードマンのような人に届ける、というのが火曜と水曜の夜の僕の任務だった。当時の僕の家は新宿西方の中落合だったから、会社（この時期は内幸町のプレスセンタービルから築地の朝日新聞社の隣接ビルに移っていた）から帰路途中にも寄りやすかった。

もしや、そんな居住地も〝整理行き〟に関係していたのかな……。

木曜と金曜は築地のオフィスへは行かず、ほぼ大日本印刷の出張校正室へ直行していた。前夜がおそいこともあったが、作業的にもゴゴイチ（2時頃だったかもしれない）くらいまでに到着すれば良い。わが社は編集部もスーツ、ネクタイ姿というのが規則になっていたが、会社のきびしい役員や総務の目も届かないので、11時くらいに起きてシャワーを浴びて、昼飯かっこんでラフな格好で出勤していく。この感じはモラトリアムな大学生に戻ったようで、わるくなかった。

そんなゆるゆる気分に好都合だったのは、中落合の家のすぐそばから目白通りを進んで、市谷の大日本印刷の近くまで行けるバスがあったこと。新宿駅西口まで牛込の方を迂回していくこの都バス（練馬車庫発）はいまも運行している路線だが、僕が出勤していた平日のお昼頃はだいたい空いていた。ウォークマンでボブ・マーリーのレゲエなんかを聴きながら、学習院や田中角栄邸の前のイチョウ並木を車窓に眺めて、のんびりと乗っていた

（本女《ボンジョ》や川村の女子学生を眺める楽しみもあった）。牛込柳町の先の薬王寺町でバスを降りて、お屋敷が並ぶ横道を東へ歩いていくと大日本印刷の北口の門が見えてくる。

先日久しぶりに行ってみると、一帯は〈DNP〉のロゴマークを上層に記したタワービルを中心にした建物に変貌していたが、坂道の脇に往年の本館（大正15年竣工のコンクリート建築）の一部が〝表参道ヒルズの端っこの同潤会アパート〟みたいな感じで復元され「市谷の杜《もり》 本と活字館」というミュージアムになっていた。

復元された建物は美しすぎて、僕が通っていた当時の建物とあまりイメージが一致しないのだが、こういう時計台のある屋上のような所に行って、作業服の人たちがくつろぐ姿を眺めながらタバコを一服したことを妙におぼえている。その頃よく聴いていたRCサクセションの「トランジスタ・ラジオ」のシーンが重なる光景だった。いくつかの出版社の表札が出た出張校正室が並んでいたのは、北側玄関に近い一角だったはずだが、いまのこのタワービルにはもちろん出張校正室なんてもんは配置されていないのだろう。

木曜、金曜の出張校正でやることは、まず写真コピーのチェックだった。各ページに掲載する写真（縮小されている）を並べたカタログのようなコピー紙が出校されてくるのだが、それらがどの番組（あるいは特集）ページに使うものなのかを同定する。そして、別に出校されてきた活字組みの初校ゲラの写真のスペースに、パズルのように貼りつけていく。

つまり、誤字や脱字を正すだけではなく、印刷のための見本誌のようなものを、毎週作

かつての大日本印刷市谷工場の象徴だった時計台を復元したという「市谷の杜 本と活字館」

っていたのである。とりわけ、わがTVガイド誌は当時、関東中心の本誌に加えて、関西版、中部版……と地方版があって、ちょうど僕が整理班にやってきた頃から、北海道、東北、中国四国、九州などと地方版を増やしていた。特集や定例の読みものページの内容は変わらないのだが、ローカル放送の番組解説の箇所などは異なるから、いちいち各版をチェックしなくてはならない。地方の似通った祭り中継の写真なんかをよく貼りまちがえた。

キャップのNさんは実に几帳面な人で、見本のゲラに貼りつける細かい飾り罫のコピーの1つ1つを余白をほとんど残さずにハサミで器用に切りぬいていた。こんなもん大雑把でもいいだろう……と思ったが、指導されて従った。とはいえこの作業、ウォークマンでテクノ系の速いビートの曲なんぞを聴きながらやると、まさにクラフトワーク、ロボットになったようで、ちょっとクセになる。

当時の活版の読みものページには、素朴なイラストを添えて〝茶の間の茶〟なんて感じのタイトルを記した飾り罫がページの上隅などに入っていた。この種のものを描くイラストレーターというより、ひと時代前の挿絵画家（ベレー帽を被っている）が校正室に出入りしていた。2人ほど常連さんがいたけれど、どちらの人も確か小石川のあたりに住んでいて、ページに空きができてしまったときに電話をすると、すぐに校正室にやってきて、ちょちょいと穴埋めのカット絵を描いてくれるのだ。

そういう職人さんというと、本社の坂下の横路地に、田舎の小学校の木造校舎のような印刷工場があった。大日本印刷の下請け的機関（確か日巧社といった）だったかと思うが、ここには昔風の〝活字を拾う〟職工さんが何人もいる。金曜日の校了間際になって番組内容が差しかわり、どうしても打ち直してもらわなくてはならないときに駈けこんで、新たに活字を組んでもらうのだ。

毎週というわけではなかったが、そういう緊急の組版を作ってもらいに工場を訪ねた。入った途端に床油や印刷工具のニオイがムッと漂ってくる。ウチの担当は20代の僕の目から見て、相当な老職人（といっても60代くらいだったのかも……）で、対応はいつも無愛想だった。

「すいません、また直し出ちゃいまして。ほんの百字かそこらなんですけど……」

横を向いたまま、しばらく話が聞こえないような振りをして、ようやく僕の差し出した

28
大日本印刷出張校正室と印刷工場の職人

新原稿を受け取ると、片手で三角パックのコーヒー牛乳なんかを飲みながら、すすっと手早く活字を集める。使いこんだ木箱にカシャッと活字を仕込む感じは、手馴れた大阪寿司の板前のようでもあった。

29

麴町《こうじまち》の泉屋で田原総一朗の原稿を受け取った。

昭和57年
（1982年）

この年（昭和57年）、まだ〝整理班〟の地味な仕事は続いていたが、記者の時代から1つだけ〈意見・異見・NOW〉という読者の投稿ページに入るTV評のコラムを任されていた。といっても、自分で書くわけではなく、名のある作家や評論家に原稿を依頼するもので、500字かそこらの短文ではあったが、唯一の編集者的仕事だった。

4人ほどのレギュラー執筆者のなかで印象に残っているのは、まず田原総一朗氏。田原さんは僕の前任者の頃からの執筆者だったが、原稿受け取りのパターンは決まっていた。文藝春秋に仕事で行くことが多かったのか、だいたい麴町の泉屋（クッキーでおなじみ）に呼び出される。いまも1階に売店はあるけれど、改築前の当時は2階になかなかいい感じの喫茶室があった。

だいたい指定の時間よりかなり遅れて現われる田原氏は「ハイコレネ」なんて感じで原稿入りの封筒を僕にサッと手渡すや否や席にも着かず足早に去っていく。というのが常で、

29
麹町の泉屋で田原総一朗の原稿を受け取った。

レジに原稿が預けられていることもあった。が、会話がなかったわけではない。以前、大学時代の達筆な教授の話を書いたことがあったけれど、田原氏も相当な達筆（失礼ながら、乱筆といった方がいいかもしれない）で、簡単には読解できない。その辺を御本人も弁えていたようで、「読めなかったら夜電話して」と去り際に言い捨てていかれる（「朝まで生テレビ」のCM前のように）ことが多かった。そんなわけで、夜更けの10時、11時頃に原稿を手に「えー、ではさっそく1行目の漢字ですが……」なんて調子で電話越しにやりとりした記憶が残っている。しかし、田原氏の手元に原稿の複写などはおそらくなく、「読めない字を〝予想〟を立てつつ伺う」ということの解読作業はけっこう時間を要した。

新しい女性の書き手を入れようということになって、僕が選んだのがコピーライターの脇田直枝さんだった。女性コピーライターの先駆者のような感じでよく広告業界誌に紹介されていた彼女は、僕より10年余り上世代の人だったが、ハヤリのボブカットがよく似合っていた。脇田さんの場合も、〝原稿受け取りの店〟の印象が強く残っている。

あそこは最初僕が提案したのか、彼女から指示されたのか……六本木の星条旗通りにあった「エスト」というカフェ。星条旗通りとは防衛庁（いまの東京ミッドタウン）の門前から青山墓地の方へぬける道で、現在も赤坂プレスセンター（在日米軍施設）内に存在する星条旗新聞社に由来する俗称だ。外壁に〈EST! EST! EST!〉というイタリアンな看板を出したシャレた店で、赤坂のカプチーノや乃木坂のカプッチョと同じタイプのチョコレートケーキが評判だった。

2階の広いガラス窓の際の席で待っていると、脇田さんは下の道を黄色いワーゲンビートルに乗ってやってくる。まぁ、いつも窓際の席が空《あ》いていたわけではないだろうが、このポパイ少年的なシーンは妙によくおぼえている。こちらも〝憧れの広告クリエーター〟になったような気分だった。

ポパイといえば、雑多なコラムがレイアウトされた〈Popeye Forum〉のページで、本領の音楽にとどまらずアニメや雑誌の評論を展開していたロッキング・オンの渋谷陽一のコラムを読んで、連載をお願いしにいったのもこの年あたりではなかったか……。僕も当時、同じ〈Forum〉内で「ああ、ナミダの懐古物」（手持ちの古いオモチャやオマケなどを紹介する）という連載をもっていた（スタートは55年11月）ので、勝手に同志のような親しみも抱いていた。渋谷さんがレギュラー番組（NHK・FMの「サウンドストリート」）の収録で入るNHKのラジオスタジオでお会いしたこともあったが、原稿受け取りや打ち合わせで何度かおじゃました、六本木の交差点から溜池の方にちょっと坂を下ったあたりのビル上階の仕事場（窓のすぐ向こうに高架の首都高を走る車が見える）の印象が強い。窓辺の首都高景色ともう1つ、このビルは玄関ロビーにいつも、清掃のクレンザーと思しきマツタケをケミカルにしたような独特の匂いが漂っていた……。

整理の仕事になってからは、欲求不満に加えて、昼の時間に余裕ができたこともあって、

29
麹町の泉屋で田原総一朗の原稿を受け取った。

このテレビ評の奇抜な執筆者探しによりいっそうエネルギーを費した。レギュラー陣に加えて、月1くらいのペースで旬の人や好みの作家に単発のテレビ評を依頼するようになった。

そんな書き手選びの手本にしていた雑誌というと、おなじみの「POPEYE」「宝島」「ビックリハウス」の他、前年（56年）あたりに創刊した「モノンクル（mon oncle）」というのが思い浮かぶ。〝伊丹十三・責任編集〟の謳い文句で立ちあがったこの雑誌、実際に伊丹氏自身かなり編集に関わっていたようだが、糸井重里、南伸坊……といった僕好みの〝おもしろサブカル勢〟の他、岸田秀や福島章といった心理学系の学者さんが登場していたのが特徴だった。栗本慎一郎や浅田彰、中沢新一のニューアカ・ブームの下敷きになったメディア、ともいえるかもしれない。そして、この「モノンクル」をちょっと意識して、下世話に作ったような嵐山光三郎（編集長）の「ドリブ（DoLive）」や天野祐吉の「広告批評」も、当時〝目力〟を入れてチェックしていた雑誌だった。

執筆を断わられた人も何人かいた（こういうのはよくおぼえている）が、この連載でしばしば登場する近田春夫さんに「演歌の花道」（テレビ東京）について書いてもらったことがあった。「愛のコリーダ」をTBSラジオのスタジオで聴いた（前回）のはこの原稿を頼みにいったときだったかもしれない。マネージャーのような感じで付いていた軽い調子の男に「近田の原稿は松、竹、梅のランクがあるんですけど」と冗談を言われ、「じゃ、竹の上くらいで……」と返したおぼえがある。

原稿受け取りのシーンが映画の1コマのように記憶されているのが、村松友視さんだ。椎名誠の『さらば国分寺書店のオババ』で当てた情報センター出版局から出た『私、プロレスの味方です』をはじめとするプロレスエッセーで鳴らしていた頃である。

となるとテーマはプロレス、と思われるかもしれないが、ブレイク中の山田邦子の話だった。依頼の電話をかけたとき、村松氏の方から「山田邦子はどうですかね？」と提案されたのではなかったか。

ともかく、やがて原稿は仕上がり、吉祥寺の方の御自宅に受け取りに伺うことになった。

「吉祥寺の駅に着いたら1本電話ください」

ぼんやりと村松さんの声の調子まで耳の奥に残っている。吉祥寺駅のおそらく北口のどこかの電話ボックスから電話をかけると、目に入る建物や番地などを確認された後、こんな感じの指示をされた。

「その先の道を曲がってまっすぐ歩いてきてください。私もいま家を出ますから」

成蹊の方に向かう住宅街のなかの道の途中だったと思うが、ドテラのようなのを羽織った軽装の村松友視が向こうの方からゆっくりと歩いてきた。道端であいさつをして、玉稿を拝受した。ケータイ電話はもちろんない時代だが、ファックスはこの2、3年後には作家の間に普及するから、アナログ編集時代末期の〝幸福な体験〟といえるだろう。

29

麹町の泉屋で田原総一朗の原稿を受け取った。

やがて、フリーになった僕の重要なパートナーになるイラストレーターの渡辺和博（通称ナベゾ）さんと知り合ったのも、このテレビ評の依頼が発端だった。

書き手選びの参考にした雑誌を先にいくつか挙げたが、渡辺さんに寄稿してもらおうと思ったきっかけは、書店（赤坂TBS近くの金松堂だった気がする）の店頭ラックで立ち読みしたエロ&サブカル情報誌の「ウイークエンドスーパー」だったはずだ。その後、「写真時代」やパチンコ攻略誌の諸々で当てる高田馬場の伝説的編集者・末井昭が立ちあげたセルフ出版（現・白夜書房）の雑誌である。

渡辺さんのページは、ピンク・レディーのシングル盤ジャケットを順に眺めながらその歴史をふりかえる……という、前年の解散（56年3月31日＝雨の後楽園球場でのライブはTVガイドのカメラマンにくっついて入った）にちなんだ企画だったと思われるが、彼女たちの楽曲にはほとんどふれず、「より勃起するジャケはどれか……」という基準だけで書いている文章が痛快だった。

依頼テーマの番組はよくおぼえている。松本伊代と柏原よしえが宇宙人コスチュームで活躍するバラエティー・ドラマ「ピンキーパンチ大逆転」。アイドルが主演する歌ありコントありの構成は、この時代のTBS7時台のお得意路線のものだった。放送期間はこの年の4月から9月までだから、まぁ始まって少し経った初夏の頃だろうか……（すると先のピンク・レディー解散とは1年のタイムラグがあるけれど）。

当時渡辺氏は「ガロ」の編集部を去って、自作マンガを集めたコミックスが青林堂から出始めた頃だろう。NHKの行き帰りによく立ち寄った渋谷・大盛堂の2階の一角にガロ作家勢のコミックスを集めた棚があって、ここで蛭子能収や花輪和一……らとともに渡辺和博の『熊猫人民公社』とか『タラコクリーム』とかを購入したはずだ。

おそらく、「ウイークエンドスーパー」編集部の電話番の女性……のような人から聞きつけた渡辺氏の連絡先に電話をすると、「……はい」「……はい」と覇気のない暗い声の反応が続いて、こりゃダメだな……と思っていたら、「……いいですよ……やりますよ」と、自棄《やけ》になったような感じで了承された。

原稿の受け取り場所は、当時の仕事場から近い五反田の山手線線路端の喫茶店。五反田といっても山手線外側の工場街や〝大崎三業地〟の看板が出ていたラブホ街の方ではなく、内側の池田山の麓にあたる一角で、その店も入り口のショーケースに〝清泉女子御用達〟といった風の上品なケーキが陳列された瀟洒な雰囲気だった。

山手線の築堤が見える窓そばの席で待っていると、脇田さんは黄色いワーゲンだったが、渡辺さんは新聞配達員が乗るような黒い自転車に乗ってやってきた。姿は、白いYシャツにGパン。足もとまではよくおぼえていないが、これはファッションに無頓着なのではなく、自転車まで含めて、この当時ナベゾ氏が熱中していた中国・北京あたりの街角の人のスタイルを模写していたのだろう……と後に思った。

29
麹町の泉屋で田原総一朗の原稿を受け取った。

「ピンキーパンチ」の原稿は期待どおりにおもしろかった。〝松本伊代の太モモと柏原よしえの上腕の寸法が同じ〟というような彼独特の指摘、ユーモラスな表現に僕は大いに満足したが、確かこの原稿は編集デスクからダメ出しされたのだ。書き直してもらったか……いやボツになって謝ったら、「別にいいよ」と、あっさりした反応が返ってきたような気もする。

原稿がどうなったか、というのも重要なことではあるけれど、この初対面の喫茶店のシーンはより鮮烈に記憶される。

渡辺和博氏から届いたマルベル堂
プロマイド風の年賀状

原稿は受け取ったものの、電話の感じで危惧していたとおり寡黙な人で、一向に会話ははずまない。ぶ厚い眼鏡の底の目は下を向いたままだ。

気まずい空気のなか、向こうのテーブルにいる女子大生の姿がきっかけだったか、僕が知りあいのニュートラやハマトラ系ファッションの女子のエピソードを語り始めたとき、眼鏡の底で死んでいた渡辺氏の目がキラッと光った。

「いいね、ソレ！」

トーンの高い、ノリのいい声が返ってきた。そこから渡辺和博との長いつきあいが始まった。

30

ビデオデッキを買った頃、TV誌戦争が始まった。

昭和57年
（1982年）

残業代がたんまりと付くＴＶガイドの整理の仕事に加え、社外の原稿執筆も増えてきて、しかも親もとに暮らしていたので僕の経済は潤っていた。そんなわけで、大きな買物をした。家庭用のビデオデッキである。当時、ソニーが推し進める「ベータ（マックス）」型にするか、ビクターやシャープなど数社が採用した「ＶＨＳ」型にするか……迷うところがあり、映画好きの編集者なんかからは「ベータにしろよ、圧倒的に画質がいい」と勧められたが、昔から贔屓《ひいき》の電気屋の関係でビクターのＶＨＳ型にした。その価格は、後述する「ビデオコレクション」誌の創刊号（この年の暮れに発行）に21万5千円のベータ型の広告が載っているから、値引きしやすいＶＨＳ型でも20万を切ったかどうか……といったところではないだろうか。

ともかく、70年代初めの中学生の頃から、好みのＣＭやテレビ番組の主題歌をカセットテープデッキで録音していた僕にとって、そこに画像も付くビデオデッキはまさに夢のマシーンであった。

さぁ、これからは歌番もドラマもCMも、録《と》って録って録って録りまくるぞ！　とは思ったものの、あの当時はテープ自体けっこういい値段がした（120分用が4000円台）から、大切に使わなくてはならなかった。が、保存用に録画したものも何本か残っている。「ザ・アイドル」とタイトルをシールに記した、ビクターの120分テープ（T-120E）は、デッキを入手して、確か最初に保存用として作成したものだと思われる。「レッツゴーヤング」や「夜のヒットスタジオ」に出演したアイドル（でない感じの人もいるが）たちの歌シーンをダイジェスト式に録画していったもので、「渚のバルコニー」を歌う松田聖子から始まっている。黄色いフレンチスリーブシャツ＋ハーレムパンツの聖子の脇でヤング・メイツの面々が踊るこのステージは、NHKホールの「レッツゴーヤング」だろう。

榊原郁恵の「愛と風のララバイ」、坂上とし恵の「き・い・て MY LOVE」、水野きみこの「私のモナミ」……というあたりが続いていく時期から察して、昭和57年の春から夏の頃に録られたテープだろう。画面を見ながら「よし、コレいこう」「こいつはいらねーな」なんて感じで、まだけっこう重い録画ボタンを押したり止めたりしながら、録りためていった光景が思い出される。

小泉今日子（素敵なラブリーボーイ）があり、松本伊代（オトナじゃないの）があり、石川

30

ビデオデッキを買った頃、TV誌戦争が始まった。

秀美（ゆ・れ・て湘南）が現われ、ちょっと先輩ながら三原順子センセエ（だって・フォーリンラブ・突然）も登場して、まさに「82年組」の時代という感じだが、そうそうそう……コレを待ち構えて録ったのだ、と強く記憶に残っているのが「夜のヒットスタジオ」の伊藤さやかのパフォーマンス。背後の座席に五木ひろしや松田聖子ら大物の姿が見えるおなじみのスタジオで「天使と悪魔（ナンパされたい編）」というロックンロール調のデビュー曲を、時折ヤザワっぽいアクションも付けて、勝気なカメラ目線で歌っている。例のごとく、司会の井上順だけが軽快に踊るシルエットが見えるけれど、出演者のなかにいるヒゲ面の外国人が気になってネットにアップされているデータを調べると、郷ひろみがカバーした「哀愁のカサブランカ」の原曲を歌っていたバーティ・ヒギンズ（7月19日の放送）と判明した。

同じく古いビクターの120分テープに、「陽あたり良好！」の最終回（57・9・19と日付がある）を録画したものがある。竹本孝之と伊藤さやかの主演のコメディータッチの青春ドラマ（原作は少女マンガ）で、なかなか良くできていた。この時期、もう1人「伊藤つかさ」という近似名のアイドルがいて、ロリータ系の彼女の方が世間ではウケていた印象があるけれど、僕は断然「さやか」の方をオシていた。忘れがたい82年組の1人、である。

さて、僕がビデオ録画に熱中しはじめた初夏の頃から、TV情報誌の世界も騒がしくなってくる。角川書店の「ザ テレビジョン」の創刊は10月新番組に合わせた9月のことだが、その半年くらい前から、わがTVガイドのスタッフのヘッドハンティングが始まった。グアムや香港旅行をともにしたA先輩もこのとき声を掛けられてあちらへ行ってしまうのだが、そういう動きが活発になってきた頃、当時の編集長（僕を買っていたY編集長の後を引き継いだ小心そうな男）に人気《ひとけ》のない応接室に呼ばれて、「キミは大丈夫なのかね？」と、周辺の状況を探るような感じで問われたことをおぼえている。

Aさんが後年書きおこした〝創刊騒動記〟的な手記を参考にすると、角川書店のTV情報誌のプランがもちあがったのがこの年の春というから、大手の週刊誌にしては本当に矢継ぎ早な作業だったのだ。発案者は最近また〝時の人〟になってしまった角川歴彦。氏はかなり以前から〝アメリカの「TV GUIDE」のような情報誌〟に興味をもっていたという。

角川氏から新雑誌の編集長の話をもちかけられた井川浩という人は、小学館のコミック畑で活躍した編集者だった。井川氏から最初に声を掛けられた、わが「TVガイド」のスタッフがN氏。僕より7、8年上のNさんは特集記事の柱を任されていた編集部のエースで、社員だったがラフな革ジャケットやサファリシャツを着て、フリー記者のように飛び回っていたのがカッコよかった。

そんなN氏が担当した「トキワ荘」の記事取材が井川氏との接点になったのだという。前年（56年）の5月25日に放送されたNHK特集「わが青春のトキワ荘〜現代マンガ家立志伝～」という番組については記憶がある。これは老朽化に伴って取り壊しが決まった椎名町のトキワ荘（実際の取り壊しは57年11月）とそこに暮らしたマンガ家たち（手塚治虫や藤子不二雄、赤塚不二夫、石森章太郎……）にスポットを当てたドキュメンタリーで、トキワ荘を扱った番組としては初期のものだろう。

僕はＮＨＫ担当記者を退く頃だったはずだが、Ｎさんに頼まれて番宣写真をもらってきたおぼえがある（ディレクターはなじみのある青少年番組班のマンガ通の男で、確かこの人が早世のマンガ家・楠勝平のドキュメンタリー番組を作ったときに、渋谷・大盛堂の青林堂コミックスのコ

今も手元に残る「ザ・アイドル」と「陽あたり良好！」最終回のＶＨＳテープ

ーナーを教えてもらったのである)。

取材熱心なN氏はトキワ荘の中心人物でもある寺田ヒロオ(番組ではあまり扱われていなかった)のエピソードを訊くべく、資料本に名を見つけた井川氏とコンタクトを取る。この取材時のN氏の印象(デキる奴、と思ったのだろう)が井川氏の頭の中に残っていたらしい。

角川新雑誌編集の話を受けたNさんは、Fさん、Tさん、Kさん……と、「七人の侍」探しのように声を掛け、実際、初期メンバーとして引きぬかれたわが社の人員は7人だったという。実は僕もAさんからこんな調子で軽く打診されたことがあった。

「まぁ、キミもその気があったら……ただし、外のバイト原稿はしばらく御法度って話だから」

「泉麻人」名義の仕事のことはもうかなり周囲にも知れ渡っていたので、「無理には誘わないよ」というニュアンスではあったが、あれはちょっとうれしかった。年契約だったと思ったが、一応提示された確か4ケタの金額にも心がゆれた。

Aさんの文章に、辞表を出したときに「おまえも仏教美術の本を作るのか?」と問われたとあるけれど、そうだ、競合誌への集団移籍をカモフラージュしようと思ったのか、当初〝彼らは仏教美術の写真集を出す会社へ行く〟という奇妙な噂が流れていた。

「ザ テレビジョン」の創刊号の表紙は、角川映画から出たアイドル・薬師丸ひろ子が、前年暮れに大ヒットした「セーラー服と機関銃」の名フレーズ「カイカーン!」のとき

30

ビデオデッキを買った頃、TV誌戦争が始まった。

のような顔をしてレモンをかじる……というもので、撮影は篠山紀信。9月22日が創刊日だったというが、♬ザ テレビジョ～ンと、字で書くだけでは伝わらないかもしれないが、タイトルを強調したジングルのCMがさかんに流れていた。「週刊カドカワ」というサブタイの前に付いた〝テレビと遊ぶ本〟というキャッチは、まさに僕のようなビデオデッキでアイドル画像などを録って遊ぶオタクな若者を狙ったものだろう。

話は少し戻るが、Aさんたちが退社していったちょっと後だったか、僕に目を掛けてくれていた前任編集長のY氏と人気《ひとけ》のないオフィスの通路でバッタリ会ったとき、こんなことをいわれた。

「もう少し待ってたら、新しい雑誌立ちあげるから。辞めんなよ！」

Y氏はその時期〝アメリカの雑誌メディア事情を研究する〟みたいな名目で、単身〈新事業企画室〉なんて感じの部署にいた。いったい毎日ナニをやっているのだろう……と思っていたら、やがて僕も辞令が出て「整理」からそこに異動することになった。

そして、「月刊TVガイド　ビデオコレクション」の創刊が決まる。

31 新雑誌ビデコレと築地小田原町の風景

昭和57年（1982年）

新雑誌「月刊TVガイド ビデオコレクション」（通称ビデコレ）の編集部に配属されたのは9月頃だった。Y編集長を筆頭にスタッフは7、8人くらい。社員はY編集長と僕、それから嘱託のような扱いで在籍していた副編のFさんと、彼が連れてきたフリーの編集者や経理の仕事をする女性がいた。いやもう1人、整理班時代の僕の上司だったベテラン社員のNさんを〝番組インデックスページの校正責任者〟として、編集長が引っぱってきた。

さらに、F氏の知人の男が率いる神保町の編集プロダクションがビデオソフトのデータページを受け持っていた。外の編プロやフリーの人たちとの仕事は新鮮だったが、何より開放的な気分になったのは、社の本拠から離れた別ビルの一室に編集部が置かれたことだ。

当時、社の本拠は以前に書いた内幸町のプレスセンタービルから、築地に新築された朝日新聞社に隣接する浜離宮ビルに移っていたのだが、新雑誌ビデコレの編集部は町名こそ同じ築地とはいえ、晴海通り北側の6丁目、本願寺の真裏あたりの「小田貳《おだに》」と名の付く

31

新雑誌ビデコレと築地小田原町の風景

小ビルの一室だった。小田貳とは、この辺の旧町名・小田原町（2丁目）に由来するもので、当時まだ本願寺との間に築地川の流れが健在だった。2階の編集部の窓越しに川と本願寺のエキゾチックな堂宇が望める。

そこに入ってまもない頃だったと思ったが、この雑誌でも原稿を頼むことになった渡辺和博さんがふら〜っと編集部にやってきて、

「東南アジアみたいだね、ここ」

と、窓外の景色を評したことをよくおぼえている。

そんな編集部の周辺は、築地のなかでも古い町屋がよく残っている界隈で、散歩するのがおもしろかった。とくに、その頃から赤瀬川原平や藤森照信ら路上観察学会の面々が「看板建築」と称していた、ファサード（正面）の部分だけを銅板やコンクリで洋風に仕立てた商家の建物が目についた。戦前の町大工の仕事らしいが、眺め歩くと戸袋なんかに施された飾り模様がなかなか凝っている。

その辺はいまも4、5軒の看板建築の2階屋が軒をつらねているような一角があるけれど、40年前の当時は路地の至る所に密集していた。看板建築系ではなかったが、編集部の前の通りをちょっと奥へ行った川際に銀座木村屋の素朴なパン工場があって、時折香ばしい匂いが鼻をついた（アンパンを直売していたような気もするが、結局ここで買ったことはなかった）。

食べ物屋でいうと、編集部のビルのすぐ向かいに小体の天ぷら屋があって、昼どきにゴマ油の風味の強い天丼を何度か食べた。その店の横の狭い路地を隅田川の方へアミダクジ状に進んでいくと、勝鬨《かちどき》橋の側から数えていくつ目かの袋小路のような所に「丸静」というウナギ屋があった。ネット検索すると、割と最近閉業してしまったようだが、ここのウナ重は、上から順に、仁、義、礼、智、信、とクラス分けされているのがすごかった。等級はウナギの質ではなく、ボリュームだった（仁、義あたりは大きなのが二段重ねになる）と思う。せいぜい上の方が2千円台で、ばか高い店ではなかったが、炭焼きの焦げたショウ油のいい香りが路地の奥から漂っていた。

もちろん、晴海通りの向こうの築地市場の店にもよく行った。確か「ブルータス」が場内のメシ屋の特集を大々的にやったのがこの頃ではなかったか……。オムカレーとかオムハヤシとか、カツ丼の具とメシが別々になったアタマライスとか……河岸《かし》職人の符丁から定着したような独特のメニューが楽しかった。

こういう河岸の店は早目のランチ（かつては12時くらいに閉めてしまう店も多かった）で行くときもあったが、入稿や校了で夜を明かしたときに朝イチで駈けこむこともあった。

そう、新大橋通りの青果門と呼ばれる運送トラックの出入口の脇あたりに夜中、トラック運転手と朝日新聞の記者をターゲットにしたようなテント張りの飲み屋が出ていることがあって、ここのギトギトした厚身のクジラベーコンの味が忘れられない。ほろ酔い気分

今もところどころに古い建物が残る小田貳ビル界隈。右の建物が看板建築の町家

で外に出ると、ジャンジャンジャンと警報音が鳴って、すぐ向こうの新大橋通りの踏切を汐留から引き込まれた貨物線の列車が横切っていった。

　ビデコレ創刊号は〈１９８３年１月〉のクレジットだが、発売は年内（82年＝昭和57年）12月の20日頃だったから、秋も深まる11月頃にはかなり忙しくなってきた。僕が担当したいくつかのページのなかで、草創期のビデオ時代らしいのが〈ＶＩＤＥＯ ＬＩＢＲＡＲＹ〉と銘打ったカセットラベルの企画。

　雑誌の発売時期にＴＶ放送される映画のタイトルと出演者、解説コラムをイラスト付きでレイアウトした、ビデオカセットに貼り付けるシール。いや、シールといっても創刊号の段階ではまだペロッと剝がす裏ノリ式の構造になっていない。つまり、ハサミで短冊型のタイトルや解説の部分を切りぬいて、各々ノリでカセットの背や腹に貼り付けなさい……というものなのだが、あの当時らしく〝ＶＨＳ用〟

と〝ベータ用〟とに分かれている。

創刊号の発売は12月の暮れだから、ラインナップされているのは年末年始に放送される映画が中心だ。八つ墓村、007・黄金銃を持つ男、ベニイ・グッドマン物語、惑星ソラリス、喜劇初詣列車、日本一の若大将……刑事コロンボ、第33回NHK紅白歌合戦、'83新春スターかくし芸大会……といったTVモノもいくつかある。TVモノは番宣写真を使っているが、映画のラベル用のイラストを描いているのは、僕をこの世界に引きこんだオ人・松尾多一郎だった。クセの強い彼のアメコミ調のイラストは邦画などにはなじまなかったが、各映画に付ける宇田川幸洋の250字ほどの解説コラムは評判がよかった。

宇田川氏は名文で知られるカルトな映画評論家だったが、ともかく遅筆なのである。

1本250字といっても40本くらいあるから、ちょちょいと仕上がるものではないだろうが、いま読み返してみて、どれも12×13くらいの枠にコピーライティングのようにきっちりと収まっているのは見事である。

晴れて〆切前に原稿が入って、近くの店で飲み食いしたことも何度かあったが、原稿が仕上がらず、唐突に音信が途絶えることが多々ある。電話は確か大家さんからの呼び出しで、一向に通じないので電報を打ったこともあった。戸越銀座のあたりにひとり住まいしていたはずだが、押しかけていって、ポストから郵便がハミ出した玄関戸を叩いた記憶がある。

31

新雑誌ビデコレと築地小田原町の風景

風来坊のような人だったが、幼稚舎から慶応に進んで、僕が在籍していた8ミリ映画のサークルを創設した先輩、だと後に聞いてびっくりした。

さて、このカセットラベルの音楽モノに、「矢沢永吉武道館ライブ（YOU）」などと並んで、「ホール&オーツ（ヤング・ミュージック・ショー）」というのがある。ちなみに、（YOU）というのは糸井重里の司会でこの年の春に始まったNHK教育テレビの番組「YOU」のスペシャル版みたいな扱いだったのかもしれないが、（ヤング・ミュージック・ショー）はNHKで定期的に外国人ミュージシャンのライブなどを紹介する番組で、ホール&オーツは11月にNHKホールで3度目の来日公演が行われた。

ビデコレ創刊号の入稿をしていたこの時期にビルボードのチャートを上げていたのは、「マンイーター」だ。ラジオのFENでも頻繁に流れていたはずだが、土曜の夜更けの番組としてすっかり定着した「ベストヒットUSA」で、小林克也が「マ、ニーター」とカッコイイ発音で紹介していたシーンも浮かんでくる。メン・アット・ワーク、ヒューマン・リーグ、カルチャー・クラブ、マイケル・ジャクソン……克也さんの「ベストヒットUSA」で流されるPV（プロモーション・ビデオ＝いまはMVの呼称が主流だが）というものが、やがてビデコレの重要な情報コンテンツになる。

この創刊号の入稿の時期に、編集部のラジオや愛車（この頃はホンダの初代クイント）のカーラジオで聴いた、全米ヒットチャートの曲は耳に残る。ジョー・ジャクソンの「ステッピン・アウト」やアメリカの「風のマジック」（You can do magic）なんぞを久しぶりに聴くと、空が白み始めた築地界隈の景色が回想されて、しんみりした気分になる。

渡辺和博氏が「東南アジアみたいだね」といった築地川越しに本願寺が見える編集部に入って早々の頃、こんなこともあった。まだほとんど机もロッカーも搬入されていない、がらんとした部屋のそうじをしているときにゴキブリが出現した。確か、そのとき室内にいたのは女性陣ばかりで、僕は経理担当のA女史に「早く始末してよ」とヒステリック気味に命じられ、そばにあったホウキかハタキかで叩きつぶしてティッシュで包みとった。

窓際に以前の借り主の頃からそのまま置きざりにされていたような、ブリキのゴミ箱があって、ゴキブリを包んだ（まだ生きていたような気もする）ティッシュをそこに放りこんだ。そこまではよかったのだが、すぐ横の窓から、なかの〝ゴキブリ包み紙〟だけ川に捨てようと思いたち、うっかりゴミ箱ごと外に投げてしまったのだ。川、というより川岸のヘドロ溜りのような所にゴミ箱が落下したショットがいまも目の底に焼きついている。

本願寺裏の築地川はこの4、5年後に暗渠化された。駐車場と遊歩道になったこのあたりにくるたび、あのゴキブリとゴミ箱のことを想う。ちなみに、小田貳ビルはいまも昔の姿のまま建っている。

32

飯倉のキャンティで田中康夫をインタビューした。

昭和57年
（1982年）

「ビデオコレクション」の創刊号が手元にある。外国人モデル（サンドラという）が輸入モノのビデオソフトを盛りつけた皿を、ちょっとセクシーなウェイトレスのように掲げたファッション広告調の写真が表紙を飾っているが、背表紙には〈VIDEO COLLECTION〉のヨコモジロゴよりも大きく〈総合ビデオ情報誌〉という肩書が無骨に記されている。

この〈総合ビデオ情報誌〉の肩書は確か、「書店の分類上、わかりやすくしてくれ」と営業サイドから要請されて入れこんだもので、表紙のデザイナーから文句をいわれた記憶がある。表紙の装丁は森瑶子の著作や雑誌「JJ」、翌年のベストセラーになった藤原新也の「東京漂流」などを手掛けた亀海昌次。僕より15かそこら上の世代の方で、オシャレっぽい表紙のイメージとは裏腹にバンカラな、男っぽい人だった。六本木の俳優座の裏手の仕事場に表紙の色刷りを持って伺った。

初めのうちはビビって、あまり会話を交すこともなかったが、打ちとけてくると「おっ、シティーボーイが来たな」とよくからかわれた。

さて、そんなビデコレの創刊号——開くと、最初の見開きが東芝のビデオデッキ、その次がTDKのビデオテープ、パイオニアのレーザーディスク、マクセルのビデオカセット（テープと同じだが、こちらはカセットと称している）……と、大手のグラビア広告が続き、裏表紙はビクターのビデオテープだから、いわゆる〝創刊号の御祝儀〟を考慮しても、ニューメディアの時代の幕開けを感じさせる。ちなみに、以前〝アイドルの歌シーンを録り集めた120分のビデオテープが4000円台〟と書いたけれど、この最初の見開きに広告が載った東芝の〈ビュースターD5〉というベータ方式のビデオデッキの価格は21万5千円だ。

本編の頭はホンダの小型車「シティ」のCMでブレイクしたマッドネスのインタビュー。これは本誌独占の生取材というわけではなく、現地（イギリス）の記事を買いつけたもののようだが、〝構成・萩原健太〟とある。僕はこのページの担当者ではなかったけれど、原稿の受け取りを頼まれて、青山3丁目のVANの先（千駄ヶ谷方向）のマンションに出向いたのが、彼との初対面だった気がする。

マッドネスの記事の後に「E.T.」などのSF系ビデオゲームの紹介があって、山本益博がビクターのVHS式カメラを持って築地市場のセリをルポする、というタイアップっぽ

「ビデオコレクション」創刊号。背表紙の〈総合ビデオ情報誌〉の文字が目立つ

いページがある。山本氏は「東京 味のグランプリ」のヒットで演芸評論よりもグルメの辛口評論家として注目されはじめていた。

　そして、〈VIDEO PEOPLE TALK〉と題した、勝新太郎のインタビューが載っている。こちらはライブ感漂う生取材モノだが、文末に記された会場の〝六本木・東風《トンフー》〟というのがあの時代らしい。

　冒頭にドラマ「警視-K」の話題がもち出されている（放送は2年前の昭和55年秋冬）けれど、勝新自らメガホンを取ったアナーキーな刑事モノで、山下達郎の曲（MY SUGAR BABE）がエンディングテーマ曲に使われているのも斬新だった。もっともこれは演出に凝りすぎて「セリフが聞きとれない」とか「ストーリーが無茶」とか、悪評が先行したドラマで、僕もオンタイムではほとんど観ていなかった。

「この3時間はよどみなく流れる言葉によって、勝新太郎のいろいろな情景《シーン》が飛び出してきた。眼の前にある灰皿やビールは小道具に早がわりし、カメラマンはエキストラになり、インタビューの場所は勝新演出の現場《ライブ》になっていった――」と、取材・構成の清水俊夫氏は書いているが、酒に酔っていい調子で一人語りする、80年代初頭の勝新の暴走感が記録されている。

カラーグラビアのページが終わって、モノクロのページの中心を占めるのが市販ビデオソフトのカタログである。インデックスに載っているのは「日本映画」が約30作、「外国映画」はまだ7作で、「歌謡曲」「カラオケ」などの音楽モノが続き、「ゴルフ」「スキー」などのスポーツモノのなかには「ニュースポーツ」の項目で「アントニオ猪木 血戦十番勝負」という10巻のプロレスビデオが紹介されている。

が、ラストに正統の映画作品を上回るような数でリストアップされているのが「ポルノ」だ。アから順に「愛染恭子・華麗なる追憶」「藍ともこ・グッバイストーリー」「荒木経惟の『ビデオＬｏｖｅ宣言』」……発売元で目につく「宇宙企画」の名が懐かしい。ビデオの世界もエロなポルノ（当時まだＡＶ＝アダルトビデオの呼称は普及していなかった）から広がっていった、といわれているが、ソフトの主流は30分モノで1万2千円、愛染恭子の90分モノなどは2万円の値を付けている。レンタルビデオ店が普及するのは80年代の後半だから、こういう初期のタイトルはどれも〝お宝〟だったのだ。

32
飯倉のキャンティで田中康夫をインタビューした。

マッドネスや勝新太郎のインタビューの他にもう1つ、巻末の方に僕が自ら取材して原稿にまとめる〈Play-Back Interview〉という連載インタビューページがあった。見開きで3000字ほどのボリュームだったが、これは人選の段階から力が入っていた。第1回目のゲストは田中康夫。当時「笑っていいとも！」で山本コウタローと時事放談のコーナーをもっていたので、こういうカルチャー（軽チャー、という造語もあった）なセンを狙った新しいTV情報誌の初回ゲストにはぴったりだった。とはいえ、アンチ田中派もけっこう多く、会議で彼の名を挙げたとき「えっ、田中康夫ぉ？」と副編のFさんに露骨に嫌な顔をされたのをおぼえている。

そんな状況も踏まえて、僕はこんなリード文を付けている。

「江川卓、タモリ、ビートたけし……。ダーティーヒーローの時代と言われている。〝クリスタル作家〟として世間を騒がせ、その後〝変態〟とののしられた田中康夫も一種のダーティーヒーローかも知れない。東京は飯倉のレストラン・キャンティで、ペリエを飲みながら、田中康夫はなぜ嫌われるか悩んだ。」

以下、書き出し（語り出し）部分もちょっと紹介しておこう（VCというのはビデコレ側の僕だ）。

VC　ところで最近は嫌われてますか？

田中　いや、そうでもないみたい。テレビに出てから、あたたかい目で見てくれる人の数は増えたみたいね。特に中学生とか主婦……。
VC　クリスタルとか知らない人たち。
田中　いわゆる普通のニュートラって、いるでしょ。ディスコで言えば、ナバーナなんかに来てるコって相変わらず冷たいんだよね、視線が。アソビ人になろうとして背伸びしてる年頃のコって、田中康夫を認めちゃいけないみたいね。
VC　村上春樹ならいい。
田中　うん、村上春樹なら井の頭線の中で堂々と読めるじゃない。となりの人にのぞかれても平気なの。どうしてかね……。
VC　あれはブランドっぽいものが小出しに出てくるからいいんでしょ。田中康夫ってのは、そういう、みんなが細々とあたためていたものを一気に出しちゃったからいけない。嫌われた。
田中　うん、それは言えるんだよね。30代前半の作家とかライターがボクを最も嫌ってるんだけどさ。ああいう人たちって、小出しが好きなんだよね。たとえば、ちょっとお金入ると、ハンチング・ワールドのショルダーバッグ買ったりしちゃう。さりげなくね。だけど、外じゃ〝ブランド志向はいけない〟みたいな発言する。あれはキタないと思うね。変態なのに、よい子ってのは、どうも好きになれないねボク

32
飯倉のキャンティで田中康夫をインタビューした。

は。

VC　そういう発言をするから、また嫌われる。

インタビュアー（VC）がけっこうズケズケと語っているが、こういったスタイルは「スタジオボイス」や「ポパイ」（ガーニング・インタビュー）などにも見られる一種のハヤリでもあった。もっとも、泉麻人名義の署名原稿を外で書いていた僕は、田中康夫を相手《ダシ》にして持論を語りたかったのだろう。ハンチング・ワールド（ハンティングーーと表記するのが一般的だったが、田中氏が茶化し気味に「チ」と発言したのかもしれない）とかナバーナとかの固有名詞（ブランド）にたとえて風俗事象を論じるのは当時の田中の得意手だったが、ここでヤリ玉に挙げられている〝30代前半〟というのはいわゆる団塊の世代であり、「変態なのに、よい子」って表現は糸井重里が「ビックリハウス」で連載していた「ヘンタイよいこ新聞」を揶揄したものだろう。

「ヘンタイよいこ」は団塊よりもむしろ下世代の若者（僕も愛読していた）をターゲットにした、〝サブカルな欽ドン〟的な娯楽投稿ページだったから、攻撃の的としては少しズレているが、田中が「ヘンタイよいこ」をチェックしていたとは意外だった。

いや、そういえば田中康夫は「ビックリハウス」が出したコミカルなカセットテープで「ブリリアントなクリスタルカクテル」というふざけた歌を編集長の高橋章子とデュエットしていたから、雑誌本体にも目を配っていたのかもしれない。

先のリード文にあるように、取材の場所は飯倉のキャンティの個室だったと思うが、この店は田中氏の指定で、僕は実際飯倉のキャンティ本店に入ったのはこのときが初めてだった。ペリエを飲みながら……と書かれているように、田中康夫はおなじみの愛車アウディ（当時は「80」だったか……）でやってきていて、インタビューが終わった後「送っていきますよ」と〝自慢の裏道ルート〟を使って中落合の僕の自宅まで送ってくれたのだ。玄関に出てきた母に「田中康夫です」とあいさつをして、母がびっくりしていた場面まで記憶に残る。

意気投合するきっかけは、僕がこのインタビューの少し前に「ポパイ」に寄稿した〈間違いだらけの大学受験要覧〉という企画モノだった。有名大学を〝アソビの偏差値〟によってA群、B群、C群……と分類、そのライフスタイルをユーモラスに評論する、というもので、知り合ってまもない渡辺和博が絶妙のイラストを添えている（この年の12月10日号だから、時期も符合する）。

僕が「泉」のペンネームでこれを書いたと告げたとき、読んでいたという田中氏から「へー、あれはサイコーだったよ」と、細かい指摘もまじえた好評をいただいた。帰りのアウディの車中だったか……いや、取材交渉の段階で「泉」の正体を明かしていたような気もする。

32

飯倉のキャンティで田中康夫をインタビューした。

そして、この企画がもとになって、2年後（昭和59年）、『大学・解体新書』という田中氏との共著書で僕は書籍デビューを果たした。

33

霞町のカフェバーでワンレンが髪をかきあげていた。

昭和58年
（1983年）

手元の資料に雑誌「ＪＪ」が89年6月（平成元年）に創刊15年を記念して付録にした〝歴代の記事や表紙〟を集めた冊子があるのだが、これを何気なくめくっていたら女性のヘアスタイルの変遷を紹介するページがあった。この年（昭和58年）にワンレングスが登場している。

「流行の震源地、関西から、また生まれたお嬢さんらしいスタイル」と解説がある。髪の片側を少しロングにして、顔の隅を隠すように垂らしたヘアスタイルは「柔道一直線」の頃の近藤正臣を連想させるものもあったが、やがてワンレンの略称が定着、リニューアルされながらバブル期のダブル浅野（温子とゆう子）のブームの頃までハヤッていた。震源地の関西というのは神戸・三宮界隈だろう。

そんなワンレンっぽい髪型をしていたこともある小林麻美が3月集計のアンケート（ＪＪでとりあげてほしい人物）の女性部門で1位になっている。ちなみに2位・松田聖子、

3位・松任谷由実、4位が夏目雅子と中森明菜、5位・楠田枝里子（確かにブレイクしていた時期があった）と続いているが、小林の日常ファッションの歴史を辿った特集もあって、この年の9月号では、ビバリーヒルズのポロ（ラルフ・ローレン）で買ったというコットンセーターに白いパンツ、というマリン風アメカジ（JJ誌は〝ニューベーシック〟と謳っている）のコーデが披露されている。当時あまりテレビや映画に露出していなかった彼女は、こういうファッション系女性誌（ananなども）でセンスの良い私服やスポットを紹介する水先案内人のようなポジションにいて、それが翌年（59年）の「雨音はショパンの調べ」のヒット（曲はガゼボだが、日本語詞はユーミン）にじわじわと効いたのかもしれない。

そして、表紙はこの年の初めからしばらく樫本知永子（後の黒田知永子）が務めている。「JJ」ではその後、僕も原稿をよく書くようになったけれど、当時お世話になっていた女性誌というと、まず「Olive」（オリーブ）だ。「POPEYE」の兄妹誌として創刊されたのは前年（昭和57年）の6月だったが、僕はその3号目（隔週発売）からオカシ屋ケン太の名義で「おやつストーリー」というのを連載していた。

町の菓子屋で買える製菓メーカーのチョコやキャラメルを中心に〝おやつ的なモノ〟を紹介していくエッセーで、文末にネタに似合うBGMを2、3曲入れる、というスタイルだった。年の初めあたりからのネタを見ていくと、「ブルーベリーヨーグルトスコッチ」（ロッテ）、「カレーキャラメル」（古谷製菓）、「おひるだよ」（ロンド）……もはや消えてしまった商品も多々あるが、「都こんぶ」とか「アーモンドグリコ」とか、あの頃すでに息の長い定番になりつつあったものを取りあげた回も見られる。

横浜中華街で細々と売られていた「椰子糖」という飴を「松任谷由実さんから間接的に頂戴した」という前振りで紹介しているが、ユーミンはこのコラムを愛読していたらしく、編集者を通じてコレを受け取ったとき、舞いあがるような心地になった。秋にリニューアルした「週刊平凡」のインタビュー企画で彼女と初めてお会いしたのが、この年の暮れの頃ではなかったろうか。

その「椰子糖」を僕に受け渡した担当編集者のS氏は、オヤジさんが東宝の娯楽映画の監督さんと聞いて、改めて見直した「駅前」シリーズのクレジットにその名前を確認してへーッと思った。S氏が僕に読者からの興味深い手紙を見せてくれたのは、ユーミンの「椰子糖」より少し前の春先の頃だったように思う。それは手紙というよりも、便せん7、8枚に及ぶ一種の投稿文で、東京周辺の女子高生の生態をシニカルなタッチで分析したものだった。僕が「ポパイ」に書いた〈間違いだらけの大学受験要覧〉（前回紹介）を明らかに意識した内容だったが、一読しておもしろかった。手紙の主は、ユーミンと同じ立教女学院の高校に通う酒井順子さん。ただの女子高生の〝おもしろ投稿〟を超えた文才を感じた。

ちょうどそれを読んだ頃、ビデコレのTV映画番組インデックスのページ脇に小コラム

いくつかの筆名で書いていた「オリーブ」のコラム

を設けることになって、コラム執筆陣の1人として彼女に声をかけた。肩書は「女子高生」、筆名は本名を少しいじった「赤井旬子」というのを彼女が提案してきた。10回くらいは書いてもらったコラムの掲載号がいま手元になくて、原稿の内容はよくわからない（映画そのものより場内の客観察のような話を注文した気がする）が、渋谷のスペイン坂の中腹あたりの喫茶店（サムタイムといったか？）で何度か原稿を受け取った記憶がある。

僕は当時の「オリーブ」で、オカシ屋ケン太の他にも「ミナモト教授」やら「アボワール徳川」やらの別名を使って、オリーブ少女向けの〝笑える恋愛マニュアル講座〟みたいなページ（当初は「愛のハイスクール課外授業」、後に「オリーブ少女の面接時間」）をもっていたのだが、こちらの方でも酒井さんに「アシカガ助手」なんていうふざけた名を付けて、手伝ってもらうようになった。やがて彼女は「マーガレット酒井」の名義でこの企画をより充実した読みものにしていった。

酒井さんのような書き手とは別に、女子高生まわりのハヤリとか恋愛のエピソードとかのネタを提供してくれる、いわゆる読者モニターの女の子たちが何人かいた。S氏がどこからか集めてきて、何度か会議室でティーパーティーのような感じで彼女たちの雑談を聴取したおぼえがあるけれど、そのうち直接電話をかけて話を聞くようになった（当時はみな家の固定電話だったので、親御さんが最初に出るとそれなりにドキッとした）。雑誌の性格柄〝ミッション系お嬢さん校〟の女子が主体だったが、多摩川の向こうの川崎や横浜局番の常連の子が2、3人いて、僕は漠然とニュータウンの時代を感じた。二子玉川あたりの店（「チーズケーキファクトリー」とか）の話題がよくもち出され、ニコタマという省略語を耳にしたのは、彼女たちとの座談が最初だった気がする。そう、いまやすっかり普及した「何気《なにげ》なく」を「何気に」と略する話法も、彼女たちはすでに使っていたはずだ。

ポパイの妹分ゆえ、当初のオリーブ少女のファッションはアメカジ（プレッピーといってもいいか……）系だったが、この年の秋あたりから「リセエンヌ」のキーワードのもと、オフランスな上品少女の路線に変わって、それっぽいDCブランドがオリーブ少女の定番服として広まっていく。金子功のピンクハウス、大西厚樹のアツキオオニシ……いわゆる「82年組」あたりからはこういうスタイリッシュなDCブランド服がアイドルたちの重要なアイテムになっていくのだ。

33

霞町のカフェバーでワンレンが髪をかきあげていた。

DC——はデザイナーズ&キャラクターズの略語らしいが、当時はC無しのデザイナーズ・ブランドの呼び名の方が主流で、その筆頭はなんといっても川久保玲のコム・デ・ギャルソンだった。80年代初頭のパリコレから火が付いたという〝黒づくめの服〟がトレードマークとなって、マハラジャ系のディスコがハヤるまでは〝黒服〟といえばコムデ（もしくはコムデっぽい服）を着て表参道あたりをアンニュイな感じで往来するカリアゲ女……

　を意味していた。カリアゲ、というのは、コムデ服を愛好する女性には、項《うなじ》をバリカンなどで刈りあげたショートヘアのタイプが多かったからで、親しくなったイラストレーターの渡辺和博さんは、「JJ」のニュートラ系とは相対する、「anan」のスタイリストなんかを刈りあげてなくても「カリアゲ」と総称していた。

そんな畏友・渡辺（通称ナベゾ）氏と、よく立ち寄って、人間観察を楽しんだ場所にカフェバーというスポットがあった。

——あ、カリアゲが来たね

——ピテカン（トロプス）から流れてきた

——向こうのワンレンは？

——電通バイトでしょ

なんて調子でボソボソと、お客のプロファイリングに興じていた。

カフェバーの呼称がどういった経緯で定着していったのか……ハッキリしないが、その草分けとされる西麻布交差点近くの「レッドシューズ」という店は、珈琲も飲めるカフェではなく、夜更けにカウンター席でカクテル系の酒を楽しむ〝ショットバー〟に近い形態だった。入るとU字形（けっこう奥に長い）のカウンターがあり、ナベゾ氏に導かれて初めて行ったとき、奥の方に井上順の姿が見えたことをまだおぼえている。この年あたりによく聴いていたスクーターズという女性ボーカルバンド（マーサ&ザ・ヴァンデラスの「ヒートウェイヴ」を日本語で歌っていた……）のライブの告知を見て、仕事で行けず悔しい思いをしたことも記憶する。

この店が発端だったのかどうかは定かでないが、BOSEのスピーカーを壁のコーナーに設置して、英米ミュージシャンのPV（カルチャー・クラブの「タイム」をよく見た気がする）がTVモニターから流れている……なんていうのがカフェバーの様式になった。

地階の「レッドシューズ」と同じビル（いや隣だったか？）の中2階のようなフロアーに、その後支店を増やす「ラ・ボエム」があったが、こちらはカフェバーのもう1つの神器ともいえる天井扇（シーリング・ファン）がコロニアルに回っていた。ここの名物メニューとしてブレイクしたのがイカスミのスパゲッティー。とんねるずが売り出し中の頃に「ラ・ボエムでイカスミのスパゲッティーを食べるワンレンの女」という形態模写ネタを、よく木梨憲武がやっていた。

この年の11月に発売されてベストセラーになったホイチョイ・プロダクションの『見栄

33

霞町のカフェバーでワンレンが髪をかきあげていた。

講座』にもカフェバー（ビデオバー）の法則のようなことが書かれた項目がある。

「ビデオ・バーが最もたくさん集まっているのは、霞町の交差点（港区民は、間違っても西麻布の交差点と呼んだりはしません）の周辺でしょう。」

片ページに周辺の案内地図が載っているが、トミーズ・ハウス、クーリーズ・クリーク、タクシー・レーン……と、その名になじみのある店がいくつかある。

そう、とんねるずの「雨の西麻布」がヒット（昭和60年）して西麻布の地名がより俗化するまでは、わざわざ「霞町」という昭和40年代初頭までの旧町名にこだわる傾向が東京人にはあった。秋元康もベタに「雨の西麻布」にしようか、ちょっとシブく「雨の霞町」にしようか、多少迷ったのではないだろうか……。

34

浦安のディズニーランドとホテル「1983」

昭和58年
（1983年）

この連載エッセーに使えそうな古い写真をぶちこんだ缶箱の中から、「ビデオコレクション」誌の編集部一同で撮った集合写真が1点見つかった。背景にライトアップされたシンデレラ城が写ったこの場所は「東京ディズニーランド」に違いない。この年（昭和58年）の4月15日が開業日だが、始まって割と早くに行った記憶があるし、ほぼみんな半袖にベストなどを羽織るくらいの夏服だから、5月、6月頃か……。写真を撮影したのは帰り際の夕刻と思われるが、前日は確か雑誌の校了日で、徹夜明けにそのまま車に分乗して繰り出した……という記憶がある。開園時間まで車中で仮眠なんかしてツブしていたのだろうが、そんな寝不足状態も手伝って、時差のあるアメリカの本場のディズニーランドにやってきたような気分になった。

ネットにアップされていたオープン当初の園内マップを参照すると、シンデレラ城の周囲に、スペース・マウンテン、イッツ・ア・スモールワールド、ホーンテッドマンション、カリブの海賊、といった大物アトラクションはすでに存在している。昭和54年の(第18回)〝アメリカ卒業旅行〟の話のなかでフロリダ(オーランド)のディズニー・ワールドにも立ち寄ったと簡単にふれたが、そのときはブエナビスタ湖と名づけられた人工湖の畔で、柵に座ってハシャいでいたお調子者の友人が湖に転落する(幸い浅い所だったので無事だった)事件があったせいか、アトラクションの記憶はすっ飛んでしまった。

おそらく東京で初乗りしたスペース・マウンテンは、どこまで暗闇の底に落ちていくのかわからない……インドアのジェットコースターならではの構造に驚かされた。まだ日本

シンデレラ城をバックに記念撮影。中央左が筆者

のアナログなお化け屋敷しか体験していなかった者にとって、ホーンテッドマンションの3D的な幽霊は刺激的かつロマンチックだった。仄暗い水路の奥から絶妙な感じで海賊たちの歌や銃声が漂ってくる、カリブの海賊の世界にも魅了されたが、ヘンに印象に残っているのが、イッツ・ア・スモールワールド。たぶんこの最初の来場のときだったはずだが、途中で音声装置が故障したのだ。あの可愛らしいメロディーは聞こえず、ただ人形たちが無音で口をパクパクやっている光景は、ホーンテッドマンション以上にホラーだった。

ちなみに、JR京葉線の開通に伴って舞浜の駅が開業したのはこれより5年後の昭和63年の12月のことだから、開園当初は車で行くか、あるいは公共交通の場合は東西線の浦安で降りて、京成の路線バスでとろとろと埋立地の方まで南下していく、しかなかったのだ。ドライブに燃えていた27、28の僕は首都高の湾岸線を愛車の初代ホンダ・クイントで走っていくことが多かったが、土日や夏休みは葛西の出口あたりから大渋滞するのが常だった。そこで「少し先の浦安出口まで行って、鉄鋼団地のなかを通りぬけていくのがいい」みたいな裏道ルート情報が出回った。この進路がけっこうわかりにくくて、メルヘンなミッキーやドナルドの世界に行きつく前に「鉄鋼団地」の道路表示の出た、殺伐とした倉庫街をぐるぐる迷走したことを思い出す。鉄鋼団地もディズニーランドも、この20年ほど前まではノリ養殖の篊《ひび》なんかが浮かぶ、漁村・浦安の海の沖だった一帯なのである。

東京ディズニーランドの登場によって、それまでの遊園地は刺激の乏しい、時代おくれ

34
浦安のディズニーランドとホテル「1983」

の遊び場となり、どこも新種の〝絶叫マシン〟の導入に頼らざるを得なくなった。まぁ、ノスタルジックな場所として愛好するようなマニアは出てきたものの、バブル景気を過ぎた頃には閉業する遊園地も増えてきた。

この数年後くらいから「としまえん」の奇抜な広告が人気を呼んだが、ディズニーランドが来なければ「史上最低の遊園地」みたいな、ああいう逆説的な宣伝は生まれなかったに違いない。

そして、遊園地の世界に留まらず、ディズニーランド化したスポットがいろいろと現われる。たとえば、スカシたオトナが夜更けに酒(カクテル)を飲みにいく場所だったカフェバーも、この年に表参道に出現した「キーウエストクラブ」によって、その概念が大きく変わった。

7月に写真週刊誌風にリニューアルされた「週刊HEIBON(平凡)」で任された巻頭コラム(CELEBRITY WATCHING 有名人間大好き!)で、僕はこんなことを書いている。

原宿の表参道にある「キーウエストクラブ」というカフェレストランに猛暑のさなか、長蛇の列ができている。この列は、3年前、青山の「ボートハウス」というファッションブティックに発生した列と同種のものだ。列が長いほど、人々は興奮する。

火事場におけるヤジ馬群集の心理である。ヤジ馬に加わったときに、本編である〝火〟のほうは消えかかっていてもいい。中身はそれほどでなくても、とりあえずその場には参加しておきたい。

（昭和58年9月1日号）

これは、大ヒット中のNHKの朝ドラ「おしん」について言及した文章の一節なのだが、ここで論じている行列心理のようなものは、ディズニーランドのアトラクション待ちの人の列にもいえることだった。この文章にキーウエストクラブの外観や店内の様子は書かれていないけれど、表参道交差点から少し原宿寄りの神宮前五丁目の信号脇に存在した店は、アメリカ西海岸のリゾートビーチにあるような純白の建物で、入り口の看板灯や高い天井にシンボルの飛行船の模型が設置されていた。

夜もライトアップされて営業していたが、「猛暑に長蛇の列」と書いているように、むしろ日中にオチャするファミレス気分のスポットで、カフェバーの1つとして語られていたものの、「レッドシューズ」なんかのムードとはかなり異なるので、僕は〝カフェレストラン〟と表現したのだろう。翌年（59年3月）に封切られた映画「パンツの穴」で、中学生役の菊池桃子がボーイフレンド（山本陽一）とここでデートする場面がちらっと出てくるけれど、実際こういうローティーンも訪れるような、ディズニーランド気分のカフェ

34
浦安のディズニーランドとホテル「1983」

バーだった。よって、カフェバーはその言葉自体がオトナには恥ずかしくなってきて、ショットバーと呼んだり、インテリアとしてビリヤードを置いた（たまにやる人もいたが……）「プールバー」というタイプの店がトレンドになる。地方に行くと、「カフェバー」と冠したどうってことない飲み屋を見かけるようになったが、こういう店の俗化は昭和40年代の「スナック」が辿った道と同じである。

室内を可愛らしいヌイグルミで装飾したり、小さなプールを置いたり、ピンボール機を設置したり……ディズニーランドに刺激を受けたようなラブホテルも増えてくる。若い僕はそういった場所にも行ったけれど、思い出されるのは「ホテル1983」と、この年の西暦年号をそのまま店名に使った渋谷のラブホテルだ。ラブホ、といっても、確か田中康夫が〝ブティックホテル〟と称していた、ケバケバ感を取り除いた、洗練されたシティーホテル調の佇まいだった。

その「ホテル1983」に初めて行ったときのことはよくおぼえている。いまの渋谷のラブホテル街というと、道玄坂裏から神泉にかけての円山町界隈が浮かぶだろうが、あの当時は公園通りの裏方あたりにも散在していた。とくに、渋谷の方から坂を上っていって、パルコの先の交差点の右奥。ちょうどこの頃、「スウェンセンズ」というゴージャスな感じのアイスクリームを出す店のあった、すぐ脇の坂道の奥あたりにラブホテルが何軒も並んでいた。

そのラブホテル筋の入り口あたりに「ナンバー2」という、きれいめのラブホがあると聞き、当時つきあっていたヒトと覗いたところ、なかは満室で「最近こういうのもオープンしたんですよ、ちょっと遠いですけど」なんて感じで受付の人から「ホテル1983」までの進路を記した略地図を渡されたのだ。

場所は、道玄坂を坂上まで行って、旧山手通りの神泉町交差点を右折、すぐに淡島通りの方へ左折して、東京トヨペットの中古車センターの横道を入った奥だった。パルコあたりからけっこうな距離だったが、愛と青春の力はすごい（車を拾ったのかもしれないが）。そこは、デザイン事務所が入っているような白壁の小型ビルの頂きに〈HOTEL 1983〉と、淡いブルーのネオン管で記しただけの瀟洒な建物だったが、向かい側やその奥には♨（逆さクラゲ）の紅灯を淫靡にともした〝連れ込み宿〟時代の旅館とコンブみたいなノレンをくぐって車ごと入っていくモーテルが並んでいたはずだ。

受付で人と入室のやりとりをすることなく、玄関に設置された各室の写真入りのキーボックスのパネルを操作して、好みの部屋のカギを手に入っていく――なんてアプローチにもまだハイテク感を覚えた。そして、室内に用意されたバスローブやティーカップの柄はブルーストライプに統一され、「1983」のロゴがブランド気分で刻まれていた。

最も印象に残っているのは、料金精算の方法。壁の一隅に設置された懐中電灯みたいな格好のカプセルに万札を挿入してセットすると、壁の内部のパイプライン（いわゆるエア

34
浦安のディズニーランドとホテル「1983」

シューター）を通って受付へ届き、やがてオツリやレシートを入れたカプセルが戻ってくるのである。

ここの支店なのか、亜流なのか……程なくして「1984」の看板のホテル（モーテルか）が第三京浜の港北インターのあたりに見られるようになったが、こういう年号モノのスポットというと、六本木通りの青山トンネルをくぐった先の青学裏の邸宅街の一角に、「ハウス・オブ・1999」という古い洋館を使ったフランス料理屋があった。

古い洋館……という表現はよく使うが、ここのお屋敷は玄関先に立派な石造りの車寄せが突き出していて、戦前の映画に出てくる富豪の住まいを思わせる本格洋館だった。僕は、友人の結婚式の2次会と何かのパーティーで入ったことがあったが、レストランフロアーの下の地下室のような所に小さなプールがあって、酔っぱらったタキシード姿の男が飛びこんでハシャいでいた光景がぼんやり目に残る。

最近調べたデータによると、明治中期にタバコ販売などで財をなした千葉直五郎（先代は天狗煙草の岩谷松平、村井兄弟商会の村井吉兵衛らと並ぶタバコ王の1人だったという）という男が子息の住居として昭和9年に建てたものらしいが、当時は確か「小佐野賢治の別宅、あるいは妾の家」という説が出回っていた。その信憑性はともかく、僕が所持する1972年の渋谷区住宅地図には「ゼネラル石油渋谷寮」と記されているから、持ち主はいろいろと変わったのかもしれない。

1999というのは、デカダンスな雰囲気のクラシック洋館をあえてあの当時から見た〝世紀末の近未来〟としてイメージした……みたいなコンセプトだろうか。バブルの時代ものノストラダムスの予言の1999年ももうとうに過ぎてしまったが、このお屋敷、いまも〈ミュージアム1999〉の表札を掲げて、貴族気分でフランス料理を愉しめるスポットとして健在のようだ。

35

ジェニファー・ビールスも石田えりもレオタードを着ていた。

昭和58年
（1983年）

東銀座のマガジンハウスビルの外壁の一隅に〈定礎 昭和五十八年十月吉日〉と刻まれている。そういえば黒っぽくて地味な平凡出版時代の建物が、マガジンハウスの新名とともにピンク&グレーのファンシーなビルに建て替わったのは、この年の秋だったのだ。いまでこそ、歌舞伎座裏の街並になじんでいるけれど、できた当初は随分浮きあがっていたものだ。

僕はこの当時、「オリーブ」や「週刊HEIBON（平凡）」などマガジンハウスの雑誌原稿を多々書かせてもらっていたが、とっかかりになった「ポパイ」でも連載は続いていた。最初の「ああ、ナミダの懐古物」というのが終了して、この年あたりから翌年にかけてやっていたのは「逆流行通信アナクロベストテン」というタイトルの企画だった。

微妙に時代おくれ（アナクロ）になったグッズや事象などのベストテンを隔週ペースで僕が勝手に決めて、その解説を付けていくというコラムで、「紅茶キノコ」やら「ぶらさがり健康棒」やら、数年前にブレイクしすぎて、恥ずかしくなってきたモノやフレーズをチャートに並べていた。たまにカン違いした読者が投票してきた……みたいな仕立てで「応仁の乱」とか「ペリー来航」とか、本当にアナクロな歴史ネタをぶちこんでオチを付けたりしていたが、この辺のセンスは当時のビートたけしのギャグに通じるものもあった。

まぁそういった内容はともかくとして、このベストテンに入れたあるバンドをめぐるエピソードがマガジンハウスの新社屋の風景と重なる。

ウエストコースト・ロックの雄・イーグルスがチャートインした時期があった。イーグルスは大学時代に愛聴したバンドの1つではあったが、あまりにブレイクしすぎて、また数年前のベタなポパイ的ウエストコースト風俗がハマりすぎて、このベストテンの対象としておもしろい、と考えたのだ。

何週かにわたって上位にいたはずだが、それを読んだイーグルスのファンから妙な投稿が送られてきた。

「そうそう、泉さん、アナクロベストテンにファンレターが届いてましたよ。ちょうど引っ越しの前だったので、お渡しするの遅れちゃいましたが……」

なんて感じで、引っ越したばかりの新社屋で担当編集者から〝ぶ厚い封書〟を受けとった。編集者がすぐに封を切って中身を確認すればよかったのだろうが、家に持ちかえって封にハサミを入れるや否や僕は「おやっ?」と思った。ナンだ? この異臭は……。そして、取り出した便せんの端っこに黄土色の固形物が付着している。時が経ったこともあって固まっていたが、これは紛れもなくウンコである。おそるおそる開いた便せんには、乱暴な字で「イーグルスをアナクロあつかいしやがって。テメエなんか音楽つくれねーだろ、クソでも食らえ！」みたいなことが、まさに殴り書きされていた。

こういうパンクなイーグルスファンのポパイ読者もいるのだ……と、反省したけれど、それにしても大便をこすりつけて（自分のだろうか？）投稿する、なんていうエネルギーはどこからくるのだろうか。編集者が引っ越し荷物のなかにウンコ付き封書をわざわざ保管

ジェーン・フォンダの「ワークアウト」は、ビデオだけではなく本も出ていた

していた……という経緯を思うと微笑ましくもある。オシャレなマガジンハウスのビル幕明けの頃の〝奇禍〟として記憶される。

マガジンハウスのビルを「ジムみたい」と表現する人もいた。エアロビクス（フィットネスとかジャズダンスと呼ぶ人もいた）のブームに乗って、街なかにアスレチックジムやその種のインドアスポーツのスタジオが増えていた。火付けはオリビア・ニュートン・ジョンの「フィジカル」とジェーン・フォンダのビデオ「ワークアウト」あたりだろうか。

以前紹介したわがビデコレ創刊号のビデオソフトのガイドページにも〈健康〉という項目でエアロビクスのハウツービデオが2本紹介されている。「フォーユー教則 エアロビサイズ」というのと「エアロビクス1、2」。エアロビ、という省略系ももう普及していたかと思うが、主に女性がエアロビの際に着用するレオタードやレッグウォーマーがファッションとして流行していた。

ジェーン・フォンダの「ワークアウト」はビデコレでも特集したはずだが、エアロビのブームを一段と拡大させたのが、この夏に封切られた映画「フラッシュダンス」だろう。

製鉄所で働く主人公の女性が夜になるとナイトクラブのダンサーとして踊る……というストーリーは、5年前（アメリカは6年前）の「サタデー・ナイト・フィーバー」によく似ていたが、主題歌も挿入歌（マイケル・センベロの「マニアック」）も大ヒットした。そう、先日（2022年11月25日）アイリーン・キャラの訃報を知って、一瞬主演女優か歌手の方

35

ジェニファー・ビールスも石田えりもレオタードを着ていた。

か……混乱したが、女優はジェニファー・ビールスで、アイリーン・キャラは主題歌の「ホワット・ア・フィーリング」を歌っていた方である。ダンスシーンで流れるアイリーン・キャラの歌声は、それほどジェニファー・ビールスのキャラにハマっていた。

ところで「ホワット・ア・フィーリング」を聴いたとき、踊るジェニファー・ビールスよりも「スチュワーデス物語」のタイトルバックを思い浮かべる人の方が日本の中高年には多いかもしれない。この曲を主題歌に使ったTVドラマ「スチュワーデス物語」がスタートしたのはこの年の10月。深田祐介の原作はマジメな青春小説だったが、大映テレビ特有のクセのある演出や破天荒なストーリー展開に目をつけたマニアの間で人気に火が付いて、翌年ドラマが終盤に入る頃から社会現象的なブームになっていった。

例の僕の初期の録画ビデオの1つに〈スチュワーデス他〉とシールに記したVHSがある。これはスチュワーデスモノのエロビデオではなく、「スチュワーデス物語」の珍シーンを再放送時に録り集めたものである。

主役の松本千秋を演じた堀ちえみは、いわゆる82年組アイドルのなかではちょっと地味なイメージだったが、このマジメかオフザケかよくわからないキャラのインパクトによって芸能界に長らく残る存在となった。教官役の風間杜夫はまだ〝二のセン〟で売っていた頃だが、つかこうへいの演劇で鍛えられていた人だから、なかば確信犯的にクサい芝居をやっていたのだろう。その恋人（というか元カノ）役の片平なぎさの壊れた芝居は、後年のコメディー系ドラマにおける悪女の1つのヒナ型になった。

そういう大映テレビ制作のドラマの逆説的な楽しみ方を一冊の本（『大映テレビの研究』）にまとめた竹内義和と2年後に〝新人類〟として売り出す中森明夫と「スチュワーデス物語」から「ママとあそぼう！ ピンポンパン」のお姉さん（カッパのカータンも）に至るまで、ぐだぐだとテレビやアイドルの話をしたことを思い出す。中森氏は「東京おとなクラブ」というミニコミ誌を主宰（編集・発行人はエンドウユイチという人だったが）していて、そこで大映テレビがテーマの座談もしたような気がする。「よい子の歌謡曲」というミニコミもあったが、アイドルや歌謡曲のことをマジメに論じるようになったのはこのあたりからだ。いまに引き続く「サブカル」（それ以前のアングラ臭の消えた）の夜明け——というイメージがある。

「スチュワーデス物語」に使われた「ホワット・ア・フィーリング」は麻倉未稀のヴァージョン（山本リンダもよく歌っていた）だったが、エンドロールでこの曲が流れるときの画像はＪＡＬの制服に身を包んだ堀ちえみや山咲千里ら客室乗務員が滑走路を並んで歩くもので、背景に日航ジャンボ機（ボーイング747型）が写りこんでいる。オンタイムの放送時はもちろん無意識だったけれど、このタイプの日航機が放送終了1年後の夏に御巣鷹山に墜落してしまうのだ。あのドラマとあの事故がほぼ同時代の事象だったとは、ちょっとピンと来ない。

35

ジェニファー・ビールスも石田えりもレオタードを着ていた。

昭和58年という年は他にも話題のドラマが多かった。まず、視聴率も反響も含めてトップといえるのがNHKの朝ドラ「おしん」。TVガイドのNHK担当でもなくなった僕は実際ほとんど観ていなかったが、坂田晃一作曲のテーマ曲はなぜか妙に耳に残っている。橋田壽賀子の脚本が秀れていたのだろうが、内容はバブルに向かっていく80年代のムードとは逆行するような〝貧困に耐え忍ぶ女の一生〟を描いたもので、一種のノスタルジーや自戒の心理が視聴者に働いたのかもしれない（バブル期の「一杯のかけそば」ブームとも似ている）。

時流を描いたドラマとしては、山田太一の「ふぞろいの林檎たち」（TBS）もこの年の5月スタート。クリスタルなキャンパスライフから落ちこぼれたような、イケてない大学生たちを主人公にした話だったが、のっけからサザンの曲がしばしば流れる演出はノンポリなサークル大学生の時代の気分をよく表現していた。

トレンディー・ドラマの代表局として挙げられるのは、もう4、5年先のフジテレビだが、この当時は〝ドラマといえばTBS〟の時代。金妻（キンツマ）の省略系も定着する「金曜日の妻たちへ」の第1シリーズが2月にTBSで放送スタートした。

もっとも、小林明子が歌う主題歌「恋におちて」とともに〝ニュータウンを舞台にしたオシャレな不倫ドラマ〟みたいな切り口でブームになるのは2年後のパートⅢからで、初作の頃はまだ反響も地味（といっても、シリーズ化されたのだからそれなりに数字は良かったのだろう）だった気がする。

団塊の世代あたりを中心にした仲の良い夫婦グループ（何かというと寄り集まる）を主人公にした鎌田敏夫脚本のドラマは、「俺たちの旅」のその後っぽい雰囲気もあったが、冒頭の「風に吹かれて」をはじめ、しばしば流れるＰ・Ｐ・Ｍ（ピーター・ポール＆マリー）のメッセージソングが、団塊の後世代の僕なんかにはちょっとクサかった。

たまプラーザやつくし野あたりのタウンハウス型の住宅街が舞台になっていたが、この辺の田園都市線周辺のロケ地は、ＴＢＳの緑山スタジオの開設（昭和56年）も関係していたのかもしれない。そういえば、当時「ブルータス」で連載中だった村上龍の「テニスボーイの憂鬱」の主人公も、確かあざみ野あたりの土地成金の息子だった。

古谷一行、いしだあゆみ、小川知子……といった面々が出演するこのドラマ、夫婦グループの1人の竜雷太（外車ディーラー）が不倫している若い女・石田えりの登場シーンが目に残る。モーターショーでコンパニオンの仕事をしている彼女、ヒョウ柄のエグいレオタードを着て展示車のボンネットの上で、挑発的なポーズを取っていた。

36

「スリラー」のPVがクリスマスイヴに流れた。

昭和58年
（1983年）

僕が担当していたビデオコレクションのインタビューページについては、創刊号で取材した田中康夫の話を書いたけれど、他にも何人かのゲストが思い浮かぶ。「スネークマンショー」の活動の他、「子供達を責めないで」って歌（詞・秋元康）がスマッシュヒットしていた伊武雅刀、日活ロマンポルノでデビューして告白本も評判を呼んでいた美保純……。「新・夢千代日記」の演技などで俳優として再評価されていたせんだみつおをインタビューしたときは、録音したカセットテープ機の電池が途中で切れていたことに帰路の車の中（カーステで再生中）で気づいて、焦ってすぐに内容を思い起こして原稿を手早く仕上げたことを思い出す。しかし、とりわけ印象が鮮烈なのは、たこ八郎だ。

たこさんのインタビューが掲載された号がいま手元にないので、細かい年月はハッキリしないのだが、おそらくこの年（昭和58年）の夏から秋の頃だと思う。「笑っていいとも！」の水曜レギュラーに決まったのが58年4月からで、『たこでーす。』（アス出版）という自叙伝的な本（表紙のタコの絵は渡辺和博さんだろう）の発売が9月なのだ。それに合わせたのか、新聞の番組表の「笑っていいとも！」の欄にも〈たこ八郎の珍体操〉というコーナー名が記されていて、ブレイク感が伝わってくる。「いいとも！」を中継する新宿アルタの楽屋におじゃましたことをおぼえているが、たこさんはタヨッとしたステテコシャツ一丁の姿だったはずだ。

こういう芸能人の取材の場合、だいたいはマネージャーを介して後日ギャラを振り込むことになるのだが、たこさんの場合は窓口になっているような人から事前に「当日、本人に現金で渡してやってください」と言われて、確か経理部から前借りした2万円くらいを持参していったのだ。

そして、アルタの楽屋まで伺ったものの、「新大久保の飲み屋で話したいんだよねぇ」みたいなことをたこさんから提案されて、そちらに場所を替えた。そこは、当時山手線の車窓からも見えた「彦左小路」というアーチ看板の出た横丁で、ゴールデン街のような2階建てバラック調の建物が2本の筋に数軒ばかり並んでいた。その1つにたこさん、ひょこひょこと入っていって、立ち飲み屋の2階の6畳くらいの空き部屋でインタビューは行われた。

たこさんはカップ酒（ワンカップ大関だったか）と、大袋に入ったツナピコ（小さな固形の味付けツナを銀紙で包んだ乾物）をのべつまくなし口に放りこんでいた。ともかくツナピコ

36
「スリラー」のPVがクリスマスイヴに流れた。

が大好物だったらしい。

たこ八郎が真鶴の海で溺死するのはこの2年後、昭和60年の夏のこと。このとき、「週刊文春」で糸井重里が主宰していた「萬流コピー塾」の特別版みたいな企画で熱海に行っていて、旅館でコピー審査座談会みたいなのを終えた翌日、糸井さんたちと入った熱海のラーメン屋のテレビでそのニュースを知ったのだ。僕は帰路、新幹線が真鶴付近を通りがかったあたりで「ツナピコ」を思い浮かべて黙禱した。

たこ八郎の関連記事を探す目的もあって、国会図書館で手にとった朝日新聞の昭和58年4月の縮刷版に〝ノーパン喫茶の名に「ニナ・リッチ」イメージ壊された本家が訴え〟なんていう記事（4月7日夕刊）を見つけて、にんまりした。

ノーパン喫茶の最初のブームは2年ほど前のことで、一旦下火になったもののこの年の後半あたりから高級感のある〝個室ノーパン〟として再燃する。そんな第2次ブームの中心にいたのが歌舞伎町の「USA」という店の「イヴちゃん」というアイドル嬢で、「トゥナイト」の山本晋也レポートなんかで紹介されて、やがてロマンポルノにも主演した。

翌年（昭和59年）のビデコレをめくっていると、イヴちゃんのビデオ広告がよく載っている。もう少し時期がズレれば、僕が構成していたインタビューページにイヴちゃんのゲストもアリだったかもしれない。「時の人」でいうと、この年の5月号のビデオカメラ商品のタイアップ企画で「林真理子のルンルン・ビデオ術」というのをやっている。

そう、先の4月の縮刷版に「戦場のメリークリスマス」の広告が載っていたが、大島渚のこの映画はクリスマス・シーズンではなく、5月だったのだ。坂本龍一の音楽はその後すっかり〝スタンダード〟になったが、「メリークリスマス、ミスター・ローレンス」の一言が決まったビートたけしは、これ以降、オシャレな文化人のイメージが付いた。

ところで、当時僕がビデオまわりのネタで最も興味をもっていたのがアメリカのMTV局から火が付いた、音楽PV（プロモーションビデオ）の世界。全米ビルボードチャートの人気PVを毎回紹介するような連載企画は会議で通らなかったが、話題のPVを何作か集めた特集をやったことがあった。ブライアン・ギブソンが演出したスティクス「ミスター・ロボット」のSF短編調のPVを柱にしたはずだから、この曲がビルボードの上位にいた春頃だろうか。

ロボットがロックオペラを展開する「ミスター・ロボット」のPVは「ドモアリガト」（どうもありがとう）と彼らの口から繰り返される日本語も話題になったが、日本語ネタのPVといえば、なんといってもカルチャー・クラブの「ミス・ミー・ブラインド」だ。のっけから、欧米人が誤解したファー・イースト……といった風なセット（書割に富士山や城が描かれている）の前に舞妓さんが現われたり、タイの仏像みたいな踊り子たちが出てきたり、路地のような所には「江戸」とか「甘酒」とかの習字紙が貼り出され、さらに「恋の盲目」なんていう奇妙な日本語が表示される。どうやら舞妓のような女は八百屋お七がモデルらしく、火のついた城の模型をギター抱えたロッカーと一緒に叩き壊しながら「メラメラと燃えている」というフレーズを唱えながらPVは終わる。まぁ、これは明らかに「ブレードランナー」の「強力わかもと」看板の世界に触発されたものだろう。

「戦メリ」に役者で出ていたデヴィッド・ボウイの「レッツ・ダンス」、メン・アット・ワークの「ダウン・アンダー」、デュラン・デュランにホール&オーツ、ヒューマン・リーグ、アイリーン・キャラ……目ぼしいヒットシンガーのPVのカットをもとめて、宮沢

この年、日本でも大ヒットしたマイケル・ジャクソンのアルバム「スリラー」

クンという若いカメラマンを連れて、いくつかのレコード会社を巡ったことを思い出す。プレス用に宣伝部がPVの代表的カットをポジフィルムにして用意してくれているところもあったが、VHSに収めたPVを会議室のテレビで流しながら、カメラマンに接写してもらうことが多かった。宮沢クンは適確なカットをオサえてくれる接写名人だったが、後に赤外線フィルムを使った女性モデルの写真集でブレイク、宮澤正明の名で知られる巨匠となった。

訪ねたレコード会社のなかで、記憶に強く残っているのがエピックソニーだ。青山のツインタワービル（23階建ての西館8階だったらしい）という〝トレンド・スポット〟だったのも関係しているかもしれない。以前、「宣伝会議」のコピーライター養成講座の話でふれた佐野元春がエピック邦楽勢の花形だったが、洋楽ではメン・アット・ワークがここの所属だった。オーストラリア出身のメンバーが砂漠で珍道中するような「ダウン・アンダー」のPVの接写は、ここの会議室で行ったのではなかったか……。

しかし、エピックといえばなんといってもマイケル・ジャクソンである。「オフ・ザ・ウォール」からエピック所属になったというが、この年は頭から「ビリー・ジーン」「ビート・イット」「スリラー」（すべてアルバム「スリラー」にフィーチャー）とシングルが大ヒット、どれも曲と同時にPVの画像が浮かぶMTV時代のポップスターの座を確立する。ハードボイルド調の「ビリー・ジーン」、「ウエストサイド・ストーリー」を思わせる

36
「スリラー」のPVがクリスマスイヴに流れた。

「ビート・イット」と、マイケルも徐々に芝居づいてきて、ジョン・ランディスがメガフォンを取った「スリラー」へと続く。

「スリラー」のシングル発売は前2作よりかなり遅れた11月で、ビルボードチャートで上位に入るのは翌年になってからだったが、12月10日にアメリカのMTV局で初公開された15分近くあるPVが大きな話題となって、わが日本の「ベストヒットUSA」でも12月24日のクリスマスイヴの夜にオンエアされた。

赤いスタジャンを着たマイケルがガールフレンドの前で狼男に変身する、1950、60年代のアメリカン・スリラードラマの雰囲気で始まるこのPVは、録画まではしなかったが、待ち構えて観た記憶がしっかりと残っているから、放送前から話題になっていたのだろう。小林克也（番組VJ）が前々週くらいから予告していた記憶がある。「オレたちひょうきん族」が、ウガンダをマイケルに仕立ててコレをすぐにパロった話は以前にも書いた。

この「スリラー」以降、曲の前後に寸劇を入れたり、スタッフを記したエンドロールを付けたり、映画的なPVが流行し、最近もその種のものをTVKの「ビルボード・トップ40」なんかでたまに観る。このPVにメイキングシーンを加えたVHSやレーザーディスクもやがて発売されてベストセラーになった。

ビデコレの59年2月号に「MTVは日本に根づくか」というテーマの対談が載っている。対談者は僕もよく知る渋谷陽一とTVKで〝日本版MTV〟的な番組を始めたプロデューサーの住友利行。僕がこの対談に立ち会ったおぼえはあまりないのだが、2月号だから、対談自体はこの年（58年）の暮れ頃だろう。当然、マイケルの「スリラー」の話が所々に出てきているが、日本のミュージシャンのPVについても言及されている。住友氏が良い（カッコいい）PVが作れそうなミュージシャンみたいなニュアンスで、芝居のできるサザンの桑田佳祐とラッツ＆スターの名を挙げているが、質はともかくとして、当時PV的な画像をよく観た印象が残っているのはチェッカーズだ。

画像トラブルで黒くなったようなチェッカーズがある種ロボット風の動きで「ギザギザハートの子守唄」をパフォーマンスするというシンプルなつくりだったが、デビュー（9月）からしばらく夜更けのテレ東なんかでこのPVがしつこく流れていた。

おもえばこの年の春にカネボウ化粧品CMのタイアップ曲にもなったYMOの「君に、胸キュン。」のPV——3人がアイドル風にスケーター・ダンスを踊る——は、こういう和製MTVを意識したものかもしれない。そんなYMOは「スリラー」が流行する暮れの頃に「散開」と称して実質解散（数年間）した。

37

東京によく雪が降った冬、三浦君と出会った。

昭和59年
（1984年）

僕は気象予報士の資格を持つほどの〝気象マニア〟なのだが、この年の初めの東京はともかく雪がよく降った。列島全般、寒波と雪害に見舞われたので、気象庁では「五九豪雪」と銘打っているようだが、とくに1月の後半あたりからは寒気が残っているところに南岸低気圧（最近はワイドショーなんかでも使われてポピュラーになった）がしばしばやってきて、東京では20センチ級の大雪が何度も降った。ちょうど「週刊文春」が火を付けた、三浦和義のロス疑惑事件がワイドショーの格好のネタになり始めていた時期だったが、世田谷あたりの三浦邸に押しかけてきた芸能レポーター（前田忠明だったか？）が、玄関先に積もった雪を三浦氏から投げつけられていたシーンが思い出される。

僕は〝ワンダー・シビック〟のニックネームで前年に売り出されたニュー・シビック（ルイ・アームストロングが「ホワット・ア・ワンダフル・ワールド」を歌うCMが流れていた）の新車に乗り始めた頃（先代の愛車クイントは、前年夏、修善寺の川で転落事故をおこして半壊してしまったのだ）で、常に路端に凍結した雪が残る東京の街路を、慎重に運転していた。

三浦和義とは違う、もう1人の「三浦君」と知り合ったのもそんな厳寒の冬だった。三浦君とはイラストレーター、マンガ家、というより、いまや〝サブカル王〟といった方がいいかもしれない「みうらじゅん」のことだが、当時は漢字表記も使っていたので、ここでは「三浦純」と書くことにする。高円寺の彼の家（仕事場）に初めて行ったとき、凍結した雪の路面でコケたことをよくおぼえている。それは訪問する寸前の出来事で、しかも僕は友人の結婚式帰りでタキシードを着ていた。あの頃は結婚式（披露宴）というと、新郎でもないのにわざわざタキシードでビシッとキメる（カマーバンドと呼ばれる腹巻をよく落っことした）のが、妙にハヤッていたのである。

この〝タキシードの訪問〟は、「ビデオコレクション」の僕の担当でもあった〈VIDEO LIBRARY〉のページで特集した、怪獣映画の解説に使った彼のイラスト（ゴジラや映画出演俳優などが描かれた）を返却しにいったとき、のことではなかったか……。あいにく掲載誌が手元になく、内容は確かめられないが、国会図書館で検索した各号目次のデータに「カラーラベル 怪獣特集」（昭和58年12月号）というのがあった。コレだろう。

イラストを返しに伺ったのは、年をまたいだ大雪の頃として、この「怪獣特集」のプランが固まったのは前年の晩秋の頃だろう。渡辺和博さんに企画を相談したところ、「みうらって怪獣キチガイがいるから会ってみたら～」と、例のぶっきら棒な調子で勧められた。

37

東京によく雪が降った冬、三浦君と出会った。

彼は「ガロ」の編集長をしていた当時の渡辺さんのもとに、よくマンガの持ちこみをしていたらしい。電話で意図を説明して、初めて対面した場所は、新宿の靖国通りのビル地下にいまも健在なジャズ喫茶「DUG《ダグ》」だった。

ロールキャベツで知られる「アカシア」の上の「DIG《ディグ》」の兄弟店としてオープンした店で、アドホック新宿ビルと新宿ピカデリーの間の小ビルに「DUG」の看板はよく目にしていたが、ジャズ喫茶世代より下の僕はほとんど入ったことがなかった。この店を指定したのは三浦君だったのか、あるいはビデコレ関係の取材か打ち合わせで、1、2度使っ

59年1、2月頃の残雪の東京風景を撮ったスナップ（当時の紙焼きはヨレヨレになっていた）

ていたような気もする。

薄暗い階段を下りていった地階の店に早く着いて、ひとりでジントニックを飲んでいた。ジャズがあまりうるさく流れていた記憶はないが、そのうち長髪の細長い顔にサングラスをかけた男が、そろりとした感じで現われた。手に大きなヒモ付きの紙袋をさげているのが目にとまった。

その段階で三浦純という人の姿は知らなかったはずだが、すぐに「彼だ」という気配を感じた気がする。僕がそれとなく目配せすると、「あ〜、三浦純と申しますぅ」と、サングラスの見てくれとは違った、腰の低い、申し訳なさそうな調子のあいさつが返ってきた。

「泉さん、あのときもう真っ赤な顔して、すでに酔っぱらっていた感じでしたよ」

その後の彼の話によると、面会前から〝出来あがっていた〟ような様子なのだが、確かにある種緊張していた僕は、先にジントニックのグラスを2杯くらい空けていたかもしれない。

話が怪獣映画ラベル特集の本題に入ると、「手持ちの資料を持ってきたんですよ」なんて感じで、大きな紙袋のなかからスクラップブックを2、3冊取り出した。ゴジラやキングギドラ、ラドン、ガメラ、ギララ、ガッパ……さらに「ウルトラマン」の怪獣……ブロマイドや雑誌の切りぬきなどが映画会社や時代別にきちんとレイアウトされた、怪獣スクラップ帳というものだった。

37

東京によく雪が降った冬、三浦君と出会った。

「へー、すごいな。実は私も……」

そう、僕も怪獣写真などを貼り付けたスクラップ帳を1冊持参していた。それなりにマニアックな編集者、であることを主張しておこうと思ったわけだが、「怪獣写真など」と書いたのは、怪獣モノばかりではなく、「森永トップスターガム」の当たり券でゲットした王、長嶋、野村……相撲の大鵬や柏戸のブロマイドを貼り付けたページなどもあったからだ。

「あの、時代がごった煮になったような感じが、まさに泉麻人でしたよ」

と、後に三浦君から微妙なフォローをされたけれど、ともかく僕らは「DUG」のテーブルに広げたお互いのスクラップ帳を肴に大いに盛りあがった。

そんな初対面から2、3か月経った厳冬の頃、丸ノ内線の東高円寺駅から近い三浦君のマンションへ向かう道すがら、路面の残雪で滑って転倒したのだ。結婚式帰りでホロ酔いかげんだったのと、タキシード用の履きなれない革靴（さすがにオペラシューズではなかったものの）のせいもあっただろう。

部屋は道路に面した1階だった気がするが、ベルを押して出てきた彼は、ぐしょぐしょのタキシード姿の僕を見て、ぽかんとした顔をした。事前に電話連絡はしていたはずだが、まさかこういう格好で訪れるとは思わないだろう。書くうちに思い出してきたが、そうだ、泥雪にまみれた引出物の袋もさげていたのだ。

ところで、この訪問が印象に強く残っているのは、大雪やタキシードで転んだせいばかりではない。彼のこの部屋には、もう1人、奇妙な住人がいた。

玄関口のすぐ向こうにまずその男の部屋があって、そこを通らないと奥の三浦君の部屋にいけないつくりになっていたのだが、そんな玄関先の部屋にいた、確か山陰の方の県名と同じ名の男は6畳ほどの間《ま》に置いた四角い卓のコタツにうつぶせ姿勢で潜りこみ、客人には目もくれず本を読んでいた。この光景はやがて三浦君のマンガによって、よりいっそう印象づけられたのかもしれないが、それは始終コタツに浸っている同居人がガメラのような怪獣と化して空を飛ぶ――「コタツガメラ」という作品だった。

三浦君との交流も深まった春の頃から、三浦和義のロス疑惑に続いて世間を騒がせたのが「グリコ森永事件」だった。

3月に起こった江崎グリコ社長の誘拐に端を発するこの事件は、その後「青酸（ソーダ）」入りの菓子と「かい人21面相」を名乗る犯行グループが菓子メーカーやマスコミに向けた脅迫文に焦点が当たり、いわゆる「劇場型犯罪」の原点として語られるようになった。

青酸系薬物を使った謎めいた事件は、終戦直後の「帝銀事件」を想起させるようなところもあり、現金の受け取り方法などは黒澤明の昭和38年の映画「天国と地獄」を、さらに言葉遊びめいた脅迫怪文は同じ頃に世間を震撼させた「草加次郎事件」を思わせた。

37

東京によく雪が降った冬、三浦君と出会った。

「かい人21面相」というのは、もちろん江戸川乱歩「少年探偵団」(怪人20面相)のもじりだろうが、なんといっても「警察はアホや」調の文章が、京阪神舞台の事件ならではのとぼけたコメディー感を醸し出していた。

そういうムードに乗ったのか、現金受け渡し時に現われた男は、似顔絵をもとに「キツネ目の男」というキャラっぽい名で呼ばれるようになり、グリコ社長宅からも近いファミリーマート甲子園口店に青酸入り菓子と思しきものを置く様子が防犯カメラに映りこんだ男には「ビデオの男」の俗称が付いた。

いま、ああいう装置に録画された男を「ビデオの男」と呼んでもピンと来ないだろうが、あの当時はビデオというのを一種のトレンド語として、マスコミは使いたかったのだろう。ファミリーマートのようなコンビニエンスストアーもようやく増え始めた頃で、いまどきの事件資料には「コンビニ」と記されているが、まだそんな省略系は通じなかった時代である。

防犯ビデオカメラやコンビニエンスストアー、ファミリーレストランなど、トレンディーな装置や場所も登場したが、どことなく昭和20、30年代のアナクロ感が漂う事件だった。

そういえば、背広姿に野球帽を被った「ビデオの男」は、一見「街かどテレビ11:00」で静かな人気を呼んでいた大木凡人に似ていた。

38

スキゾなモーツァルトもけっこういい。

昭和59年
（1984年）

結婚式帰りのタキシード姿で高円寺の三浦純の家へ向かう直前、残雪の道でスッコロんだ話を書いたけれど、その結婚式は大学の8ミリ映画サークルの先輩の、正確には2次会的な催しで、会場は渋谷・桜丘にあったヒルポートホテルだったはずだ。

桜丘は線路寄りの一帯が道ごと改造される再開発で変貌してしまったが、246の歩道橋下からくねっと斜めに南平台の方へ入っていく坂道はビルに埋もれるように残っている。その坂の途中にヒルポートホテルはあった。幹事役だった僕は、パーティーで使う小道具の類いを友人の車で搬入している折、坂の路端の残雪やアイスバーンの路面に気を遣った記憶がある。

このヒルポートホテルのすぐ裏あたりのワンルームマンションに、中学時代から仲の良い友人・T（実家は浅草。初回のリーバイス501を一緒に買った男）が一人暮らしをしていた。家具のほとんどない床に散らかったレコード群のなかから、マンハッタン・トランスファ

38

スキゾなモーツァルトもけっこういい。

ーのアルバム「BoDiEs AND SOULS」を取り出してターンテーブルに載せた（This Independence って曲が好きだった）ことも、この冬の東京の雪景色とともに思い出される。

彼の部屋にはレコードとプレーヤーと、10インチかそこらの小型テレビがフローリングの床に雑然と置かれていたはずだが、「ビデオコレクション」の表紙でも、そんなワンルームの床に直《じか》置きしたカラフルなテレビとモデルを絡めたような写真をスタジオでよく撮影した。この年あたりから表紙撮影にも立ち会うようになった僕は、被写体がモデルのほかにテレビとビデオ機器、といった家電モノだけではぎすぎすしいので、ワンルームに飾る小物をスタイリスト気分で原宿界隈に探しに行ったことがあった。

キャットストリートと呼ばれ始めた頃の渋谷川暗渠《あんきょ》の道を行ったり来たりして、どこかのショップで〝ピンク色のフラミンゴが点灯するランプ〟を借りて撮影で使ったはずだが、渦中の三浦和義が経営していた「フルハムロード」は、まさにこういうアメリカンなフラミンゴ型ランプなどをロスから輸入していた会社で、ワイドショーでさんざん取りあげられたこの時期の本拠「フルハムロード良枝」も桜丘にあった。

僕をこの世界に引きこんだ松尾多一郎がちょうどこの頃西隣の南平台の町域に差しかかる手前のワンルームを購入、ニックネームでもある〈NIFTY FLASH〉の表札を掲げて住んでいたが、いまインフォスタワーが建つ通りを南進して、乗泉寺（このお寺の息子も慶応の同級生だった）のある鶯谷の谷を下って、また上り始める猿楽町に「だいこんや」という当時マガジンハウス系出版業界人の間でハヤリのヌーベルキュイジーヌな懐石料理屋ができて、渡辺（和博）さんに何度か連れていかれた。この辺はもう〝代官山〟の領域だが、衣・食の店が増えてきた代官山はポスト原宿的な存在になりつつあった。

あのＹＭＯやチェッカーズのヘアスタイルを考案した本多三記夫さんのヘアサロン「Ｂ.ｉ.ｊ.ｉ.ｎ」も代官山（シェ・リュイ脇の路地から周辺各所を転々）にあった。僕が「小説新潮」で始めたサブカル文化人ルポ（「けっこう凄い人」）の連載で〝怪編集者〟の秋山道男を取材した折、秋山さんからインタビュー場所として指定されたのがここだった。翌年のことだったが、それをきっかけに通い始めてからもう40年近く本多さんに髪を切ってもらっていることになる。

恵比寿西の駒沢通りぞいにあった小料理屋の「吉住」（霜降りシャブシャブ肉を千切りキャベツ上《じょう》に盛った〝肉サラダ〟ってのが名物だった）とか、恵比寿から渋谷方向に少し行った線路端のフレンチ食堂風の「ケンサム」（ショーケンが美女連れで来ていたショットが目に残る）とか、代官山・恵比寿界隈には、メディアにはあまり紹介されない業界人の溜り場的なレストランやバーが点在していて、そういう店になじんでいく自分に青い優越感をおぼえていた。

原宿の明治通りをかなり代々木の方へ上った右側、レナウン手前のヴィラ・ビアンカという当時にして年季が感じられたマンションビルの地階に「ピテカントロプス・エレクトス」がオープンしたのは約2年前のことだったが、僕は渡辺さんとの雑談で「ピテカン」なんて縮めて呼んでいる割にはほとんど行かなかった。何かの取材がらみのイベント（環境映像のトレンドだったナムジュン・パイクのショーだったか？）で覗いたくらいで、こういういわゆる〝カリアゲ系〟の聖地のようなスポットは苦手だったのだ（Ｂｉｊｉｎで整髪しているくせに）。

ナムジュン・パイクのイベントを観たのは六本木の東日ビルの並びにあった「ＷＡＶＥ」だったかもしれないが、ここも地階の「シネ・ヴィヴァン」にエリック・ロメールの映画

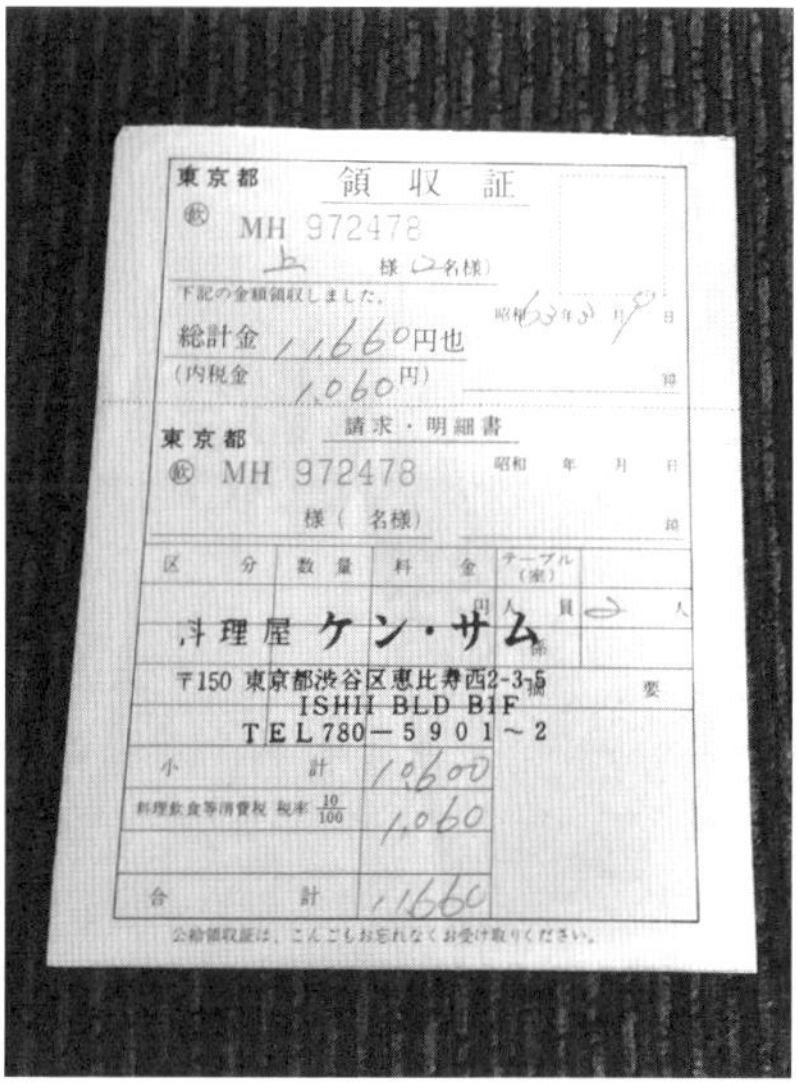

ガラクタ箱から発見した「ケンサム」の領収書。今回の話より4、5年後のバブルたけなわの頃

をスカシた気分で観に行ったのをよくおぼえているくらいで、マニアックなレコードを物色したことはない。

ピテカン→WAVE→YMO……という、インテリなモード系みたいなラインにニューアカ（デミズム）の人たちの立ち位置もあった。以前ふれた伊丹十三・責任編集の「モノンクル」誌に登場した岸田秀ら心理学者の人たちや『パンツをはいたサル』を当てた経済人類学者の栗本慎一郎あたりから始まったのだろうが、前年あたりから『構造と力』の浅田彰と『チベットのモーツァルト』の中沢新一が〝ニューアカの2大看板〟のような感じでもてはやされ、「GORO」とか「週刊プレイボーイ」とかの一般誌にも頻繁に登場するようになった。

そういったニューアカの面々と絡む座談の進行役というのは、だいたい糸井重里が務めていた気がしたけれど、ブームとしてのニューアカというのは、スキゾとかパラノイアとかシニフィエとかポストモダンとかレヴィ＝ストロースとかチベット密教とか……アカデミックな事柄をDCブランドやアイドルや小錦の相撲……など俗なものにたとえて語ったりするのがキモだった（僕はマガジンハウスが創刊したニュー・ポエム誌「鳩よ！」で、そういうニューアカ・トークを茶化したような企画をよくやっていた）。

チベットのモーツァルト――なんて、そのやわらかいタイトルにつられて、まさに〝ジャケ買い〟した人も多いのだろう。近い時期にハヤッていた松田聖子の「ピンクのモーツ

38

スキゾなモーツァルトもけっこういい。

アルト」がふと重なるのだが、作曲の細野晴臣は当時、中沢新一ともよく対談をしていた。浅田さんや中沢さんとは翌年か翌々年くらいに雑誌の鼎談やトークイベントで実際お会いする機会があったが、ニューアカ・ブームたけなわの初夏の頃、「小説新潮」が別冊として「大コラム」というのを発売した〈新聞広告をチェックしたら、6月14日発売だったようだ〉。原田治が描いたポップな犬のキャラクターが表紙を飾る、文芸誌よりもポパイっぽいセンを狙った別冊で〈書下ろし1００人！1０００枚！〉なんていうキャッチが打たれている。

惜しくもこの別冊、いま手元にはなく、ヤフオクに記録された表紙だけ見て回想しているのだが、確か玉村豊男が冒頭に「『大コラム』ニスト宣言」という巻頭言風の文章を寄せ、僕も1００人の1人として、短文を書かせてもらった。

「けっこういい」の総題のもと、その「けっこういい」の他、「対岸の火事」「安いサンダル」「のりたま」「セブンイレブン」「午後」「クーラー」「河合奈保子」という計8編の1作あたり1０００字程度のコラムというか、エッセー風ショート私小説、って感じのものだったが、それまでほとんど文芸誌には登場していないこともあって、それなりの反響があった。

「こういう短文を書き足して、本にしませんか」なんて話が文藝春秋からあって、これは翌年の夏、『カジュアルな自閉症』というタイトルでネスコという文藝春秋の〝新レーベル〟から刊行された。

　この「大コラム」の短文を依頼してきたのは、シャレた丸メガネをかけた松家《まついえ》君という青年で、後に小説家（松家仁之《まさし》）として売り出した。彼に勧められて買ったエヴリシング・バット・ザ・ガールのアルバム「エデン」はボサノバ風味の耳ざわりの良い曲が多くて、すぐにカセット録音して葉山方面へドライブするときの定番ＢＧＭになった（エヴリシング・バット・ザ・ガールはＷＡＶＥで買ったかもしれない）。

　松家君とほぼ同じ頃に知り合ったのが、「ホットドッグプレス」の編集をしていた講談社の原田君だった。ふたりは僕とほぼ同世代で、お互い仲も良かった。林真理子を囲んで「若鮎の会」とかいう飲み会をやっている、という話を聞いたとき、「若鮎の会」ってネーミングが「若い根っこの会」みたいで、そりゃねーだろ！とツッコミたくなったことをよくおぼえている。先に挙げた恵比寿の小料理屋「吉住」は原田君のお気に入りで、当時ポパイが定席だった僕をホットドッグの方に引きぬこうと、何度も接待された。結局、ライバル誌の仁義上、ホットドッグではたまに書くくらいだったが、「吉住」以外の店も含めて、総計百万円くらいはオゴってもらっているのではないだろうか……。大食漢の彼は、青学の前のイタメシ屋（フォリオ、といったか？）でたっぷり食べた後に「千住の外れにいい焼肉屋があるんですよ」などといってタクシーを拾って、足立区鹿浜の名店「スタミナ苑」で追い食いするような奴だったが、その後音信は途絶え、２０１０年代の中頃に満漢

38
スキゾなモーツァルトもけっこういい。

全席目当てで行った香港で客死した……と、後に人づてに聞いた。

原田君は一橋大学のサークルで田中康夫と一緒だった……という話をしていたが、ビデコレのインタビュー以来、たまに電話でやりとりするようになっていた田中氏から「大学テーマの本を一緒に書かないか？」と誘われたのは、おそらく「大コラム」の原稿を書いている5月頃だろう。

以前、僕がポパイに寄稿した〈間違いだらけの大学受験要覧〉（大学を〝アソビの偏差値〟で分類したオフザケモノ）を下敷きにしたもので、祥伝社のノン・ブック・シリーズから『大学・解体新書』のタイトルで9月に刊行され、共著ながらこれが最初の書籍となった。

短いコラムの連載ならばともかく、書下ろし本の執筆となると、日々通勤するサラリーマンとの二足のわらじはきびしくなるなぁ……と、僕はいよいよ退社を決意する。

39

東銀座の料亭街の喫茶店で辞表を提出した。

昭和59年
（1984年）

この年の春から夏の頃の新聞縮刷版をめくっていると、政治、文化、社会面を問わず、ともかく雑誌の広告が目につく。「ザ・ベスト」「ビッグ・トゥモロウ」「ペントハウス」「週刊宝石」「ビッグマン」「新鮮」「SAY」「フォーカス」……と、この辺はもはや存在しない雑誌だが、これは「朝日」の縮刷版だから「朝日ジャーナル」の広告も毎週載っている。表紙に〈Journal〉のヨコモジを大きく打った筑紫哲也編集長の時代で、看板インタビューの「若者たちの神々」がクローズアップされている。坂本龍一、島田雅彦、北方謙三、林真理子……これから「泉麻人」の名で売り出そうとしている僕は、この人選に敏感だったが、およそ2年後、続編の「新人類の旗手たち」に晴れて呼ばれ、朝日のある有楽町マリオン上階のレストランで筑紫さんと対談した。ちなみに、有楽町マリオンのビルが竣工したのはこの年（昭和59年）の9月のことである。

消えた雑誌ばかりでなく、いまもどうにかがんばっている「週刊プレイボーイ」の7月

39

東銀座の料亭街の喫茶店で辞表を提出した。

24日号は「ぐわんばれ！平凡パンチ」という巻頭特集をデカデカと掲げた広告を出している。「ワシら良きライバルが欲しいんじゃあ！」とサブコピーを打ったこの企画は記憶に強く残る。誌面刷新したものの売行きが芳しくない、古くからのライバル誌であり〝若者雑誌の先達〟でもあるマガジンハウスの「平《へい》パン」を茶化しながらも応援する記事だが、小峯隆生の『若者のすべて　1980〜86「週刊プレイボーイ」風雲録』（講談社。新刊時は買いもらし、最近古本屋で手に入れた）にその当時の編集部と時代の様子が活写されている。

小峯隆生というのは、仕事より〝宴会芸〟で知られた異能エディターで「オールナイトニッポン」のパーソナリティーなんかも務めていた。その「オールナイト――」についての一節に「放送の内容は、当時編集部や出先でやっていた宴会芸やバカ話を全力でやっただけである。この裏には、トモジさんから紹介していただいた古舘プロジェクトの名構成作家、腰山さんの指導があった」と書かれているのだが、〝腰山さん〟とは以前に「泉麻人」の誕生のきっかけになったラジオ番組の放送作家、として紹介した腰山一生氏のことだ。おもえば僕がコミネという男の宴会芸を初見したのは、腰山さんに連れていかれた新宿伊勢丹裏の「酔胡」という店ではなかったか？　雑居ビル2階の割と広めの中華居酒屋って感じの店で、端っこに小ステージがあったはずだ。

映画評論家が溜っていた店で、林美雄やおすぎとピーコもよく来ていた。僕も腰山さんに促されて、筒美京平のアップテンポの曲のイントロとサワリだけメドレーでつなげる

（1曲目は平山三紀の「真夜中のエンジェル・ベイビー」）ネタをやって、おすぎとピーコに「キモチワル〜イ」とかいわれながらウケていたのをおぼえているが、そんな場に〝噂のコミネ〟がやってきて、田中角栄の声帯模写（これは腰山氏も得意としていた）で始まる〝和製レニー・ブルース〟みたいなマシンガントークを披露していた。

小峯氏の記述によると、翌85年（昭和60年）の春の花見宴会でも僕は彼の芸に接したようだ。「一世を風靡していた週刊文春の『萬流コピー塾』の花見大会に誘われて、出かけていったのである。場所は公園。旧知の糸井重里さんに、『コミネ、なにかやってよ』と言われて、芸をやってみせた。南伸坊先生、嵐山光三郎、泉麻人、みうらじゅんなどの錚々たるメンバーがいた」

なぜ南伸坊さんだけ「先生」が付いているのか？　とも思うが、どうも彼は画家系の人にはすんなり「先生」を付けるくせがあるようだ。それはともかく、この公園は乃木神社横の乃木公園だったはずだが、実際、僕や三浦君はまだ「錚々」の側にいく前であり、この他に村松友視、仲畑貴志、クマさん（篠原勝之）……といった年長の面々の宴を緊張気味に眺めていた記憶がある。

やがて、「ウチにコミネより洗練された感じの芸をやるすごいのがいるんですよ」と、講談社「ホットドッグプレス」の原田君から聞いて、いとうせいこうの存在を知った。

小峯本にはこの花見の後に僕が絡んだ「ナウの逆襲」という週プレの企画についての記

39

東銀座の料亭街の喫茶店で辞表を提出した。

述があるが、昭和60年の話をふくらませると時系列がわかりにくくなるので、59年にもどることにしよう。

朝日新聞の6月の縮刷版には、わが「ビデオコレクション」7月号の広告も載っていた。「うむ。ビデオもなかなか面白い！と思ったら。」なんていう、いかにも80年代らしい文体のヘッドコピーが付いているが、この7月号が僕の最後の仕事となった。

創刊号からずっと1人で取材、テープ起こしして原稿をまとめていた〈Play-Back Interview〉の最終ゲストは渡辺和博。知り合いですませた……というわけではなく、その後ベストセラーになる『金魂巻』を刊行した（奥付の初刷は7月16日）時期でもあった。女性アナウンサー、医者、イラストレーター、お父さん、女子大生、商社マン……と、31の職業（ばかりではないが）を「〇金」と「〇ビ」に分類、絵解きしたもので、とりわけマルキン、マルビのフレーズはこの年の「流行語大賞」（第1回という）に輝いた。

カフェバーで客観察をしながら渡辺さんに聞かされていた〝ナベゾ式マンウォッチング論〟の集大成といった感じの1冊だったが、近くにいた僕も、まさかこれほどブレイクするとは思わなかった。本は発売されてすぐに増刷を重ねていたようだが、新聞縮刷版を辿っていくと、意外にも『金魂巻』ブームを取りあげた記事は乏しい。マルキン、マルビに絡めた見出しを付けた雑誌広告が目につくようになってくるのも、年を跨いでからのことだった。

ビデコレは月号数をひと月、ふた月と先行させていないので、この7月号の発売広告が載っているのは6月26日。すると校了日はおそくとも6月の中頃だろうから、「辞表」の提出は常識的に考えると5月中と思われる。

この辞表提出をテーマにしたエッセーは、これまで2度、3度書いているはずだが、『コラム百貨店』（マガジンハウス・91年）に掲載された「僕が辞表を提出するまで」という一文（初出は89年に雑誌掲載された）には「今から5年前の夏に辞表を提出」などと書かれているから、もう夏らしくなっていた時期であることは確かだろう。喫茶店で向かい合った上司になかなか本題を切り出せず、「氷水と化したアイスコーヒーの底を何度もストローで吸い上げた」と描写している。

上司とは、このときのビデコレの編集長。以前、雑誌を立ちあげたYという編集長のことは書いたけれど、この春あたりにY氏は局長クラスに昇格して、身長180センチ超の大きながたいをしたF氏が編集長の座についた。一見、ジャンボ鶴田のような〝ヤサ男型プロレスラー〟の風情だったが、力で押し切る体育会系編集長というわけではなく、出版や広告のトレンドに敏感な、理知的な人だった。

僕の〝外仕事〟にも寛容で、2、3か月の短い間だったが、やりたいことをやらせてもらった、という好印象がある。そんなこともあって、一応「冠婚葬祭マナー」の本の一隅に掲載されている辞表文マニュアルを手本に辞表を書いて、会社まで持参したものの、F

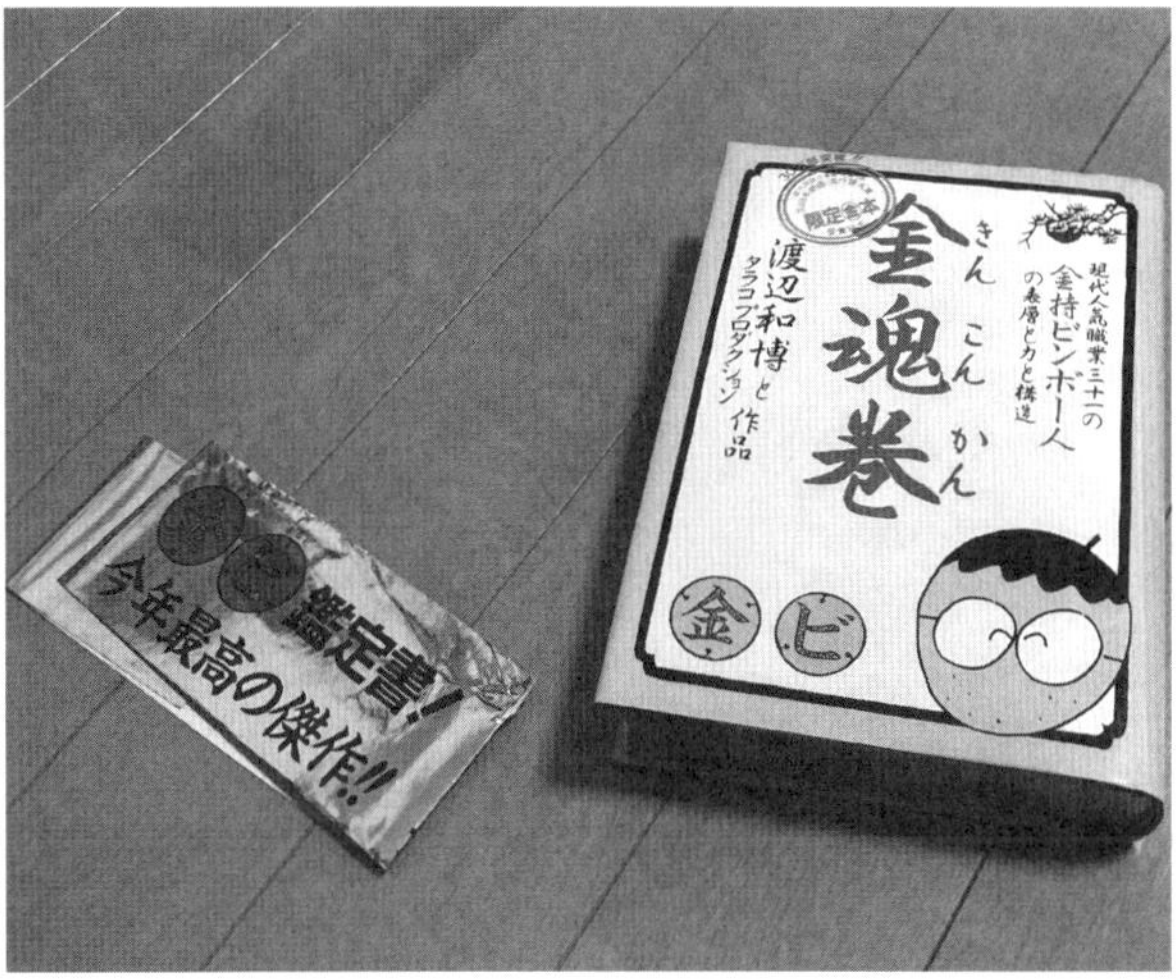

「○金」「○ビ」の流行語を生んだ渡辺和博とタラコプロダクション『金魂巻——現代人気職業三十一の金持ビンボー人の表層と力と構造』（主婦の友社）

氏と周囲の様子を察しながら、1週間か10日ばかりは提出できなかった記憶がある。

　そういえば、F氏は「血圧が200超えちゃったよ。ボウリングじゃあるまいし」などと、得意のボウリングにたとえて高血圧を自慢しているような人だったから、辞表を出して、いっそう血圧を上昇させることにはならないか……と、当時の僕は多少心配したのかもしれない。

　この年あたりは、前に書いた築地本願寺裏の独立した編集室をひきはらって、朝日新聞社隣の浜離宮ビル「週刊TVガイド」の編集フロアーの一角に移動していた頃だから、ビデコレのデスクのスペースも狭く、いっそう人の目が気になった。

　あれはおそらく、入稿か校了明けで、人の出入りが乏しかった日だろう。デスクにぽつんといたF氏を見つけて、ここぞとばかりに声を掛けた。「お茶でも、どーですか？」と誘ったとき「珍しいね（キミが)」と返されたことをよくおぼえている。

浜離宮ビルや隣の朝日のビル内にも喫茶店はあったが、その日向かったのは、朝日の前を東銀座の側に渡って、確か銀座東急ホテルの西裏にぬける路地の途中にある「砂糖人形」という店だった。広いガラス窓を張った、カフェ調のおちついた店で、窓越しに向かいの料亭の黒塀と停車した人力車なんぞが眺められる。いかにも、近所の料亭に出入りする芸者とお得意さんがひと休みするような、お高いムードの喫茶店だった。

先の一文によると、アイスコーヒーの溶けた氷水もなくなってきて、ようやく〝退社の意向〟を告げたとき、案外あっさりした反応が返ってきた……というのがオチになっている。

「あ、そう。そろそろかと思ったんだけどね。じゃ辞表、抽出しに入れといて」

このF編集長のセリフの後に「通勤カバンの底に約1か月間カン詰めにされた辞表は、埃にまみれて、結局、再度書き直すはめになった」と、結んでいるから、オンタイムから5年目に書かれたこの文章が、おもしろくするためネタを盛ったようなものでなければ、実際ボロボロの辞表がカバンに携帯されたままになっていたのだろう。

ところで、この一文で僕が退社、独立の旨を告げようとするときに前振りのような感じで「仕事場を借りたんですよ」と語っている。そうか、すると退社とオーバーラップするように、すでに仕事場を借りていたのかもしれない。

39

東銀座の料亭街の喫茶店で辞表を提出した。

そこは、高円寺の住み処とは別に仕事場をもつことを考えていた三浦君が探してきてくれたワンルームマンションだった。

「原宿の同潤会アパートの近くの新築マンションなんですけど、まだいくつか部屋空いてるみたいですよ」

取り寄せた間取り図によると、スペースはタテ長の8畳ほどで狭いが、同潤会アパートのすぐ裏で、新築にして月8万円台の賃料は原宿・神宮前の一等地の割にはさほど高くない。

ここに、初めての仕事場を構えることに決めた。

40

原宿のワンルームでピーという音が鳴っていた。

昭和59年
（1984年）

「ポパイ」誌で以前連載していた「逆流行通信　アナクロベストテン」に替わって、この年の9月25日号から始めた新連載「街のオキテ」の第1回では〈東京23区の偉い順〉というネタをやっている。僕が23区のランキングを勝手に決めて、短評を加えたもので、これを読んだ『金魂巻』の編集者（主婦の友社のM氏）から「あのセンで本を1冊」と依頼されて、『東京23区物語』ができあがった。ちなみに上位は1位・港区、2位・渋谷区、3位・世田谷区、4位・目黒区、5位・千代田区という順。一応、ポパイ読者層の趣向を考慮したところもあったが、やはり、仕事場を構える地として、渋谷、港の区域は理想だった。

もっとも、当時新宿区中落合の実家暮らしの者としては、『金魂巻』でマルビのクリエーターの居住地や仕事場の在り処に指定されている新宿や中央線沿線の街の方が通いやすかったが、原宿（神宮前）はそういう点で、わが家からも比較的近い、オシャレ地帯の玄関口のようなエリアであり、TVガイド時代にNHKに日々通っていたこともあって、親

40
原宿のワンルームでピーという音が鳴っていた。

しみがあった。さらに遡れば、中学受験のために小学5、6年生の頃、毎週日曜に模擬試験と講義を受けにきていた進学教室の会場が東郷神社横の日本社会事業大学の教室だったので、原宿はその帰りがけに寄り道した〝散歩デビューの街〟でもあった。キデイランドや千疋屋のフルーツパーラーは友人と何度か行ったが、半ズボンの僕がひとりでよく立ち寄っていたのは、千疋屋よりも数軒原宿駅寄りのところにあった「フクオ」という趣味の切手屋で、ここでは切手以上にショーケース上のカゴにぶちこんである、記念乗車券とか記念タバコのパッケージ……なんかを物色するのに熱中した。

この店の隣は輸入物中心のプラモデル屋で、玄関戸の脇のショーケースに「アダムスのお化け一家」の輸入プラモが飾られていたのを思い出す。

なんていうのは昭和42、43年頃の話で、小学生の僕はまだ無関心だったが、もう少し上の世代の若者の間では、スポーツカーやバイクで原宿・表参道のスナックやブティックにやってくる「原宿族」が話題（ピークは少し過ぎていたかも）だった。当時から、そんなヤングタウン原宿のシンボルだったセントラルアパートは、明治通りと表参道の交差点角にまだ健在であり、その表参道側の一角には伝説の喫茶「レオン」が店を開いていた。美大（ムサビ）出の三浦君は僕以上にこのレオンを聖地視していて、「レオンで打ち合わせができる」というのが、高円寺からこの地に仕事場を移す、1つのキメ手になったようだ。

レオンの前を通り過ぎ、渋谷川暗渠の脇の神宮前交番を過ぎると、くすんだ黄土色をした同潤会アパートの棟が並ぶようになる。その途中の中庭のような所を通りぬけて、裏道の一角の短い坂の路地を上っていくと右手に真新しいワンルームマンションが建っている。オートロックの門越しに、マンションの外壁に掲示された〈ハイシティ表参道〉という看板が見えた。

ハイシティ――このストレートなネームがかなり大きな字体（ＨｉＣｉｔｙのヨコモジ）で掲げられているのが、少し恥ずかしかった。8畳レベルの小部屋がコの字型に10室くらい並ぶ3階建てのつくりで、先に入った三浦君から「上の階がまだ空いてますよ」と勧められた僕の部屋は、1階の彼の所の正に真上の2階だった。家賃8万円台と前回書いたが、階が上がるごとに4、5千円ほど高くなっていた、当時の料金表の記憶がある。

同潤会アパートの中庭を突っ切って、奥へ入っていく通勤のルートは、ファッション界の通人になったようで気に入っていたが、原宿の駅からアプローチする場合はもう1つ、竹下通りを進んでパレフランスの前で明治通りを渡って、路地を奥へ奥へといくルートもあった。

明治通りと並行する商店街（原宿通り）は、当時〝とんちゃん通り〟と呼ばれて、すでににぎわっていたけれど、飲食店にくらべて古着屋の数はまだ乏しく、奥の渋谷川暗渠の方へ入ったあたりに〝裏原宿〟（ウラハラ）の愛称は付いていなかった。仕事場を構えて少し経った頃、暗渠道のそばにシャレたメガネ屋がオープンして、ここで買った楕円型のメ

今もまだ健在の「ハイシティ表参道」

ガネを〝新人類〟のキーワードでもてはやされていた頃に掛けて、雑誌の撮影などに臨んでいた。

僕のオシャレメガネもそうだが、三浦君は原宿に仕事場を構えるのに合わせたかのように、肩までのハードロックなロン毛を、スパッとテクノカット風に刈りあげてきた。彼の著書『テクノカットにＤＣブランド』（太田出版・２０１０年）に掲載された一文によれば、まだ住まいのあった新高円寺の理髪店のオヤジに「モッズヘアーにしてください」と、原宿の有名ヘアサロンの名を挙げて注文、チンプンカンプンのままできあがったテクノカット風のヘアスタイル――だったというが、そもそも髪を切る決意をしたのは、師事していた糸井重里氏に、「髪の毛を切って、高円寺を出ろ」（売れたいのなら、という意味）と、冗談まじりに提言されたのがきっかけらしい。

糸井さんの事務所はこの当時まだ「レオン」のあ

るセントラルアパート内にあったそうだが、そういえばこの年『夕刊イトイ』という〝パロディー新聞〟の仕事で初めてナマの糸井重里と対面したのだ。12月にリブロポートから刊行された本の巻末には、このように記されている。

「1984年10月6日オープンした有楽町西武は百貨店の枠を超えた生活情報館として注目されました。本書はそのオープニング企画として好評だった糸井重里氏と14人の編集長による『夕刊イトイ』を記念として復刊したものです。」

有楽町西武とは、あのマリオンのなかにオープンした西武百貨店で、通路を挟んで西の雄・阪急百貨店と向かい合っていた。つまり、まだデパートの黄金時代だったわけだが、とくに当時の西武はここにあるように〝生活情報〟を売る新しいデパートをめざしていて、糸井氏がコピーを担当した「不思議、大好き。」や「おいしい生活。」は、西武セゾングループ全般のナウなイメージを作り出していた。

さて、この『夕刊イトイ』の内容は、巻末文に書かれているように、14人の日替り編集長が思い思いの新聞を作り、それをもとに代表の糸井さんとトークする……という2週間のイベントで、10月26日から11月10日にかけて催された。久住昌之、蛭子能収、みうらじゅん、川上宗薫、島地勝彦、石原真理子……と、初日の方からの編集長の名が本の表紙に記されているが、僕は渡辺和博さんに続いて、11月3日に編集長を務めている。

全般的に〝ふざけたカワラ版〟みたいなものが多いのだが、僕の新聞の1面トップは、

40
原宿のワンルームでピーという音が鳴っていた。

「トンバ男、東京に上陸！」なんていう大見出しのもと、昭和40年代初めに「トンバで行こう」という珍曲を歌っていた城卓矢を怪獣や台風災害に見立てたような記事を書いている。「トンバ」の曲名入りのタンバリンを手にした城の背景に東京タワーが写りこんでいる、この写真はなかなかナイスなのだが、確かコレはちょっと前まで勤務していたTVガイドの資料室で見つけてきたもので、細かい使用許可など取っていなかったのではなかったか。

アナクロなB級ニュース的な笑いを狙った記事が目につくなか、「マイケル・ジャクソン来日」なんて見出しもある。とはいえ、掲載された写真は、インド人演歌歌手のチャダ――に違いない。いまならばまず通らないフェイク記事だろうが、この年はマイケル・ジャクソンに加えて、ロス五輪で活躍したカール・ルイス、そして角界の小錦が〝ブラックパワー御三家〟のような感じでブームを巻き起こしていた。僕は10月（執筆は9月中）から「週刊文春」で「ナウのしくみ」という時事コラムを連載し始めたが、その2回目で彼ら3人に阪急の助っ人外国人選手・ブーマーを加えて〝ニュー黒人〟のキーワードでその人気を分析している。

そんなわけで、退社（総務的日付としては7月末日だった）直後から仕事は割と順調に舞いこんできたが、入居したばかりの頃の部屋の様子を書きとめておこう。

2階の部屋の窓からの眺めはさほど良いものではなく、とくに原宿という感じでもない民家の裏方と庭のシイの木の枝葉くらいしか見えなかった。そんなガラス戸にはカーテンではなく、ハヤリのブラインドを取り付け、リノリウムの床には80年代らしいイエローカラーの小型テレビ、それを眺めるためのクッション型ソファー、せいぜい百冊収納できるかどうかの本棚とダイヤル式末期の黒電話……くらいは配置されていた。

もう1つ、カフェバーのインテリアみたいな折りたたみイスとテーブルのセットがあって、しばらくこの不安定なイスに座って、小さな丸テーブルに原稿用紙をのせて執筆していた。そう、そのセットを東急ハンズで買ったときに、組み立て式の仕事机（ステンレスの脚を組み、空間に黒板をハメていくような）も購入していたのだが、脚を途中まで組んだところで、継ぎ目のパーツがズレてうまく板が収まらず、未完成のL字やT字の状態で部屋隅に立てかけたままになっていた。

あるとき、ふらっとやってきた三浦君がこれを見つけてトンカチでタントンと叩いて、30分かそこらで机を作りあげたとき、さすが美大出！と感心した。

ようやく、この仕事机（こちらのイスも折りたたみ式のものだった）で執筆するようになったのだが、仕上がった原稿はどこかの喫茶店で編集者に受け渡したり、こちらに編集者やバイトのお使いさんが取りに来ることもよくあった。ファクシミリを導入したのが、半年あるいは1年近く経った頃だったと思う。

こういうニューメディアな通信機器のなかで、いち早く設備したのが留守番電話だった。

40

原宿のワンルームでピーという音が鳴っていた。

先に〝ダイヤル式黒電話〟と書いたように、あの当時のは電話機に内蔵されたものではなく、別売りの箱型のレコーダー装置（僕のはパイオニア製だったか？）で、従来のサイズの4分の1くらいのマイクロカセットテープに声を録音する。もちろん、相手側からのアナウンス（仕事の依頼など）の記録が重要なのだが、当初は〝こちら側のあいさつ〟の吹き込みにも気を遣った。予めテープに録音された出来合いのものではなく、オリジナルのメッセージを作成するのがハヤッていた。

収まりのいいBGM——シャカタクあるいは小林麻美の歌もハヤッていたガゼボの「アイ・ライク・ショパン」のサワリを使った気がする——をラジカセでゆる～く流し、時候にふれつつ留守の謝意を伝える。

「秋の気配も感じる今日この頃……せっかくお電話いただきましたが、私、泉麻人は留守にしております。お手数ですが、ピーという発信音が鳴りましたら、ご用件をよろしく……」

秋の気配……なんて言っているように、初めのうちはひと月に1回くらいのペースでBGMを変えて、録《い》れ直していた。原宿の仕事場にやってきて、点滅する留守録ランプを確認、仕事依頼のメッセージが再生されてきたとき、フリーでやっている……と実感した。

ガラス戸を開けていると、時折「ピーという発信音……」という三浦君の留守録の声が聞こえてきた。

あとがき

昭和50年代の10年間の自分まわりの、エピソードを中心に書いてきた本書、冒頭の昭和50年は〝Made in U.S.A.〟グッズにハマッた春のキャンパスのシーンから始めたので戻りにくくなってしまったのだが、そのちょっと前の50年初頭（1〜3月）のことをフォローしておきたい。

ショーケンと水谷豊の「傷だらけの天使」が放送されていたのがちょうどこの時期（昭和49年10月〜）で、僕が大学生になる直前の3月29日に終了した。死んだアキラを乗せた荷車をオサムがひく、寂莫とした埋立地（公園整備前の夢の島らしい）の映像にデイヴ平尾の「一人」が流れるラストシーンはいまも脳裡に刻まれているが、ＤＶＤなどを再見すると、そういう陋巷めいた場所をコンチ風味のＢＩＧＩの服着て闊歩する……というのがいかにもアングラ時代のフィナーレという感じがする。

さて、本文中にしばしばシティポップ系の曲が出てくるけれど、それを聴く装置でもあった車の免許を取得すべく、自動車教習所に通っていたのもこの時期、高校卒業間際の長い春休みに差しかかる頃からだった。当初、豊島園の北裏あたりの所に行っていたのだが、オジさんの知り合いの関係で講習予約が優先的に取れる、とかいう話を聞いて、多摩の拝島の教習所に鞍替えしたのだ。早朝に家の最寄りの中井駅から西武線に乗って通っていた、まだうら寒い春先の光景が回想される。

拝島の教習所のことでよく覚えているのは、ガラの悪い青梅あたりの暴走族グループがいつもロビーに溜まっていたのと、終盤の仮免実習で福生の米軍住宅近辺を巡回したことだ。おもえば、この数カ月後から愛聴する「ゴー・ゴー・ナイアガラ」の本拠近くを教習車で走っていたのである。

そういえば、講習と講習の長い合い間にふらっと拝島の町の方へ出て、線路端に看板が見えた映画館で日活ロマンポルノの「ためいき」（立野弓子・主演）というのを観たことがあった。もっとも、宇能鴻一郎原作（曽根中生・監督）のこの映画は昭和48年の作品だから、1、2年オチの旧作だが、そういうのを拝島の場末の劇場でこそっと観る感じがよりエロかった。

そんな時代——1970年代後半の昭和50年に大学生になった僕（ら）は「シラケ世代」と呼ばれることもある。この年に出た小坂忠の「しらけちまうぜ」って曲は好きだったけれど、自ら〝シラケ世代〟と名乗ることはなかった（ま、Z世代の若者もわざわざZ世代と称することはあまりないだろうけど）。

しかしまぁ、NHKニュースのトップや新聞1面レベルの政治ジャンルの話にはソッポを向いていて、無関心を装うのがオシャレ……と考えていたことは確かである。田中角栄やロッキード事件の証人喚問シーンのモノマネはウケたけれど、ちょっとマジに日本国や政治のことを語ると、すぐに「クサい」といわれた。この年、昭和50年の秋に始まった青春ドラマ「俺たちの旅」の中村雅俊（カースケ）はクサいセリフも吐いたが、10年前の「若者たち」の若者に比べれば、シラケたノンポリ学生のムードが表現されていた。

タイトルに使った「シティーボーイ」というのも「シラケ世代」と同じく、ある種の時代語であり、とくにこうやってカタカナで書くのは恥ずかしい。「city boys」と英字にすると、「ポパイ」や「宝島」のキャッチ感も出てきて、羞恥感もやわらぐ。そうまでしてこのフレーズをタイトルに持ってきたのは、昭和50年代の東京の、世間的なイメージからしても〝お坊っちゃん〟感の強かった慶応キャンパスで過ごした僕には、けっこうぴったりなキーワードかもしれないな……と思ったからである。

「50年代東京日記」といっても、当時付けていた日記をもとにしたものではなく、いわゆる〝回想記〟のようなものだから、冒頭にも書いたとおり、文章の流れから外れて欠落したエピソードはいくつもある。『つげ義春日記』の話もその1つだ。
「小説現代」に初出連載されたのは東京ディズニーランドがオープンした昭和58年のことらしいが、当時愛読していたわけではない。知ったのは、ごく最近「講談社文芸文庫」に入ってから（2020年3月初版）のことなのだが、本書の前半の昭和50年から55年までの〝つげ日記〟が収められている。とりわけ、目が点になったのは「昭和52年8月」の頃。

〈湘南カウンティーの夏は過ぎゆく。〉の項で僕が書いているように、この月の後半の雨続きの天候が、入院中のマキ夫人の病状を思う不安な心境に重ねて綴られている。
八月十六日　今日もまた雨だった。
八月十七日　今日も雨。これで連続幾日になるのか。
八月十九日　今日も雨。
八月二十二日　今日も降ったりやんだりのかなり涼しい一日だ。
以後、二十三、二十四、二十五日と悪天の記述が続く。湘南でチャラチャラ遊んだ挙句に暴走族に殴られていた僕の夏、とはまるで違った世界にいた、つげ義春氏のいた空からも同じ雨が降っていたのだ……という、ヘンな感慨を覚えた。
つげ義春氏……と書いたところで、この本では〝登場人物〟の敬称の使い方にけっこう迷ったことを述べておきたい。
一般的にタレント（TVに出る芸能人）の場合、「氏」や「さん」なしの呼び捨てでも違和感はないが、この本に多く登場するサブカル系文化人の領域の人々は、タレントっぽい活動もしていたりするので微妙なのだ（南伸坊にだけ〝先生〟と付けていた小峯隆生氏のセンスはまた別だろうが↓P324参照）。また、知人でもある方の場合、知り合いとしての「さん」や「君」がなじんだりもするし、関係はともかく、呼び捨てが似合う人というのもいる。もっとも、近頃はコンプラを過剰意識して、なんでもかんでも「さん」付けする風潮があるけれど、評論っぽい箇所では、呼び捨てでないとどことなくフヌケて締まらない印象を受ける。

なんてことに気を遣った。表記のことでいうと、曲（とそのアーチスト）や本のタイトル——英字のままでいくか、どうか？——っていうのは、こういう本の悩みごとの1つ。「ポパイ」はカタカナ書きでもピンとくるが、「Made in U.S.A catalog」はどうもヨコモジでないとサマにならない……と、紆余曲折して結局ヨコモジにした。その辺、バラつきがあるかもしれないが、ご容赦を。

芸能人はともかくとして、同時代の作家やコピーライター……いわゆるサブカル畑の有名人の名を奔放に挙げて語ったエッセーというのは、短文を除けば初めてだろう。相当失礼なことは省いたが、ちょっと失礼かも……くらいのことは書いてしまった。

前半のマスコミ志向のアホ学生から始まって、後半はコラムニスト駆け出しの時代となる。学生時代に憧れていた人とその4、5年後に仕事をご一緒していたのだから、しあわせな50年代だった……校正紙を読みながらつくづく思った。

本書は2021年の春から「ウェブ平凡」にて〝1年あたり4回〟〝1回あたりほぼ4000字〟のペースで書き進められた。連載期間から平凡社編集一課の岸本洋和さんにお世話になった。彼は僕より30年くらい若いのに、昭和のことに妙にくわしい。

2023年7月

泉麻人

本書は「ウェブ平凡」２０２１年８月〜２０２３年３月の同名連載を加筆修正したものです。

写真撮影　著者

ＪＡＳＲＡＣ 出 ２３０６４０４−３０１

泉麻人

izumi asato

1956年東京生まれ。慶応義塾大学商学部卒業後、東京ニュース通信社に入社。「週刊TVガイド」「ビデオコレクション」の編集者を経てフリーに。東京や昭和、サブカルチャー、街歩き、バス旅などをテーマにしたエッセイを多数発表。著書に『銀ぶら百年』(文藝春秋)、『泉麻人自選 黄金の1980年代コラム』『1964 前の東京オリンピックのころを回想してみた。』(以上、三賢社)、『大東京 のらりくらりバス遊覧』(東京新聞)、『夏の迷い子』(中央公論新社)、『冗談音楽の怪人・三木鶏郎』(新潮選書)、『東京23区外さんぽ』『東京ふつうの喫茶店』『東京いつもの喫茶店』『箱根駅伝を歩く』(以上、平凡社)など。

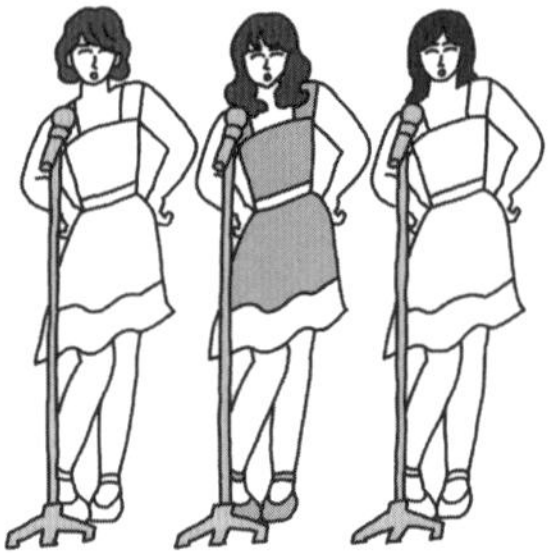

昭和50年代東京日記
city boysの時代

2023年9月20日 初版第1刷発行

著者 泉麻人
装幀 アルビレオ
装画・挿画 アワジトモミ
発行者 下中順平
発行所 株式会社平凡社
〒101-0051 東京都千代田区神田神保町3-29
電話 03-3230-6573(営業)
印刷 株式会社東京印書館
製本 大口製本印刷株式会社

〈お問い合わせ〉
本書の内容に関するお問い合わせは弊社お問い合わせフォームをご利用ください。
https://www.heibonsha.co.jp/contact/

ISBN 978-4-582-83933-3
平凡社ホームページ https://www.heibonsha.co.jp/
落丁・乱丁本のお取り替えは小社読者サービス係まで直接お送りください(送料は小社で負担いたします)。